रचनाकार परिचय

डॉ.अशोक शर्मा

सेन्ट्रल बैंक ऑफ इण्डिया से सेवानिवृत्त डॉ. अशोक शर्मा ऐतिहासिक और पौराणिक पात्रों को केन्द्र में रखकर उपन्यास लिखने के लिये जाने जाते हैं। आपके पूर्व प्रकाशित दो उपन्यास 'सीता सोचती थीं' और 'सीता के जाने के बाद राम' प्रस्तुति में तथ्यपरक दृष्टि तथा पात्र-गठन की विशेषता के कारण जाने जाते हैं, जिसमें लेखक डॉ. अशोक शर्मा सभी पात्रों के साथ समुचित न्याय करने में सफल रहे हैं।

'कृष्ण : अन्तिम दिनों में' के प्रथम संस्करण को पाठकों से व्यापक सराहना मिली, तथा इस पुस्तक के अंग्रेजी अनुवाद 'Krishna : In His Last Days' को भी पाठकों ने हाथों-हाथ लिया है। इन चार उपन्यासों के अतिरिक्त डॉ. अशोक शर्मा के दो काव्य संग्रह 'श्री कृष्ण शरणम्' तथा 'मेरे पंख मेरा आकाश' भी प्रकाशित हैं।

'कृष्ण : अन्तिम दिनों में' उपन्यास में भी पात्र गठन में कृष्ण के साथ-साथ अन्य सभी पात्रों के कद के साथ समझौता नहीं हुआ है। साथ ही रोचकता तथा पठनीयता बनी भी बनी रहती है।

सम्पर्क-
81, विनायक पुरम, विकास नगर, लखनऊ - 226022
मो0: 9044436325, 7905558685
E-mail : sharmaashok1948@gmail.com

कृष्ण
अन्तिम दिनों में

उपन्यास

डॉ. अशोक शर्मा
एम0एससी0, प्रफीशियन्सी इनफ्रेंच
पीएच0डी0 (गणित)

redgrab
—books—

rg
books

कृष्ण : अन्तिम दिनों में (उपन्यास)

मूल्य भारत में : ₹ 175
मूल्य विदेश में : $ 10

प्रकाशक : रेडग्रैब बुक्स
942, मुट्ठीगंज, इलाहाबाद-3 उत्तर प्रदेश, भारत
वेबसाइट - www.redgrabbooks.com
ईमेल - contact@redgrabbooks.com

संस्करण : प्रथम, 2014
द्वितीय, 2018

ISBN : 978-93-87390-06-5
आवरण : श्री कम्प्यूटर्स, इलाहाबाद
टाइप सेटिंग : श्री कम्प्यूटर्स, इलाहाबाद
मुद्रक : रेप्रो नॉलेजकास्ट लि, भारत

समर्पण

जननी - स्व. सियारानी शर्मा

जनक - स्व. प्रेम शंकर शर्मा

प्रथम संस्करण की भूमिका

द्वापर युग में ईश्वर ने अपनी समस्त शक्तियों के साथ साधु पुरुषों के उद्धार और आसुरी शक्तियों के दमन के लिए महाराजा शूरसेन के पुत्र वसुदेव और उनकी पत्नी, राजा देवक की पुत्री देवकी के गर्भ से भगवान श्रीकृष्ण के रूप में जन्म लिया था।

उनके मानव जीवन के अन्तिम दिनों पर लिखने का विचार मन में आयाए तो लगा कि जब भगवान कृष्ण ने सोचा होगा कि इस मानव शरीर को छोड़ने का समय आ गया है, तब उनके मन में कैसे भाव आने शुरू हुए और कैसे उन्होंने इस देह से विदा ली होगी, इसका चित्रण आसान नहीं होगा। फिर लगा, लिखते समय मन में उनका ध्यान और दृष्टि उनकी ओर बराबर बनी रहे तो यह कार्य आसान हो सकता है।

बख्शी का तालाब, लखनऊ में माँ चन्द्रिका देवी की शक्ति पीठ है, जहाँ भीम के पौत्र बर्बरीक ने तपस्या की थी। वहाँ से भगवान श्रीकृष्ण का एक छोटा सा चित्र लाया। उसे अपने लिखने की मेज के सामने रख लिया। लिखते समय कई बार इतनी अच्छी अनुभूतियाँ मन में आईं, लगा जैसे कि मैं उस कालखण्ड का दृष्टा हो गया हूँ। इसे आनन्द की अनुभूति कह सकते हैं।

लेखन थोड़ा सा आगे बढ़ा तो वृन्दावन में कृष्ण का रासलीलायें करना, स्नान करती गोपियों के वस्त्र चुराना, सोलह हजार एक सौ आठ रानियाँ होना जैसे प्रकरण भगवद्‌गीता के प्रणेता योगेश्वर भगवान श्रीकृष्ण के चरित्र से मेल खाते नहीं लगे।

यह कार्य थोड़ा सा और आगे बढ़ने पर यह लगने लगा कि द्रौपदी के पाँच पति होने की बात तथा धृतराष्ट्र, पाण्डु, विदुर व कर्ण और पाँचों पाण्डवों के जन्म के सम्बन्ध में प्रचलित मान्यताएँ स्त्रियों के चरित्र का हनन जैसी हैं।

ऐसा लगने लगा कि इन सभी प्रसंगों का पुनरावलोकन होना चाहिए। यह भी लगा कि इन प्रसंगों के सम्बन्ध में स्वयं कृष्ण की अपनी दृष्टि क्या रही होगी?

यह पुनरावलोकन इसलिए भी और आवश्यक लगा कि भारतीय इतिहास से यदि राम और कृष्ण को मिथक मानकर निकाल दिया जाए तो यहाँ भारतवर्ष जैसा कुछ भी शेष नहीं बचेगा। उनके या उस समय के महान चरित्रों के साथ अभद्र प्रसंग जोड़ना, ऐसे प्रसंगों को मान्यता देना, उन्हें सच सिद्ध करने के लिए किसी भी पुस्तक का सन्दर्भ देना या इसके लिये भक्तिपूर्ण अथवा दार्शनिक व्याख्यायें प्रस्तुत करना, यह सब उन चरित्रों की गरिमा पर आघात करता है।

जिस कालखण्ड के ये प्रसंग हैं, उस समय का इतिहास लेखन मुझे व्यवस्थित और क्रमबद्ध नहीं लगता। इतिहास कथाओं के रूप में जीवित रखा जा रहा था, अतः उसमें काल्पनिक और अतार्किक बातों का जुड़ना स्वाभाविक था, और इन बातों को जोड़ने वालों द्वारा इसमें अपनी रुचि के अनुसार मोड़ देना भी बहुत सहज और सरल था।

मैंने इस पुस्तक के लेखन में गीताप्रेस, गोरखपुर की प्रकाशित 'संक्षिप्त महाभारत', आधुनिक कृष्ण भक्त, महान विद्वान व सारे विश्व में 'हरे कृष्ण हरे राम' के द्वारा ईश्वर के नाम को गुंजारित करने वाले श्रीमद ए.सी. भक्तिवेदान्त स्वामी प्रभुपाद विरचित 'पूर्ण पुरुषोत्तम भगवान श्री कृष्ण' से सन्दर्भ लिये हैं। श्री कृष्ण और उस काल के चरित्रों के बारे में

पूर्ण प्रामाणिक सारे तथ्यों को एकत्र कर पाना किसी के लिये भी सम्भव नहीं है, किन्तु प्रयास तो किया ही जा सकता है और वही मैंने किया है।

कुछ विद्वान कहते हैं, महर्षि व्यास ने जो महाभारत लिखी उसकी विशालता अकल्पनीय थी, जिसे उन्होंने बोला और गणेश जी ने लिखा था। यह भी कहते हैं कि महर्षि व्यास ने उसमें आठ हजार आठ सौ इतने कठिन श्लोक भी लिखे थे, जिनका अर्थ समझने में गणेश जी को भी समय लगता था। उस विशाल ग्रन्थ को एक जीवन में पढ़ना और समझना सम्भव नहीं लगता।

गीताप्रेस की संक्षिप्त महाभारत भी दो खण्डों में और लगभग पन्द्रह सौ पृष्ठों में है। महाभारत में केवल कृष्ण और महाभारत से जुड़े चरित्रों का वर्णन ही नहीं है, अपितु नल-दमयन्ती सहित पता नहीं कितने ही पौराणिक चरित्रों का विस्तृत आख्यान भी है। इसमें सम्पूर्ण गीता भी है।

इन पंक्तियों का लेखक ही नहीं, अपितु सम्पूर्ण हिन्दू समाज जो भगवान कृष्ण में विश्वास रखता है, महर्षि व्यास के प्रति सदैव कृतज्ञ रहेगा, जिन्होंने इसे लिपिबद्ध किया अन्यथा शायद ये सम्पूर्ण चरित्र समय के पटल से मिट चुके होते।

महर्षि व्यास के बाद कालान्तर में व्यास गद्दी पर बैठने वाले सभी सन्तों को व्यास कहने की परम्परा चल पड़ी। स्वाभाविक है कि यदि उन्होंने इस कथा में अपनी कल्पना से कुछ भी जोड़ा होगा तो वह भी महर्षि व्यास द्वारा लिखित कहा जाने लगा होगा।

इनमें से बहुत सी कथायें मात्र श्रद्धा तक सिमटकर तर्क से बहुत परे चली जाती हैं। बहुधा धार्मिक आख्यानों में इस प्रकार की कथायें मिलती हैं।

मैंने भगवान कृष्ण और महाभारत के प्रमुख स्त्री चरित्रों से सम्बन्धित उन कथाओं का तार्किक विश्लेषण करने का प्रयास किया है, जो मुझे इन चरित्रों पर धब्बेनुमा, पूर्णतया कपोल-कल्पित और किसी विशेष उद्देश्य को लेकर लिखी और प्रचारित की हुई सी लगीं।

कुछ विद्वानों को मेरा इन कथाओं के तार्किक विश्लेषण का प्रयास प्रथम दृष्टि में अनुचित और श्रद्धा पर आघात पहुँचाने वाला लग सकता है, किन्तु उन्हें भी और दूसरे बहुत से लोगों को भी इस पुस्तक को पढ़ने के बाद यह सर्वथा उचित और इन चरित्रों का कद बढ़ाने वाला अवश्य लगेगा, इसी विश्वास और उद्देश्य के साथ मैंने यह पुस्तक लिखी है।

आज की नई पीढ़ी के पास बड़े-बड़े प्राचीन ग्रन्थों को पढ़ने की रुचि हो भी तो समय नहीं हैं। यह पुस्तक उन तक इन पौराणिक चरित्रों को तार्किक व्याख्या के साथ पहुँचाने को एक छोटा सा प्रयास भी है।

हमारे पौराणिक चरित्रों को कितनी ही बार कई ढंग से प्रस्तुत किया गया और समझा गया है, इसका एक उदाहरण यह है कि बहुधा कोई भी अपने परिवार में किसी कन्या का नाम द्रौपदी नहीं रखना चाहता; वे भी नहीं जो लोग उन्हें श्रद्धा से देखने की बात करते हैं व उनके पाँच पति होने को शास्त्र-सम्मत बताते हैं।

द्रौपदी के प्रसंग इतनी अधिक बार और इतने अधिक पृष्ठों में महाभारत में आये हैं कि ऐसा लगने लगता है जैसे महाभारत में कृष्ण के बाद नायक-नायिका सब कुछ द्रौपदी ही थीं।

ये प्रसंग तथ्यों पर आधारित नहीं, कपोलकल्पित भी हैं, यह सन्देह तब और दृढ़ होता है जब तथाकथित पतियों का द्रौपदी से संवाद यथा युधिष्ठिर-द्रौपदी संवाद, भीम-द्रौपदी संवाद, अर्जुन-द्रौपदी संवाद बहुत विस्तार से और कई-कई पृष्ठों में इस प्रकार दिये जाते हैं जैसे इनका वर्णन करने वाला कथाकार इन पति-पत्नी के बीच बैठा सब कुछ सुन और लिख रहा था।

कोई व्यक्ति अपने आस-पास घट रही घटनाओं का विवरण दे सकता है, किन्तु पति पत्नी के मध्य एकांत में होने वाले वार्तालाप का इतना विषद वर्णन इंगित करता है कि यह घटनाओं का सटीक विवरण नहीं वरन् उर्वर कल्पनाशीलता का कार्य है।

व्यास जी को दिव्य दृष्टि प्राप्त थी, किन्तु उनके द्वारा पति-पत्नी के

मध्य हो रहे वार्तालाप को सुनने और उसे लिखने की बात सोचना भी एक अशोभनीय कल्पना है।

महाभारत के रूप में जो ग्रन्थ आज उपलब्ध है वह महर्षि व्यास की असली महाभारत - महर्षि व्यास ने 'जय' नामक ग्रन्थ लिखा था जिसने कालान्तर में महाभारत का रूप ले लिया- का संक्षिप्तीकरण, विस्तार या विकृतीकरण कुछ भी हो सकता है।

किसी असत्य बात को भी घुमाफिरा कर और विभिन्न कहानियों द्वारा यदि बार-बार कहा जाए तो वह सत्य लगने लगती है। यहाँ द्रौपदी के पाँच पति होने की बात पर इतना अधिक जोर दिया जा रहा है कि वह किसी नियोजित, सोद्देश्य और असत्य भावना का प्रकटीकरण लगने लगती है।

मुझे लगता है कि द्रौपदी के चरित्र को इतना अधिक विस्तार देकर और तरह-तरह की कहानियों का सृजन कर उनके पाँच पति सिद्ध करने का प्रयास भी इसी का परिणाम है।

राधा, कृष्ण, गोपियों या इसी तरह के अन्य पौराणिक और धार्मिक चरित्रों के आख्यान में मांसल सौन्दर्य का वर्णन, भले ही वह जयदेव का गीत-गोविन्दम हो या मंच पर प्रस्तुत देवी-देवताओं का उपहास करती स्तरहीन रचनायें, प्रतिभा के विकृतीकरण का उदाहरण भी हैं और रचनाकार के सोच पर भी प्रश्नचिन्ह लगाती हैं।

इस पुस्तक को लिखते समय मैंने बराबर भगवान श्रीकृष्ण को अपने मन में और चित्र के रूप में सामने रखने का प्रयास किया है और मेरा विश्वास है कि उनकी प्रेरणा से ही मैं यह पुस्तक लिख पाया, अतः पुस्तक में यदि कुछ भी अच्छा है तो वह उनका है, और जो कुछ बुरा है वह मेरा है, और उन्हीं से मेरी प्रार्थना है कि उनके इस निर्मल चरित्र को पढ़ते या पढ़ने के लिये प्रेरित करने वालों पर उनकी अहेतुक कृपा सदैव बनी रहे।

मैंने पुस्तक को उपन्यास का रूप देकर कुछ रोचक बनाने और

वर्तमान पीढ़ी के लिए ग्राह्य बनाने का और घटनाओं के तार्किक विश्लेषण का प्रयास किया है।

मैं समय-समय पर प्रेरणा के लिए अपने साहित्यकार मित्रों और बहुत सुन्दर सुझाव देने के लिए वरिष्ठ साहित्यकार श्री शिवनारायण मिश्र, गोसाईगंज, लखनऊ का विशेष आभारी हूँ।

-अशोक शर्मा

द्वितीय संस्करण की भूमिका

पुस्तक का द्वितीय संस्करण प्रस्तुत करते समय मैं अत्यन्त हर्ष का अनुभव कर रहा हूँ। जिस तरह सुधी पाठकों ने इसे अपना समर्थन दिया उसके लिये मैं सभी का बहुत आभारी हूँ। यह संस्करण परिवर्धित तो है ही, साथ ही इसमें भगवान कृष्ण की ऐतिहासिकता के प्रमाण प्रस्तुत करता हुआ परिशिष्ट भी है। आपका सहयोग प्राप्त होगा, इस विश्वास के साथ...

–अशोक शर्मा

अनुक्रम

(i)	प्रथम संस्करण की भूमिका	– 7
(ii)	द्वितीय संस्करण की भूमिका	– 13
1.	स्मृतियों के उपवन	– 17
2.	स्नेह के स्वर	– 43
3.	मन छलके	– 49
4.	पीड़ाएँ जागीं तो	– 59
5.	बातें जब चलती हैं	– 67
6.	स्मृतियाँ चुभती हैं	– 77
7.	दुरभिसन्धियों के पृष्ठ	– 101
8.	गीत की पंक्तियों के मध्य	– 114
9.	राधा : एक ज्योति	– 128
10.	एक पक्ष यह भी	– 130
11.	नारी विमर्श	– 146
12.	प्रयाण से पूर्व–1	– 161
13.	प्रयाण से पूर्व–2	– 174
14.	प्रयाण की ओर	– 189
	परिशिष्ट	– 207

1

स्मृतियों के उपवन

द्वारिका के समुद्रतट पर एक शिलाखण्ड पर कृष्ण शान्त, अकेले और विचारमग्न बैठे थे। कंस के वध से लेकर वर्तमान तक का अधिकांश समय युद्धों की भेंट चढ़ चुका था। अब युद्ध नहीं थे, तो फिर बाँसुरी जो बरसाने से राधा जी को खींच लाती थी, जिसे छिपाकर राधा और उनकी सखियाँ कृष्ण से अपनी हर बात मनवा लिया करती थीं, की याद हो आई।

कैसे होते थे वे प्रेम और संगीत से भरे हुए पल, जब मानों अमृत की वर्षा होती थी। मात्र ग्यारह वर्ष की आयु थी, जब अक्रूर जी उन्हें मथुरा लिवा ले गये थे। उनका जीवन में दुबारा गोकुल लौटना नहीं हो सका। कृष्ण ने दृष्टि उठाई। सामने देखा, दूर तक अगाध जल ही जल और उसे झुककर छूता हुआ आसमान।

पश्चिम की दिशा लालिमा पूर्ण हो रही थी। सूर्य की रश्मियाँ बहुत लम्बी दूरी तय कर के आई थीं, और समुद्र की लहरों के साथ उछल-कूद में लगी थीं। कुछ समुद्री पक्षी और कुछ छोटी मछलियाँ भी इस खेल में

शामिल थे। कभी-कभी कोई तेज लहर आती थी और उनके पैरों को भिगो जाती थी। जैसे-जैसे शाम घिर रही थी, लहरों का शोर तेज होता जा रहा था।

उनकी दृष्टि क्षितिज के छोर पर थी, पर मन कहीं और था। गोकुल और वृन्दावन की सुधियों ने कृष्ण को घेर लिया था। सुधियों के उस आकाश में राधा की यादें बिजली की तरह कौंध गईं। राधा, बाँसुरी सुनना भी चाहती थीं, किन्तु उसे अपने हाथों से छोड़ना भी नहीं चाहती थीं; माँगने पर कहती थीं।

"नहीं, हर समय तुम्हारे अधरों पर चढ़ी रहती है, मुझे बजाने दो, तुम सुनो।"

वह तकरार, जिसमें मिली हार में भी मन में मयूर नाच जाया करते थे। कृष्ण ने कमर के वस्त्रों में दबी बाँसुरी निकाली, अधरों पर रखी और पलकें गिरा दीं। पता नहीं, फिर बाँसुरी अपने सौभाग्य पर इठलाकर स्वतः बज उठी या उन्होंने बजाई। सुदर्शन-चक्र जो स्थान नहीं पा सका वह बाँसुरी को मिला। वह उनकी तर्जनी उँगली तक ही रह गया था, किन्तु बाँसुरी अधरों पर इठलाती थी।

सहसा एक तेज सी लहर उनके पैरों को भिगोने आई और साथ में एक छोटी से मछली भी उनके पैरों को छूते हुए निकल गई। इस स्पर्श से उनकी दृष्टि अपने पैरों पर चली गई। उन्हें याद आया, वृन्दावन में ग्वालबालों और गोपियों के मध्य बाँसुरी बजाते समय वे अपना एक चरण तिरछा रख लेते थे।

एक बार राधा से उनकी अन्य सखियों विशाखा, चित्रा, सुदेवी आदि की उपस्थिति में उनकी अनन्य ललिता ने कहा था,

"देखो, कृष्ण को अपने हृदय में स्थान बहुत सोच-समझकर ही देना, क्योंकि ये एक बार हृदय में प्रवेश कर गये तो इसी तरह चरण तिरछे कर लेंगे और पिफर निकलेंगे नहीं।"

सलज्ज भाव से राधा ने कहा था,

"मुझे पता है।"

इस प्रसंग के याद आते ही कृष्ण के हृदय में पता नहीं क्या हुआ, वे उठे और चिन्तनशील मुद्रा में ही समुद्र के किनारे रेत पर टहलने लगे। समय के फलक पर छूटे उनके अमिट पदचिह्नों की भाँति ही, रेत पर बनने वाले उनके पदचिह्न भी स्पष्ट और गहरे थे।

टहलते-टहलते कृष्ण एक बार पुनः उसी शिला पर आकर बैठ गये। शाम गहराने लगी थी। सूर्य की रश्मियाँ सागर की गोद में सिमटती जा रही थीं। पेड़ों से गिरी कुछ पत्तियाँ हवा के साथ उड़ रही थीं। उन्हें लगा कि कुछ इसी तरह हवा जीवन के पलों को भी उड़ा ले जाती है।

विश्वकर्मा की योजनानुसार लगभग छियानबे वर्गमील क्षेत्र को लिये एक सुदृढ़ दीवार से घिरी हुई द्वारिका का निर्माण पूर्ण हो चुका था। इसमें सुनियोजित मार्ग, वृक्ष और अनेक भव्य प्रासाद थे। सभी घर धन-धान्य से परिपूर्ण थे। जिस इक्ष्वाकु वंश में भगवान श्रीराम का जन्म हुआ था, उसी वंश के राजा मान्धाता के पुत्र राजा मुचकुन्द की क्रोधाग्नि में कालयवन जलकर भस्म हो चुका था, व जरासन्ध, महाबली भीम के हाथों मृत्यु को प्राप्त हो चुका था। मथुरावासियों के द्वारिका स्थानान्तरण एवं उनकी सुरक्षा हेतु एक अभेद्य दुर्ग का निर्माण कार्य भी पूरा हो चुका था।

उनके मन में विचारों का मन्थन सा चल रहा था। अपने, धरती पर अवतरण से लेकर अब तक की सभी घटनाओं पर विहंगम दृष्टि डालते हुए उनको लगा कि इस मानव देह को धारण करने के उनके सारे उद्देश्य पूर्ण हो चुके थे, अब इस देह का और उपयोग शेष नहीं रह गया था। उन्हें लगा कि इसे छोड़कर प्रयाण करने का उचित समय आ चुका है। सहसा स्मरण हो आया कि पूर्व जन्म में बालि को छुपकर तीर मारा था, और उसका ऋण चुकाना अभी शेष है।

बालि का 'जरा' नामक बहेलिये के रूप में पुनर्जन्म हो चुका था। कृष्ण ने निश्चय किया, यही बहेलिया जानवरों को धोखे से मारने की अपनी प्रवृत्ति के अनुरूप ही तीर चलाएगा, और उसी तीर से घायल होकर वे यह शरीर छोड़ देंगे। अपने प्रयाण का यह तरीका उन्हें

मानवोचित भी लगा और बालि के ऋण से मुक्त कराने वाला भी।

अपने प्रयाण के निष्कर्ष पर पहुँचने के बाद कृष्ण को एक बार पुनः अपना बचपन याद आ गया। जब वे सुबह उठकर माता यशोदा और बाबा नन्द के चरण स्पर्श करते थे तो आशीष देते हुए उन लोगों की जिह्वा थकती नहीं थी। माँ उन्हें नहला धुलाकर तैयार करतीं, फिर वे पास के शिव मन्दिर में जाकर पूजन करके आते तो माँ उन्हें मक्खन, दूध और फल का कलेवा करातीं।

उन्हें अपने बचपन की शरारतें याद आने लगीं। माँ बहुत मेहनत से उनके लिए दूध से दही और मक्खन तैयार करती थीं और वे चोरी से उसे अपने मित्रों को बाँट देते थे। इस कार्य में उनसे बहुधा दही या मक्खन की मटकी फूट जाया करती थी। माँ को उनकी इस शरारत पर हँसी तो आती ही थी, वे परेशान भी हो जाया करती थीं।

एक बार जब मक्खन से भरी मटकी फोड़ने के दण्डस्वरूप माँ ने उन्हें ओखल से बाँध दिया तो कृष्ण ने पास-पास लगे अर्जुन के दो वृक्षों के बीच ओखल फँसाकर रस्सी तोड़ने की चेष्टा की, किन्तु उनकी इस चेष्टा से अर्जुन के वे दोनों वृक्ष जड़ से उखड़कर गिर पड़े। माँ यशोदा जानती थीं कि उनका लाल कोई साधारण बालक नहीं है। कृष्ण के इस कृत्य पर उन्हें हँसी भी आई और उन पर गर्व भी हुआ।

उस समय वहाँ कितने तो मोर हुआ करते थे। माँ ने पहले तो उन्हें डाँटा, फिर एक मोरपंख उठाकर उनके केशों में सजाया, उनके सिर पर हाथ फेरा और माथा चूमकर कहा,

"कृष्ण, तुम मोर की भाँति ही सदैव सज्जनों के लिए परम् आह्लादकारी एवं विषधारी सर्पों जैसे दुर्जनों के लिए काल बनकर रहना।"

तब से माँ का आशीर्वाद समझकर उन्होंने मोरपंख सदैव अपने मस्तक के केशों में लगाकर रखा; यह उन्हें सज्जनों के कल्याण और दुष्टों के दमन की प्रेरणा देता रहा। अचानक उनकी दृष्टि अपने वस्त्रों पर पड़ी

तो माँ यशोदा को लेकर एक और घटना याद आ गई।

बसन्त-पंचमी का अवसर था और बसन्त के स्वागत के लिए नन्द बाबा ने एक वृहद आयोजन किया था। लगभग सारा गोकुल और आस-पास के गाँवों के बहुत से परिवार आये हुए थे। सरस्वती पूजन के पश्चात सभी ने एक दूसरे को बसन्त के आगमन की बधाई दी फिर सब मिलकर मोद मनाने लगे।

आनन्द और उल्लास से भरा हुआ, उत्सव जैसा वातावरण था। अद्भुत दृश्य था। गोप स्त्रियाँ नृत्य कर रही थीं और गोप पुरुष वाद्य-यन्त्र बजा रहे थे। गोपियाँ, माता यशोदा को भी इस नृत्य में भागीदार बनाना चाहती थीं, किन्तु नन्द बाबा की उपस्थिति के कारण माँ ने लजा कर मना कर दिया। एक गोपी जो माँ की बहुत मुँहलगी थी बोली,

"यशोदे, क्या तुम्हें बसन्त के आगमन का हर्ष नहीं है?"

छोटे से कृष्ण माँ के पास में ही थे। उस समय माँ ने जो उत्तर दिया था वह उन्हें कभी नहीं भूला। माँ ने कहा था,

"तुम्हारे लिए वर्ष में एक बार ही बसन्त आता है, किन्तु जब से कृष्ण आया है, मेरे लिए तो हर दिन बसन्त है; इसीलिए तो मैं उसे हमेशा पीत वस्त्र पहनाती हूँ।" फिर माँ ने उन्हें गोद में उठाकर कहा था,

"मेरा बसन्त तो सदैव मेरी गोद में है।"

कृष्ण बड़े हो गये। गोकुल छूट गया, माँ और नन्द बाबा भी दूर हो गये, किन्तु वे उस घटना को भूल नहीं सके। उनकी माँ के जीवन में सदैव बसन्त बना रहे, इसलिए उन्होंने अपने लिए किसी और रंग के वस्त्रों की अपेक्षा पीले रंग के वस्त्रों को इतनी अधिक प्रमुखता दी कि उनका नाम ही पीताम्बरधारी हो गया।

* * *

समुद्री हवा कुछ तेज होने लगी थी और वृक्षों के पत्तों से गुजरती हुई कुछ शोर सा कर रही थी। लहरों का शोर भी बढ़ रहा था। कृष्ण ने

देखा, दूर क्षितिज पर सूर्य देवता समुद्र से थोड़े सा ही ऊपर थे।

कृष्ण उठे, पास के वृक्ष के नीचे खड़े हो गये। अपने पीताम्बर पर दृष्टि डाली। एक पैर तिरछा रखा, वस्त्रों से मुरली निकाली, अधरों पर रखी, बजानी शुरू की और नेत्र बन्द कर लिए।

आँखों में वृन्दावन सिमट आया। कृष्ण, मुरली की धुन में खो गये, कुछ समय इसी तरह व्यतीत हुआ फिर अचानक उन्हें लगा किसी ने उनका हाथ छुआ है।

स्पर्श परिचित सा लगा। 'राधा' कहकर उन्होंने आँखें खोल दी, देखा, जिस वृक्ष के नीचे वह खड़े थे उसी का पत्ता आकर उनके हाथ पर ठहर गया था। कृष्ण हँस पड़े।

इस तरह से
छू गया कोई
कि जैसे वह नहीं था,
बस हवा थी और भ्रम था

* * *

शाम घिरने लगी थी, सूर्य समुद्र में लगभग डूब चुका था। कुछ रक्ताभ किरणों ने ही सूर्य के डूबने के स्थान से ऊपर उठकर रोशनी करने का बीड़ा उठा रखा था।

कृष्ण धीरे-धीरे महल की ओर चल पड़े। मन कुछ बोझिल और कहीं खोया हुआ सा था, अधर थोड़े तिरछे और मुस्कुराते से। महल में प्रवेश किया तो अनुचर आये और आदेश की बाट जोहने लगे, किन्तु कृष्ण उनका संज्ञान लिये बिना ही अपने कक्ष की ओर बढ़ गये।

रुक्मिणी जो उनकी प्रतीक्षा में थीं, त्वरित गति से उनके पास आईं,

वे चिन्तित और अधीर थीं। कृष्ण के चेहरे का गाम्भीर्य उन्हें परेशान कर गया था। कृष्ण बैठे तो रुक्मिणी ने उनके पास बैठकर उन्हें निहारा, बोलीं,

"क्या हुआ, किसी सोच में हैं क्या?"

कृष्ण हलके से हँसे। वस्त्रों से बाँसुरी निकाली, एक ओर रखी, अपने हाथ से रुक्मिणी को सहज करने के लिए उनका सिर सहलाया, फिर अपने मस्तक पर आये केशों को ठीक किया और बोले,

"नहीं रुक्मिणी, ऐसा कुछ भी नहीं है।"

"प्रभु, मैं आपकी सहधर्मिणी हूँ, आपको अच्छी तरह से जानती हूँ, कुछ तो अवश्य है।"

वे फिर हँसे, उनके दोनों हाथ अपने हाथों में लेकर उनके चेहरे को निहारते हुए बोले,

"कुछ भी नहीं है रुक्मिणी, आप व्यर्थ ही चिन्तित हो रही हैं।"

कृष्ण अपना मन खोल नहीं सके। रुक्मिणी उनके मुख की ओर देखते हुए आशंका-ग्रस्त मन लेकर चुप हो गईं।

आसमां पर जब पड़ी
यह दृष्टि ठहरी
टिक गई
और फिर एहसास
उस सीमा रहित का
और सीमाओं का अपनी
भर गया मन

* * *

रात्रि के भोजन का समय हो चुका था। प्रतिहारी भोजन के लिये बुलाने आया। कृष्ण उठे, भोजन कक्ष की ओर चल पड़े। वहाँ पहुँचकर भोजन के लिये आसन ग्रहण किया तो रुक्मिणी ने स्वयं उनका भोजन लगाया और बगल में बैठ गईं। कृष्ण ने उनसे अपने लिये भी भोजन लगाने को कहा तो उन्होंने धीरे से कहा,

"आप पहले भोजन कर लें, फिर मैं कर लूँगी।"

कृष्ण ने चुपचाप थोड़ा सा भोजन किया, जितनी देर वे भोजन करते रहे रुक्मिणी उनका मुख निहारती रहीं। उनकी दृष्टि अपनेपन और सन्तोष से भरी हुई थी। उनके भोजन समाप्त करने पर कुछ भोजन सामग्री उनके पात्रों में शेष भी रह गयी थी। रुक्मिणी उन्हीं पात्रों में अपने लिए भी भोजन निकालने लगीं तो कृष्ण ने टोका,

"अरे! आप स्वच्छ पात्रों में क्यों नहीं भोजन लेतीं? आपको मेरे साथ-साथ अपना ध्यान भी तो रखना चाहिए।"

"प्रभु, मुझे अपना पूरा ध्यान है और इन पात्रों में भोजन करना मेरा अधिकार भी है, सौभाग्य भी।"

कृष्ण उठने का उपक्रम कर रहे थे, किन्तु रुक्मिणी की बात सुनकर हँसते हुए फिर उनके पास बैठ गये, बोले,

"तुम भी भोजन समाप्त कर लो, हम साथ-साथ ही उठेंगे," फिर कुछ रुककर बोले,

"तुम बहुत अच्छी हो रुक्मिणी, तुम जैसी पत्नी पाना बहुत बड़ा सौभाग्य है।"

रुक्मिणी कुछ बोल नहीं सकीं। वे कृष्ण के गाम्भीर्य और चिन्तित मुद्रा से परेशान थीं। आज उन्होंने भोजन भी नाम मात्र के लिए ही किया था, इसने भी रुक्मिणी की व्यथा को बढ़ा दिया था। अब इस अनुरागपूर्ण व्यवहार ने उनकी आँखों में अश्रु भर दिये। किसी तरह दो चार कौर खाकर उन्होंने अपने हाथ धो लिये।

कृष्ण ने उनकी व्यथा समझी। उनकी आँखों के आँसू पोंछे, हाथ पकड़कर उन्हें उठाया और महल से लगे हुए उद्यान में आ गये। चारों ओर कई वृक्ष और पौधे, धीरे-धीरे बहती, बेला और रात की रानी के फूलों की गन्ध से भरी हुई हवा, ऊपर स्वच्छ आसमान में चन्द्रमा और दूर तक छिटके हुए तारे... कृष्ण ने एक ऊँचे स्थान पर रुक्मिणी को बिठाया और फिर स्वयं भी उनके पार्श्व में बैठ गये।

उनका एक पैर भूमि पर और दूसरा पैर इसी के ऊपर टिका हुआ था। रुक्मिणी की दृष्टि उनके पैरों पर टिक गई। पीला अधोवस्त्र, नीलाभ चरण, गुलाबी तलवे, यह हलका गुलाबीपन तलवों के किनारों से थोड़ा ऊपर तक था। पैरों के नाखून भी गुलाबी थे। उन पर दृष्टि टिकाये रुक्मिणी का मन भावुक हो गया। वे मन ही मन प्रार्थना करने लगीं,

"हे ईश्वर, ये चरण सदैव मेरे साथ रहें, कभी न छूटें।"

उन्हें लगने लगा कि वे इन चरणों के स्वामी से एकाकार हो रही हैं। अपने अस्तित्व का भान कहीं खो चुका था।

आसमां पर जब पड़ी
यह दृष्टि ठहरी
खो गईं साँसें हवा में
और फिर सागर में गिरती बूँद जैसा,
मिट गया एहसास अपना

कृष्ण कुछ देर तक ऊपर चन्द्रमा को निहारते रहे, फिर रुक्मिणी की ओर देखा और उनके हाथ पर अपना हाथ रख दिया। दृष्टि पुनः ऊर्ध्वमुखी हो गई, और मन फिर सुधियों में खो गया।

* * *

द्वारिका मे कृष्ण का दरबार लगा हुआ था। तभी एक अनुचर ने सूचना दी कि विदर्भ से आया हुआ एक ब्राह्मण उनसे भेंट करना चाहता है। विदर्भ पर महाराज भीष्मक का शासन था। वह एक बड़ा और समृद्ध राज्य था।

"क्या वह महाराज भीष्मक का दूत है, कृष्ण ने पूछा।

"नहीं महाराज, वह राज्य का दूत नहीं है, वह तो किसी व्यक्तिगत कारण से आपके दशर्नों की इच्छा रखता है।" अनुचर ने कहा।

"उसे सादर ले आओ।"

वह व्यक्ति आया और कृष्ण को प्रणाम कर खड़ा हो गया।

"अपने आने का प्रयोजन कहें विप्र।"

"मैं किसी का पत्र लाया हूँ।" उसने अपने वस्त्रों से पत्र निकालते हुए कहा।

"यह एक गुप्त पत्र है; पत्र देने वाले ने अपना नाम सार्वजनिक न करने का अनुरोध किया है, साथ ही यह भी अनुरोध किया है कि इसे केवल आप ही पढ़ें।"

कृष्ण ने पत्र ले लिया। यह विदर्भ की राजकुमारी रुक्मिणी का पत्र था। भीष्मक के छह सन्तानें थी। रुक्मी, रुक्मरथ, रुक्मबाहु, रुक्मेश और रुक्लमाली नाम के पाँच पुत्र और छठी सबसे छोटी सन्तान रुक्मिणी।

रुक्मिणी बहुत ही सुन्दर, बुद्धिमान और सबसे छोटी होने के कारण महाराज भीष्मक की बहुत लाडली पुत्री थी। उसकी सुन्दरता के कारण उसका एक नाम रुचिरनयना भी पड़ गया था।

रुक्मिणी विवाह योग्य हो चुकी थी। महाराज भीष्मक के दरबार में अनेकों साधू, सन्त और मेहमान आया करते थे, और बहुधा कृष्ण के बारे में भी चर्चायें हुआ करती थीं। उन चर्चाओं में कृष्ण के बारे में सुन-सुनकर रुक्मिणी उनसे बहुत अधिक प्रभावित हो चुकी थी और उसके मन में कृष्ण से विवाह करने की इच्छा भी जाग्रत हो चुकी थी,

किन्तु उनका बड़ा भाई रुक्मी दुर्बुद्धि था, और अपने मित्र और कुटिल बृद्धि के स्वामी शिशुपाल से उसका विवाह करना चाहता था।

शिशुपाल, राजा दमघोष का पुत्र था। दमघोष अपने नाम के अनुरूप ही प्रजा का दमन करने के लिये जाना जाता था। स्वयं शिशुपाल, कृष्ण की चारों ओर फैली कीर्ति के कारण उनसे ईष्या और शत्रुता का भाव रखता था।

स्वयं महाराज भीष्मक, रुक्मिणी के शिशुपाल से विवाह के पक्ष में नहीं थे, कृष्ण की ख्याति से प्रभावित वे रुक्मिणी का विवाह उन्हीं से करना चाहते थे, किन्तु रुक्मी उनका सबसे बड़ा पुत्र था, इस कारण राज्य का उत्तराधिकारी तो था ही, प्रकृति से उदण्ड भी बहुत था। भीष्मक, वृद्धावस्था की ओर अग्रसर थे। वे जवान और उदण्ड बेटे से अलगकर गृह-क्लेश को निमंत्रण नहीं देना चाहते थे, अतः भीष्मक बहुत बेमन से रुक्मिणी के शिशुपाल से विवाह के लिये सहमत हो गये थे।

जब तक महाराज भीष्मक इस विवाह के लिये सहमत नहीं थे, तब तक रुक्मिणी को आशा थी कि वह शिशुपाल से विवाह करने से बच जा पायेगी, किन्तु उनके भी सहमति देने के बाद रुक्मिणी बहुत निराश हो गयी।

वह अपने कक्ष में बैठकर इस मुसीबत से निकलने का उपाय सोचने लगी। बहुत सोचने के बाद उसे लगा कि किसी तरह का कृष्ण तक अपने सन्देश पहुँचा सके तो संभवतः वह बच सकती है। यह विचार आने के बाद उसने अपनी एक चतुर और घनिष्ठ सखी इड़ा को बुलवाया। दोनों सहेलियाँ सिर जोड़कर बैठीं और उन्होंने कृष्ण को एक पत्र भेजने का निश्चय किया।

रुक्मिणी ने कृष्ण को सम्बोधित करते हुए एक पत्र लिखा, जिसे उसकी सहेली इड़ा ने अपने पिता के विद्वान और विश्वसनीय मित्र को दिया ,साथ ही पर्याप्त धनराशि भी दी, जिससे वह द्वारिका तुक पहुँचने के लिये एक तीव्रगामी रथ का प्रबन्ध कर सके।

वही पत्र कृष्ण तक पहुँचा था। कृष्ण ने उसे एकान्त में ले जाकर पढ़ा। पत्र में रुक्मिणी ने उनसे स्वयं को शिशुपाल से बचाने और शीघ्रातिशीघ्र विदर्भ पहुँचकर अपना अपहरण करने की प्रार्थना की थी।

कृष्ण ने पत्र पढ़ने के बाद पहला निर्णय तो यह लिया कि अपने शीघ्र आने का आश्वासन देकर उस संदेशवाहक को तीव्र गति वाले रथ पर बिठाकर वापस विदर्भ के लिये प्रस्थान करा दिया। इसके बाद वे अपने बड़े भाई बलराम के पास गये।

''भइया! ''कृष्ण ने बलराम को सम्बोधित किया।

'हूँ।'

''विदर्भ से पत्र आया है।''

''भीष्मक का ?''

''नहीं, उनकी पुत्री रुक्मिणी का।''

''क्या लिखा है ?''

''वे लोग उसका विवाह शिशुपाल से करना चाहते हैं, और रुक्मिणी यह नहीं चाहती है।

'फिर?'

'' वह चाहती है कि मैं उसका अपहरण कर लूँ।''

यह सुनकर बलराम जोर से हँसे, बोले,

''तुम भी कृष्ण...।''

''क्या हुआ?''

वैसे तो मैं किसी के भी अपहरण के विरुद्ध हूँ किन्तु अपहरित होने वाला स्वयं ही इसकी प्रार्थना कर रहा हो तो यह भी ठीक ही है।

''मैं अतिशीघ्र विदर्भ के लिये निकलना चाहता हूँ, देर करने से बहुत देर हो सकती है।''

‘अकेले?’

“हाँ, यह मेरा व्यक्तिगत कार्य ही तो है।”

“सेना लेकर जाओ, वहाँ युद्ध अवश्य होगा।”

“उसकी मुझे चिन्ता नहीं है।”

“किन्तु मुझे है।”

“सेना के साथ जाने में देर लगेगी, वह गति नहीं आयेगी।”

“हाँ...” बलराम ने कहा, “यह तो है।” कुछ सोचकर वे बोले,

“ऐसा करो, तुम जाओ; मैं भी तुरन्त ही पीछे से सेना लेकर आता हूँ।”

“ठीक है।”

कृष्ण के रथ के लिये हरितवर्णी अश्व शैव्य, धूसर वर्ण के अश्व सुग्रीव, मेघवर्ण के अश्व मेघपुष्प और भस्म के रंग के अश्व बलाहक का चुनाव हुआ, और इसे गरुड़ के चित्र वाली ध्वजा से सुसज्जित किया गया।

सारथी दारुक के साथ कृष्ण के प्रस्थान के तुरन्त बाद ही बलराम भी सेना सहित चल पड़े।

उधर विदर्भ में रुक्मिणी बहुत अधिक व्याकुल हो रही थी। उसके विवाह में मात्र एक दिन शेष रह गया था, किन्तु अभी तक न दूत बनकर गया हुआ ब्राह्मण आया था, और न ही कृष्ण की ओर से किसी प्रकार का कोई समाचार मिला था। वे मन ही मन ईश्वर की स्तुति करने लगीं, किन्तु जैसे-जैसे समय व्यतीत हो जा रहा था रुक्मिणी की व्याकुलता बढ़ती जा रही थी।

स्तुतियाँ करते-करते वे रोने लगीं। तभी उनकी सखी इड़ा आ गयी। उसने रुक्मिणी को रोते देखा तो शीघ्रता से उनके हाथ पकड़कर उसे खड़ा किया और स्वयं नाचते हुए चंचलता से बोली,

"रो क्यों रही है? नाच।"

रुक्मिणी ने प्रश्नवाचक दृष्टि से उसकी ओर देखकर पूछा,

"क्या हुआ? ईश्वर ने मेरी प्रार्थना सुन ली क्या?"

"मैं कह रही हूँ न, अपने आँसू पोंछ और नाच।"

"कुछ कहेगी भी, या नाच-नाच ही करती रहेगी।"

"जो व्यक्ति तेरा पत्र लेकर गये थे, वे श्रीकृष्ण का सन्देश लेकर वापस आ गये हैं।"

"वे क्या सन्देश लाये हैं।"

तू प्रश्न बहुत करती है, मैंने कहा न नाच।"

"नाचने योग्य हुआ तो नाच भी लूँगी, पर तू पूरी बात तो बता।"

"श्रीकृष्ण शीघ्र ही यहाँ पहुँचते होंगे।

'ओह!' रुक्मिणी ने सीने पर हाथ रखकर सन्तोष की साँस ली, और इड़ा ने उसे पकड़कर जबरदस्ती नचा डाला।

* * *

भोर होते-होते कृष्ण विदर्भ पहुँच गये। उन्होंने रात्रि में भी अपनी यात्रा रोकी नहीं थी। महाराज भीष्मक उनके आगमन से बहुत प्रसन्न हुए, उन्होंने स्वयं आगे बढ़कर कृष्ण का स्वागत किया।

"आप आये, मेरा अहोभाग्य, विदर्भ पवित्र हुआ; बलराम नहीं आये, मुझे उनके दर्शनों की भी बड़ी लालसा थी। " भीष्मक ने कहा।

"इस शुभ अवसर पर आपका आशीर्वाद लेने आना तो था ही; भइया को कुछ कार्य था, उसे निपटाकर वे भी आ ही रहे होंगे।" कृष्ण ने

कहा।

भीष्मक चाहते थे कृष्ण का सम्मान करने में रुक्मी भी उनका साथ दे, किन्तु उसके स्वभाव से परिचित होने के कारण उन्हें यह भी लग रहा था कि कहीं उदण्ड रुक्मी कुछ उलटा सीधा न बोल दे, अतः उन्होंने उसको साथ न लेना ही उचित समझा।

सच तो यह है कि रुक्मी को कृष्ण का आगमन अच्छा नहीं लगा था। वह भीतर ही भीतर बहुत कुढ़ भी गया था और आशंकित था, अतः भीष्मक के वहाँ से हटते ही उसने कृष्ण को सुनाकर कहा,

"समय निकालकर, बिना बुलाये अतिथियों का भी उचित सत्कार किया जायेगा।"

कृष्ण ने इसका कोई उत्तर नहीं दिया। वे केवल मुस्कुराकर रह गये।

शिशुपाल की बारात लेकर राजा दमघोष आने ही वाले थे, अतः रुक्मी उधर व्यस्त हो गया। बहुत से दूसरे राज्यों के राजाओं और गणमान्य अतिथियों का आगमन लगातार हो रहा था। थोड़ा सा दिन चढ़ते-चढ़ते दमघोष बारात लेकर आ गये। रुक्मी ने पिता और भाइयों सहित आगे बढ़कर उनका स्वागत किया।

बारात के आने के समाचार के साथ ही महल के अन्दर भी हलचलें बढ़ गयीं। रुक्मिणी को विवाह के निमित्त सजाया जाने लगा। महल की कुछ स्त्रियों ने विवाह से पूर्व रुक्मिणी को महल से कुछ दूरी पर स्थित देवियों के एक मन्दिर में ले जाकर उनका पूजन कराने की सलाह दी।

रुक्मिणी को कृष्ण के आने का समाचार मिल चुका था। अब स्त्रियों के इस प्रस्ताव को सुनकर उन्हें बहुत प्रसन्नता हुई। उन्हें लगा कि ईश्वर उनकी सहायता कर रहा है।

इस तरह वे मन्दिर में कृष्ण को पाने की अपनी मनोकामना पूरी करने की प्रार्थना तो कर ही सकेंगी, साथ ही महल के बाहर की भीड़ और उसके मध्य से कृष्ण के द्वारा अपने हरण की सम्भावनाओं का

आकलन भी कर सकेंगी। यह भी सम्भव है कि इसी बहाने मार्ग में उन्हें कुछ पलों के लिये ही सही, कृष्ण दिखाई पड़ जायें।

रुक्मिणी ने इड़ा से अपने मन की बात साझा की। उसने कहा।

"एक सम्भावना और भी तो है रुक्मिणी।"

' क्या?'

"हो सकता ह, कृष्ण मन्दिर के मार्ग में ही तुम्हारा अपहरण कर लें।"

"इड़ा, यदि ऐसा हो गया तो....."

'तो?'

"तो मैं तुझे मुँह माँगी वस्तु दूँगी....।"

"रहने दो, इसके बाद तुम कृष्ण की रानी बनी हुई द्वारिका में होगी और मैं यहाँ विदर्भ में; किन्तु तुम प्रसन्न रहो यही मेरा सबसे बड़ा पुरस्कार होगा।

* * *

सखियों द्वारा अत्यन्त मूल्यवान आभूषणों और सुन्दर वस्त्रों से सजाई गयी रुक्मिणी, उनके साथ रथ में सवार होकर मन्दिर के लिये निकली तो राजपुरुषों की भारी भीड़ में सारे रास्ते उनकी दृष्टि कृष्ण को ढूँढ़ती रही, पर वे कहीं नहीं दिखे।

राजपुरुषों के साथ-साथ सशस्त्र सैनिकों की संख्या भी बहुत अधिक थी। रुक्मिणी का मन आशा और निराशा के बीच झूलने लगा। 'पता नहीं मेरे भाग्य में क्या लिखा है?' सोचते हुए उन्होंने मन्दिर में प्रवेश किया।

दुर्गा जी की विधिवत् पूजा करने के उपरान्त वे उनके सम्मुख नेत्र

बन्दकर और हाथ जोड़कर खड़ी हो गयीं, और मन ही मन उनसे सहायता का प्रार्थना करने लगीं।

प्रार्थना समाप्त कर वे मन्दिर के द्वार पर आयीं। मन्दिर, भूमि से कुछ ऊँचाई पर बना था। सीढ़ियों तक पहुँचकर उन्होंने एक बार पुनः चारों ओर दृष्टि डाली, और अचानक उनकी दृष्टि गरुड़ के चित्र वाली ध्वजा फहराते हुए एक रथ पर पड़ी।

'कहीं यह रथ कृष्ण का तो नहीं?' उनके मन में आया और फिर वे धीरे-धीरे मन्दिर की सीढ़ियाँ उतरने लगी।

रुक्मिणी, सीढ़ियाँ उतरकर मन्दिर के प्रांगण से बाहर आयी ही थीं कि अचानक वह रथ, बिजली जैसी फुर्ती के साथ उनके पार्श्व में आ पहुँचा।

रुक्मिणी ने चौंककर देखा, और यद्यपि उन्होंने कृष्ण के बारे में केवल सुना ही था, उन्हें देखा कभी नहीं था, फिर भी पहचानने में कोई गलती नहीं की। कृष्ण ही थे। वे खड़े हुए थे और उनका एक हाथ रुक्मिणी की ओर बढ़ा हुआ था।

वे थोड़ा झुके और रुक्मिणी ने बिना देर किये उनका हाथ थाम लिया। कृष्ण ने उन्हें रथ पर चढ़ा लिया, और फिर जब तक लोग कुछ समझ पाते, रथ भीड़ को चीरता हुआ बाहर निकलकर द्वारिका की ओर दौड़ पड़ा।

शिशुपाल और भाइयों सहित रुक्मी ने सेना के साथ रथ का पीछा किया, तब तक बलराम भी अपनी सेना लेकर वहाँ पहुँच चुके थे। उन्होंने मोर्चा सँभाल दिया। दोनों सेनाओं में युद्ध होने लगा। बलराम का प्रयास था कि रुक्मी की सेना वहीं अटककर रह जाये, कृष्ण के पीछे न जा सके।

रुक्मी ने इसे समझा और सेना वहीं लड़ता छोड़कर शिशुपाल को साथ लेकर कृष्ण का पीछा करने लगा। कृष्ण जहाँ तक हो सके रक्त-रंजित युद्ध से बचना चाहते थे, किन्तु जब रुक्मी ने उन्हें ललकारते हुए कहा,

"कहाँ भागता है कायर? ठहर, तो कृष्ण ने सारथी दारुक से रथ रोकने को कहा। इसके बाद एक ओर कृष्ण और दूसरी ओर शिशुपाल और रुक्मी। दोनों ओर से बाणों की वर्षा हो रही थी।

कृष्ण का निशाना बहुत सधा हुआ था, और उनके बाणों में बहुत अधिक शक्ति थी। शिशुपाल ने कुछ देर के युद्ध के बाद ही जान लिया कि विजय असम्भव है। उसने अपनी जान बचाना ही श्रेयस्कर समझकर अपना रथ वापस मोड़ लिया, किन्तु रुक्मी कृष्ण से जूझता रहा।

कुछ देर के युद्ध के बाद ही कृष्ण ने उसके सारे शस्त्र अपने तीरों से काट डाले। तब रुक्मी निहत्था ही कृष्ण की ओर दौड़ा । कृष्ण उसके इस प्रयास पर हँसे। रथ के नीचे उतरे और रुक्मी के पास आते ही उसे धक्का देकर भूमि पर गिरा दिया। उसके भूमि पर गिरते ही कृष्ण ने उसके सीने पर पैर रखकर दबा दिया।

रुक्मी पीड़ा से कराह उठा। कृष्ण ने तलवार से उसका सिर काटने का निर्णय लिय, तभी रुक्मिणी, जो इस सारे काण्ड को सहमी हुई देख रही थी, रथ से उतरकर दौड़ती उनके पास आयी और हाथ जोड़कर खड़ी हो गयी।

'क्षमा।' रुक्मिणी ने कृष्ण की ओर देखकर रोते हुए कहा। कृष्ण ने तलवार वापस म्यान में रखी और रुक्मी के सीने से पैर हटाकर उसे मुक्त कर दिया।

घायल और अत्यधिक लज्जित रुक्मी उठा और चुपचाप रथ पर बैठकर वापस हो गयी। रुक्मी ने इसको अपनी प्रतिष्ठा का प्रश्न बना लिया था। उसने निश्चय किया था कि यदि वह रुक्मिणी को कृष्ण से छुड़ा नहीं सकेगा तो अपने राज्य विदर्भ की राजधानी कुण्डिन नहीं लौटेगा, अतः वह वापस कुण्डिन नहीं गया। भोजकट नामक एक ग्राम में ही छोटा सा घर बनाकर रहने लगा।

कालान्तर में अति अहंकार, दुष्ट प्रवृत्ति और एक समारोह में कृष्ण को लगातार बहुत अधिक अपशब्द करने के कारण शिशुपाल, कृष्ण के

द्वारा मारा गया।

उधर रुक्मी और शिशुपाल के हटते ही उनकी सेना का मनोबल भी टूट गया था, अतः उन्होंने लड़ना बन्द कर दिया, इस पर बलराम भी अपनी सेना सहित वापस हो लिये, और इस प्रकार एक भयंकर रक्तपात टल गया।

* * *

रुक्मी जब कृष्ण से पराजित होकर वापस हुआ तो कृष्ण कुछ पलों तक उसे वापस जाते देखते रहे, और जब उसका रथ दूर चला गया तब उन्होंने रुक्मिणी की ओर देखा। वे रो रही थीं। कृष्ण ने उनकी पीठ पर हाथ रखकर उन्हें धीरज देने का प्रयास किया।

''सारे रक्तपात का कारण मैं हूँ।'' रुक्मिणी ने रोते हुए कहा।

''ऐसा मत सोचो रुक्मिणी, थोड़ा बहुत यह सब तो होना ही था, किन्तु विशेष बात यह है कि इस युद्ध में किसी की मृत्यु नहीं हुई है।

कृष्ण के शब्दों से रुक्मिणी की व्यथा थोड़ी कम हुई। रुक्मी से कृष्ण के समय वे भी रथ से उतरकर खड़ी हो गयी थीं। कृष्ण उन्हें लेकर रथ तक आये, उन्हें रथ में बिठाया, स्वयं बैठे और सारथी दारुक ने रथ, पुनः द्वारिका की ओर दौड़ा दिया।

रुक्मिणी के मन में बहुत से प्रश्न चल रहे थे। बहुत शान्त और खोई-खोई सी बैठी थीं। रुक्मिणी की हिचकियाँ अभी भी थमी नहीं थीं। कृष्ण से रुक्मिणी की मनोदशा छिपी नहीं रह सकी।

''बहुत परेशान हो, क्या सोच रही हो रुक्मिणी?'' कृष्ण ने पूछा?

''रुक्मी पता नहीं किस स्थिति में होगा? उसके घाव पता नहीं कितने गहरे होंगे?

"मैंने अपने बाणों से उसके अस्त्र-शस्त्र ही काटे थे, उसकी देह को लक्ष्यकर कोई भी प्रहार नहीं किया था, अतः कुछ साधारण चोटें तो हो सकती हैं, किन्तु उसकी देह पर कोई घाव नहीं होगा।"

"और मन पर?"

"रुक्मी के मन पर?" कृष्ण ने हँसकर बहुत धीरे से स्वयं से कहा, फिर रुक्मिणी के ओर देखकर बोले,

"तुम कितनी सरल हो रुक्मिणी, जिसने कभी तुम्हारे और यहाँ तक कि अपने पिता के मन की कभी चिन्ता नहीं की, तुम उसके मन की चिन्ता में व्याकुल हो; किन्तु जितना मेरा अनुभव है, उससे मैं कह सकता हूँ, कि तुम सुखी और सन्तुष्ट रहीं तो उसके मन पर लगी चोटें भी शीघ्र ही भर जायेंगी।"

कृष्ण की बातों से रुक्मिणी को कुछ शान्ति तो मिली, किन्तु उनकी उदासी गयी नहीं। वे आकाश की ओर देखती चुपचाप ही बैठी थीं। कृष्ण ने फिर कहा,

"तुम अभी भी चिन्तित हो? क्या सोच रही हो?"

' "मेरे परिजन मेरे इस तरह चले आने पर पता नहीं क्या अनुभव कर रहे होंगे?"

"हम क्षत्रियों में इस तरह के विवाह होते ही रहते हैं, इसमें कुछ भी असामान्य नहीं है, और जहाँ तक मैं समझता हूँ, तुम्हारे पिता व अन्य परिजन इस विवाह से प्रसन्न ही होंगे; जितना समय मैंने तुम्हारे यहाँ बिताया है, उतनी देर में मैंने जो अनुमान लगाया है, उसके अनुसार रुक्मी को छोड़कर कोई भी तुम्हारे और शिशुपाल के विवाह के पक्ष में नहीं था।"

"और आपके माता-पिता क्या मुझे देखकर प्रसन्न होंगे?"

रुक्मिणी के इस प्रश्न पर कृष्ण खुलकर हँसे।

"यह तुम वहाँ पहुँचकर स्वयं देख लेना, और फिर मेरे बड़े भाई

बलराम स्वयं सेना लेकर हमारी रक्षा के लिये आये हुए हैं, यह उनकी पूर्ण सहमति का ही प्रतीक तो है।" उन्होंने कहा।

कृष्ण के इस उत्तर से रुक्मिणी धीरे-धीरे कुछ देर बाद सामान्य हो गयीं। उन्होंने कभी इतनी लम्बी यात्रा नहीं की थी, इस कारण कुछ देर बाद उन्हें बहुत थकान लगने लगी। मन पहले से ही अशान्त था।

कृष्ण ने रुक्मिणी का थकान से भरा और मुरझाया सा मुख देखकर मार्ग में एक सरोवर के पास रथ रुकवाया। दोनों ने सरोवर के पानी से पैर, हाथ और मुँह धोये, कुछ फल लिये; तब तक बलराम भी सेना सहित वहीं आ गये। थोड़े विश्राम के बाद सभी ने यात्रा पुनः प्रारम्भ की।

रुक्मिणी बहुत कुछ सामान्य हो चुकी थीं। उन्हें यह यात्रा बहुत अच्छी लग रही थी, और वे लगातार कृष्ण से मार्ग में आने वाले नगरों, महलों और वनों के बारे में पूछती जा रही थीं।

रथ ने जब द्वारिका में प्रवेश किया तो उन्होंने देखा कि उनके स्वागत में द्वारिका को बहुत अधिक सजाया गया था। महल तक जाने वाले मार्ग के दोनों ओर केले और सुपारी के वृक्षों की सज्जा थी और स्थान-स्थान पर तरह-तरह से चित्रित, जल से भरे हुए कलश रखे हुए थे। उच्चकोटि की धूप की सुगन्ध थी, और सारे मार्ग पर जल का छिड़काव हो रहा था।

महल आया तो स्वयं देवकी और वसुदेव, अन्य सभी परिजनों के साथ उनके स्वागत के लिये खड़े थे। रथ के दिखाई पड़ते ही स्त्रियों ने मंगलगान गाने प्रारम्भ कर दिये। देवकी, रथ के पास आयीं। रुक्मिणी के पास आकर उन्हें रथ से उतारा और सीने से लगा लिया। रुक्मिणी के मन के सारे प्रश्न मिट गये।

कृष्ण और रुक्मिणी के विवाह की तिथि निर्धारित हुई। धृतराष्ट्र, पाँचों पाण्डवों और वृन्दावन को निमंत्रण भेजे गये। रुक्मिणी के पिता महाराज भीष्मक को मनाकर लाने का भार बलराम ने स्वयं अपने ऊपर लिया और वे इसमें सफल भी रहे। वृन्दावन से यशोदा, नन्द, और राधा

के माता-पिता, कीर्तिदा और वृषभानु को विशेष रूप से निमंत्रित किया गया।

(पद्‌म पुराण में उल्लेख है कि नन्द व अन्य गोप इस विवाह में सम्मिलित हुए थे)

विवाह धूमधाम से हुआ। रुक्मिणी के अपहरण से लेकर विवाह तक की कथा को काव्य के रूप में लिखा गया और स्थान-स्थान पर उसका गायन किया गया।

विवाह के उपरान्त रुक्मिणी ने देवकी और वसुदेव की छोटी से छोटी आवश्यकताओं, उनके सुख-दुःख का ध्यान रखने में कोई कसर नहीं छोड़ी।

* * *

समय के साथ रुक्मी के मन में अपना क्रोध शान्त हो गया। उसने रुक्मिणी और कृष्ण के विवाह को स्वीकार कर लिया। महाभारत का युद्ध जब प्रारम्भ होने वाला था, तब चूँकि कृष्ण पाण्डवों की ओर थे, अतः वह पाण्डवों की सहायता करने के उद्‌देश्य से कृष्ण के पास गया।

''कृष्ण, चूँकि तुम पाण्डवों की ओर हो, अतः मै भी पाण्डवों की सहायता करना चाहता हूँ, ''उसने कहा।

''मैं तुम्हारे इस विचार की सराहना करता हूँ, रुक्मी, किन्तु यदि तुम पाण्डवों की इस युद्ध में सहायता करना चाहते हो तो तुम्हें युधिष्ठिर से कहना पड़ेगा, क्योंकि कौन इस युद्ध में पाण्डवों की ओर से युद्ध करेगा, यह निर्णय करने का अधिकार तो केवल युधिष्ठिर के पास ही है।''

रुक्मी को कृष्ण की यह बात अच्छी नहीं लगी किन्तु वह युधिष्ठिर से मिलने गया।

“युधिष्ठिर, कौरवों के विरुद्ध इस युद्ध में मेरा बहनोई कृष्ण तो तुम्हारे साथ है ही, मैं भी तुम्हारी सहायता करना चाहता हूँ, मैं तुम्हारी ओर से युद्ध करूँगा; कौरवों को उनके अन्यायपूर्ण आचरण की सजा मिलनी ही चाहिये।”

युधिष्ठिर को रुक्मी के बात करने के तरीके में घमण्ड की अनुभूति हुई। वे कृष्ण को आदेश देने की बात तो सोच भी नहीं सकते थे, किन्तु इस युद्ध में उनके अतिरिक्त युधिष्ठिर किसी भी ऐसे व्यक्ति को नहीं चाहते थे, जिसे उनसे आदेश लेने में आपत्ति हो; इससे युद्ध का नेतृत्व करने में कठिनाई होती, अतः उन्होंने बहुत विनम्रता से कहा,

“मैं आपके इस प्रस्ताव के लिये हृदय से आपका आभारी हूँ, किन्तु इतने छोटे से कार्य के लिये आपको कष्ट देना मुझे उचित नहीं लग रहा है।”

युधिष्ठिर की इस बात से रुक्मी ने अपने को अपमानित अनुभव किया, और वह यही प्रस्ताव लेकर दुर्योधन के पास चला गया। दुर्योधन अत्यधिक घमण्ड से भरा हुआ था, रुक्मी की बात सुनकर वह जोर से हँसा।

“पाण्डवों को मसलने के लिये मेरा कर्ण अकेले ही बहुत है, मुझे कृष्ण के किसी सम्बन्धी की सहायता नहीं चाहिये।”

रुक्मी उसकी इस घमण्डपूर्ण बात सुनकर बहुत ही हताश होकर वापस लौट गया।

* * *

कृष्ण के विचारों का प्रवाह टूटा तो उन्होंने देखा रुक्मिणी अभी भी उनके चरणों पर अपनी दृष्टि गड़ाये बैठी थीं। कृष्ण ने पुकारा,

‘रुक्मिणी!’

रुक्मिणी ने ऊपर देखा। उनके अधरों पर फीकी मुस्कान थी। कृष्ण ने फिर कहा,

"रुक्मिणी, कितना समय हो गया हमें इस प्रकार बैठे हुए?"

"प्रभु, लगभग एक प्रहर रात्रि व्यतीत हो चुकी है; देख रहे हैं यह निस्तब्धता... किन्तु आप कहीं खोये हुए क्यों हैं? आपका मुख बता रहा है कि आप के मन में कुछ चल अवश्य रहा है; मुझे लग रहा है कि मैं इतना जीवन आपके साथ बिताने के बाद भी आपके मन तक नहीं पहुँच पाई हूँ।"

"नहीं रुक्मिणी, ऐसा नहीं है कि आप मेरे मन से कहीं दूर हैं, किन्तु मन आज कुछ पुरानी यादों में घिरा हुआ अवश्य है; मुझे लग रहा है कि मुझ सा अभागा पुत्र कौन होगा, जिसके जन्म की आशंका मात्र से उसके माता-पिता को विवाह के तुरन्त बाद कठोर कारावास में निरुद्ध कर दिया गया हो।

मेरे जन्म के पश्चात भी वे तब तक बन्दी ही रहे जब तक मैं कंस को मारकर उन्हें छुड़ाने योग्य नहीं हो गया। मात्र मेरे कारण उन्हें अपनी पूरी युवावस्था बन्दीगृह में ही गुजारनी पड़ी।"

"किन्तु इसमें आपका दोष कहाँ पर है? विधि का विधान भी तो कुछ होता होगा, और फिर कंस जैसे दुर्जन लोग, सज्जनों को प्रताड़ित करने का कुछ न कुछ बहाना ढूँढ़ ही लेते हैं; आपने तो किशोर होते ही कंस को मारकर उन्हें बन्धन-मुक्त कराया, आज वे एक भव्य प्रासाद में अनुचरों समेत आनन्दपूर्वक रहते हैं, यह भी तो आपने ही किया है।" कहकर वे चुप हो गयीं। थोड़ी देर बाद जैसे कुछ अचानक याद आ गया हो ऐसे भाव से बोलीं

"कहीं आपको ऐसा तो नहीं लग रहा कि मैं उनकी सुख सुविधाओं का उचित ध्यान नहीं रखती हूँ?"

"नहीं रुक्मिणी, उलटा वे तो तुम्हारी प्रशंसा करते कभी नहीं थकते; जब से तुम इस महल में आई हो, उन्होंने शायद कभी भी

अकेलापन महसूस नहीं किया होगा, किन्तु उन्होंने जो खोया है उसके बारे में सोचकर मेरा मन कभी कभी अपराधबोध से भर उठता है।

जिन दिनों की व्यक्ति को प्रतीक्षा रहती है, और बाद में भी जिन दिनों की यादें मन को गुदगुदा जाती हैं, वे सारे दिन उन्होंने कंस के बन्दीगृह में यातनायें सहते हुए गुजारे; और इसका एकमात्र कारण मैं था। माता यशोदा और बाबा नन्द ने मुझे कितने प्यार से पाल-पोसकर बड़ा किया होगा; मेरी शरारतें भी उनके लिये परम आनन्द का कारक बनती थीं, किन्तु मैं उनके लिये भी कुछ नहीं कर सका, मथुरा आने के बाद गोकुल लौटना ही नहीं हुआ।"

इतना कहकर कृष्ण चुप हो गये और फिर नेत्र बन्द करके बैठ गये। रुक्मिणी ने उनके क्लान्त मुख को देखा। उनका चौड़ा माथा, नीले कमल के समान नेत्र, कुछ कहते से लगते अधर देखे और लाल गुलाब की पंखुड़ियों जैसी अपनी मृदु हथेली उनके माथे पर रखकर केशों को सँवारते हुए बोलीं,

"प्रभु, आपके मनोभावों को मैं समझती हूँ, पर कंस ने आपके माता-पिता को आपके कारण नहीं, आकाशवाणी सुनकर अपनी मृत्यु के भय से जेल में निरुद्ध किया था... जब आप संसार में आये भी नहीं थे, उस समय की घटनाओं के लिए आपके मन में अपराध-बोध क्यों? और फिर आपके जैसे पुत्र को पाने से बड़ा सौभाग्य इस संसार में और क्या हो सकता है?

आपके पालक माता-पिता, माँ यशोदा और बाबा नन्द ने आपके जैसे बालक के माता-पिता होने का जो सौभाग्य पाया, आपका बचपन देखा, वह सुख छोटा नहीं, संसार के सभी तरह के पुण्यों के समग्र फल से भी कहीं अधिक होगा; फिर भी यदि आपको लगता है कि आपके द्वारा उनकी उपेक्षा हुई है, तो यह संसार के लिये दूसरे कल्याणकारी कार्यों में लिप्त रहने के कारण थी... इस सारे घटनाक्रम में कहीं भी आपका स्वार्थ नहीं था, फिर आप दुखी क्यों हैं?"

रुक्मिणी की बातों से कृष्ण प्रभावित ही नहीं हुए, उनकी बेचैनी भी

कम हुई। उन्होंने उनके मुख की ओर देखा। अपूर्व स्त्रियोचित सौन्दर्य से इतर, एक महान विदुषी के ओज और दैवीय आभा से मण्डित उनका मुख, रात्रि में चन्द्रमा के प्रकाश में दमक रहा था। रुक्मिणी जैसी भार्या पाने के सौभाग्य की सुखद अनुभूति उनके अन्दर भर गई।

सौम्य प्रकाश बरसाता
अमृत कलश जैसा
एक निर्दोष सुधाकर
मानों हाथों में आ गया
अमृत की कुछ बूँदें छलकीं
बेला और रजनीगंधा के फूल
महके और हँस पड़े

2

स्नेह के स्वर

हवा कुछ तेज हो रही थी और जहाँ तक दृष्टि जाती थी चाँदनी का ही साम्राज्य था। रुक्मिणी थककर कृष्ण के कन्धे पर सिर टिकाकर सो रही थीं। कृष्ण, कभी आकाश और कभी रुक्मिणी की ओर देख रहे थे। रुक्मिणी की बातों से उन्हें कुछ शान्ति तो मिली थी, किन्तु नींद अभी भी उनकी आँखों से बहुत दूर थी। कृष्ण ने उनके प्रति प्रशंसा और आभार से भरी हुई दृष्टि से देखा।

रुक्मिणी का हाथ कृष्ण के कन्धे पर टिका हुआ था, किन्तु मुख नींद के कारण झुक गया था। कृष्ण ने अपने कन्धे पर ठीक से रखने के लिये उनके सिर को उठाया तो चौंक गये... यह क्या! ये तो राधा थीं। वे चकित हुए, उन्होंने हिलाया तो अलसाई हुई मुखाकृति ने आँखें खोलीं, कृष्ण ने देखा चिरपरिचित किन्तु शरारत से भरे हुए नेत्र थे। सचमुच राधा ही थीं। कृष्ण ने पूछा

"अरे राधे, तुम कब आयीं, कैसे आयीं?"

“मैं तुमसे दूर गई ही कब थी कृष्ण, अपना मन नहीं देखा तुमने?”

“पर यहाँ तो रुक्मिणी थी राधे।”

“मुझमें और रुक्मिणी में अन्तर ढूँढ़ रहे हो कृष्ण? मैं भी तुम्हारी शक्ति हूँ और रुक्मिणी भी।”

“किन्तु रुक्मिणी मेरी विवाहिता भार्या भी हैं राधे।”

“हाँ, मैं तुम्हारी विवाहिता भार्या नहीं हूँ, क्योंकि विवाह दो अलग-अलग लोगों को आपस में एक करने का बन्धन है; किन्तु हम तुम दो कहाँ हैं कृष्ण; बन्धन की आवश्यकता ही कहाँ है, एक में क्या एक करना होता है, बोलो?”

“चलो ठीक है, पर यह रुक्मिणी के मुख के स्थान पर तुम्हारा दिखना...”

“रुक्मिणी निश्छल हैं, उस निश्छलता की चमक में तुम अपना ही प्रतिबिम्ब देख रहे हो कृष्ण।”

“पर मुझे तुम दिखाई दे रही हो राधे।”

“मैं पुनः कह रही हूँ, अपने आपसे क्यों नहीं पूछते, तुम और मैं, दो कब थे?”

कृष्ण मौन रह गये, कुछ देर बाद बोले,

“राधे, मैं तो वृन्दावन छोड़ने के बाद न जाने कितना भटकता रहा; कभी मथुरा, कभी हस्तिनापुर कभी कुरुक्षेत्र, कभी इन्द्रप्रस्थ कभी द्वारिका... और भी न जाने कहाँ कहाँ। कितनी व्यस्ततायें, कितने कर्तव्य, अनेक युद्ध और पता नहीं कितनी घटनायें। सांसारिक दृष्टि से मेरे पास चलो कुछ तो बहाने थे तुम से दूर रहने के, किन्तु राधे तुम मेरे बिना कैसे रह सकी यह नहीं बताओगी?”

“मै तुम्हारे बिना कभी नहीं रही कृष्ण, मेरे हिस्से का कृष्ण सदैव मेरे साथ था।”

"तुम क्या कह रही हो राधे क्या मनुष्य के भी हिस्से होते हैं।"

"होते हैं, कृष्ण, मनुष्य के भी हिस्से होते हैं; देखो, एक वह कृष्ण जो माँ यशोदा और बाबा नन्द के आँगन में क्रीड़ायें करता था, वह उनके हिस्से का कृष्ण, जो तमाम गोप और गोपियों के साथ खेलता, गायें चराता और लीलायें करता था वह उनके हिस्से का कृष्ण, जो मथुरा, हस्तिनापुर, इन्द्रप्रस्थ, कुरुक्षेत्र आदि में धर्म की जय के लिये लड़ता रहा, और रुक्मिणी का पति बन कर रहा वह रुक्मिणी के हिस्से का कृष्ण, लेकिन जो मेरे लिए बाँसुरी बजाते हुए सदैव मेरे हृदय में रहा, वह मेरे हिस्से का कृष्ण है।"

थोड़ी देर चुप रहने के बाद राधा बोलीं,

"उद्धव आये थे, उन्हें तुम्हीं ने भेजा था, ऐसा बता रहे थे, पर वे तो मुझे और अन्य गोप बालाओं को तुमको हृदय से निकालने की शिक्षा देने आये थे; शायद वे नहीं जानते थे कि तुम हमारे हृदयों में पैर तिरछे करके अड़े हुए हो, निकल नहीं सकते; हमारे लिये तुम्हें भूलने की बात ऐसे ही है जैसे हमारे हिस्से के कृष्ण से भी हमें वंचित करने की बात हो, जैसे कोई बिना प्राणों के जीवित रहने की बात समझाये। वे कहना चाहते थे कि ईश्वर में मन लगाओ और कृष्ण को भूल जाओ, सूर्य को देखो और उसके प्रकाश को भूल जाओ; किन्तु वे उन अक्रूर जी से अच्छे थे जो सखा होने के नाम पर मात्र ग्यारह वर्ष की आयु में तुम्हें रथ में बिठाकर मथुरा लिये चले गये थे।"

"किन्तु राधे, मेरा वहाँ जाना बहुत जरूरी था; मेरे माता-पिता बन्दीगृह में यातनायें सह रहे थे, कंस को मारकर उन्हें मुक्त कराना था, महाराजा उग्रसेन को उनका राज्य दिलवाना था, तथा और भी बहुत से कार्य थे जो केवल मेरे द्वारा ही सम्पन्न होने थे।"

"मैं जानती हूँ।"

कहकर राधा ने कृष्ण का बायाँ हाथ पकड़ा और उनकी सबसे छोटी उँगली कनिष्ठिका, जिस पर उन्होंने गोवर्धन पर्वत उठाया था, अपनी

मुट्ठी में बन्द कर ली, फिर बोलीं–"तुम्हारे हाथ तो कितने कोमल हैं कृष्ण, जरा सी कनिष्ठिका पर तुमने इतना भारी पर्वत कैसे उठा लिया?"

कृष्ण ने उत्तर नहीं दिया, केवल हँस पड़े।

"मुझे स्मरण है उस समय तुम्हारी उँगली बिल्कुल रक्त सी लाल हो गई थी, और फिर कई दिनों तक लाल ही पड़ी रही थी; दर्द तो बहुत हुआ होगा; कैसे सहा तुमने इतना दर्द?" कहकर राधा कृष्ण की कनिष्ठिका हल्के-हल्के सहलाने लगीं।

कृष्ण फिर हँस पड़े, बोले,

"मेरे इतने छोटे-छोटे दर्दों को भी इतने दिनों तक तुम्हीं याद रख सकती हो, पर सच तो यह है कि मेरे पास आने पर सभी तरह के दर्द अपना अस्तित्व खो देते हैं।"

"किन्तु तुमने मुझे जो दर्द दिया है वह तो आज भी जीवित है कृष्ण।"

"वह दर्द इसलिये जीवित है राधे, क्योंकि तुम उस दर्द को मरने नहीं देना चाहतीं, उसे जीवित रखना चाहती हो।"

"तुम ठीक कह रहे हो कृष्ण; वह दर्द ही मेरे जीवन का आधार बना हुआ है; जिस दिन राधा के सीने में यह दर्द नहीं होगा वह भी नहीं होगी।"

कृष्ण ने राधा का हाथ पकड़ा, धीरे से दबाया और अपने मस्तक से लगा लिया। राधा को अच्छा लगा, कहने लगीं,

"कान्हा, मुझे आज भी वह समय ऐसे याद है जैसे कल की ही बात हो; इन्द्रदेव कुपित होकर ऐसे वर्षा कर रहे थे जैसे सारे गोकुल को मिटा देंगे; वह तो तुम थे कृष्ण जिसने हमें फिर भी सुरक्षित रखा।"

राधा थोड़ा रुकीं फिर बोलीं,

"और कृष्ण, एक बार जब तुम नाग जाति के व्यक्ति कालिय पर

क्रोध करके कदम्ब के वृक्ष से ही उसके ऊपर टूट पड़े थे, उस घटना को याद करके तो आज भी मेरा मन काँप जाता है। माता यशोदा तो बेहोश सी हो गयी थीं। तुम्हारी क्षमताओं और शक्ति पर अटूट विश्वास होते हुए भी मैं ही नहीं, सारा गोकुल और वृन्दावन व्याकुल और दुखी हो गया था, केवल बलराम भैया ही खड़े मुस्कुरा रहे थे।''

''उन्हें पता था राधे, कि माँ ने मेरे माथे के ऊपर केशों में जो मोर मुकुट लगाया था वह व्यर्थ नहीं हो सकता; जैसे मोर साँपों से डरता नहीं, उन्हें लड़कर मार डालता है, वैसे ही तुम्हारे इस मोर मुकुटधारी को भी किसी से भी डरने की आवश्यकता नहीं थी, भले ही वह कालिय नाग ही क्यों न हो।''

''कृष्ण, वह कालिय अपने परिवार के साथ यमुना के किनारे रहता था, और वे सभी इतने क्रूर और हिंसक प्रवृत्ति के थे कि यमुना के उस किनारे पर जाते लोग डरते थे, किन्तु तुमने उसे, वह स्थान सपरिवार छोड़ने पर विवश कर दिया था, जिसके कारण वह यमुना जिनके किनारे जाते भी लोग डरते थे, हमारी जीवन दायनी हो गईं।

'राधिके, मुझे वृन्दावन के वे पल कभी नहीं भूले, जब मैं किसी कुंज में बैठकर बाँसुरी बजाता था, और तुम कहीं से भी बाँसुरी की धुन सुनकर दौड़ती हुई चली आती थीं। बाँसुरी की वह धुन तुम्हारी पायलों की छन-छन के साथ मिलकर अद्‌भुत संगीत लहरियाँ पैदा करती थी। उन क्षणों के सौन्दर्य को केवल महसूस किया जा सकता है; उसके वर्णन के लिए कैसे और कितने भी शब्द हों अपर्याप्त ही होंगे। कितनी बार तो तुम नंगे पैरों ही दौड़ी चली आती थीं, तुमने कभी मार्ग के काँटों की परवाह नहीं की, और फिर तुम्हारे पैर में चुभे वे काँटे मैं ही तो निकाला करता था। उन काँटों के कारण निकला रक्त तुम्हारे पैरों के तलवों की लालिमा में छुप जाया करता था।''

''केशव, तुम्हारे पास आने की इच्छा रखने वाला कोई भी व्यक्ति, पैरों के काँटों की परवाह ही कहाँ करता है? उसे पता रहता है कि कितने भी काँटे लग जायें तुम उन्हें निकाल ही दोगे; मैं अपने पाँवों पर तुम्हारे

उस स्पर्श को याद कर रोमांचित भी हो उठती हूँ साथ ही तुम्हारे हाथ मेरे पैरों पर लगे यह बात मेरे लिये पीड़ा और लज्जा का कारण भी बनती है।"

"यह तुम क्या कह रही हो राधा... तुम तो यह कहती हो कि तुम और मैं एक ही हैं, हममें कोई फर्क ही नहीं, फिर यदि मैंने अपने हाथों से तुम्हारे पाँव से काँटे निकाल ही दिये तो तुम्हें पीड़ा और लज्जा की अनुभूति क्यों?"

"क्योंकि स्त्री के मन में जिस पुरुष के प्रति आदर की भावना न हो, उससे उसका प्रेम करना सम्भव ही नहीं। जब तुम मेरे पैरों को हाथ लगाते थे, तब तुम्हारे प्रति अतिशय सम्मान की भावना ही मुझे लज्जा और अपराधबोध की पीड़ा की अनुभूति देती थी।"

इतना कहकर राधा चुप हो गईं फिर बोलीं,

"अच्छा अब मैं जा रही हूँ कृष्ण।"

कृष्ण कुछ कह नहीं सके, केवल उनके मुख की ओर देखते रह गये। धीरे-धीरे राधा मुख कहीं खो गया और उन्होंने देखा नींद से बोझिल रुक्मिणी उनके कन्धे पर सिर टिकाये बैठी थीं। कृष्ण ने सहारा देकर उन्हें उठाया और महल की ओर चल पड़े।

एक खुशबू सी चली आयी हवा में
सोचता ही रह गया ये मन
कहाँ से और किसकी गन्ध है यह
और लो फिर एक झोंका और आया
तन व मन को गन्ध से भर भी गया
और खुशबू को उड़ा भी ले गया।

3

मन छलके

भोर हो चुकी थी, चिड़ियों के कलरव से कृष्ण की नींद खुली। रुक्मिणी पहले ही उठकर अपनी दिनचर्या में लग चुकी थीं। कृष्ण को लगा उन्हें उठने में देर हो गई। थोड़ी शीघ्रता से वे स्नान आदि से निवृत्त हुए। उन्हें स्मरण था कि आज सोमवार है, बिना शिव-मन्दिर गये रुक्मिणी जल भी ग्रहण नहीं करेंगी।

परिचारकों ने उन्हें वस्त्र आदि लाकर दिये। कृष्ण तैयार हुए। रुक्मिणी पहले ही तैयार थीं। दोनों शिव मन्दिर गये। पूजन, अर्चन और स्तुति करते-करते रुक्मिणी भावुक हो उठीं। उनकी आँखों से अश्रु टपक पड़े। कृष्ण ने उनके अश्रु अपने उत्तरीय से पोंछकर पूछा,

"क्या हुआ रुक्मिणी?"

"मुझे कभी अपने से दूर मत करना।"

कृष्ण उनका हाथ थामकर मन्दिर से बाहर आते हुए बोले,

“तुम मेरी शक्ति हो रुक्मिणी, हमें कोई अलग नहीं कर सकता,” फिर हँसते हुए कहने लगे,

“तुम्हारा भाई रुक्मी भी नहीं।”

“मैं रुक्मी से चिन्तित नहीं हूँ; उसकी तो इस ओर आँख उठाकर देखने की भी हिम्मत नहीं है, मैं तो अपने मन से परेशान हूँ, ये पता नहीं कितनी आशंकाओं से ग्रस्त हो रहा है, और कल सायंकाल से तो मैं स्वयं को बहुत ही असहज महसूस कर रही हूँ।”

“क्यों रुक्मिणी, क्या किसी ने तुम्हारे मन को दुखाया है?”

“आपके होते हुए मेरे मन को दुःखाने का दुःसाहस कौन कर सकता है, किन्तु कल सायंकाल से आप मुझे चिन्तित ओर असहज लग रहे हैं, यह छोटा दुःख नहीं है।”

कृष्ण ने जोर से हँसने का उपक्रम किया,

“तुम भी रुक्मिणी, कितना व्यर्थ चिन्तित हो; कल जब समुद्र के तट पर बैठे-बैठे लगने लगा कि देर हो गयी है मुझे घर चलना चाहिए, तो उठकर चला आया, और हाँ दिन भर के कार्यों के पश्चात शायद कुछ थकान भी हो गयी थी।”

कृष्ण मन में सोच रहे थे कि सचमुच मैं झूठ कहाँ कह रहा हूँ, मेरा घर जाने का समय तो हो ही गया है... वे फिर बोले,

“चलो माँ और पिताश्री के पास चलते हैं, और उनका आशीर्वाद लेते हैं।”

“अरे, आपने तो मेरे मुँह की बात छीन ली, चलिये चलते हैं।”

रुक्मिणी और कृष्ण दोनों, देवकी और वसुदेव के पास पहुँचे। रुक्मिणी ने सिर ढक कर कृष्ण के साथ दोनों के चरण स्पर्श किये। वसुदेव ने कृष्ण को हाथ पकड़कर पास बिठा लिया और देवकी ने तो रुक्मिणी को आलिंगनबद्ध कर लिया। दोनों ने उन्हें बहुत से आशीष दिये। प्रातःकालीन अल्पाहार का समय था। कलेवा आया, ताजे फल, दूध

और मक्खन। रुक्मिणी ने फल काटे, फिर दूध, मक्खन और फल पात्रों में रखकर पहले वसुदेव, फिर देवकी और फिर कृष्ण के सम्मुख रखे। देवकी बहुत प्यार से बोलीं,

"तुम भी तो लो बहू।" फिर वसुदेव की ओर देखकर बोली,–"हमारा कृष्ण हमारे लिये कितनी अच्छी बहू लेकर आया है।"

रुक्मिणी ने सिर झुकाये-झुकाये धीरे से कहा–"मैं बाद में ले लूँगी माते।"

वसुदेव ने बात के क्रम को आगे बढ़ाया,–"हमारी बहू सचमुच बहुत अच्छी है, इसके माता-पिता ने इसे बहुत अच्छे संस्कार दिये हैं।"

"ठीक कह रहे हैं आप, इसके पिता महाराजा भीष्मक कितने सदाचारी और प्रतापी शासक रहे हैं यह कोई कहने की बात नहीं है; अपने माता-पिता से गुण ही गुण लेकर आयी है मेरी बहू।" देवकी ने कहा।

सास और ससुर दोनों से अपनी प्रशंसा सुनकर रुक्मिणी का चेहरा रक्ताभ हो गया, बोली,

"माँ, भाग्यशाली तो मैं हूँ, आप की बहू बनकर मेरे आँचल में तो संसार के सारे सुख समा गये हैं।"

देवकी बोली,–"बहू, कृष्ण का बचपन देखने का सुख तो हमें नहीं मिला, पर सुनते हैं यह बहुत नटखट था; यद्यपि अब तो इसने बहुत बड़े-बड़े कार्य कर डाले हैं... यह ज्ञानी भी बहुत हो गया है, पर मुझे तो यह आज भी बालक ही लगता है।"

कृष्ण हँसने लगे,–"आपके और पिताश्री के लिये मैं बालक ही तो हूँ माँ।"

देवकी कहने लगी,–"कृष्ण, एक बात बता; कहते हैं कंस की भेजी हुई पूतना जब तेरे प्राण लेने के लिये आयी थी, तो तूने उसका मन्तव्य जानकर उल्टे उसको ही मार दिया; उस समय तो तू निरा अबोध शिशु

था, फिर तूने यह कैसे किया?"

माता-पिता के सान्निध्य में कृष्ण बहुत ही सहज महसूस कर रहे थे। रात की असहजता कब की जा चुकी थी। वे आनन्दित थे। हँसे, सिर झुकाया और बोले,

"मैंने, पूतना को नहीं मारा था माँ।"

देवकी हैरान हुईं,-"तूने नहीं मारा था तो फिर कैसे गये उसके प्राण? मैंने तो यह भी सुना है कि उसे मृत्यु के बाद देवलोक भी मिला; एक दुष्टतापूर्ण कार्य का यह उचित पुरस्कार था क्या?"

कृष्ण को प्रसन्न मुद्रा में देख रुक्मिणी के हृदय से मानो बोझ सा उतर चुका था। वे बहुत अच्छा अनुभव कर रही थीं, बोलीं,

"माँ, मुझे इन्होंने इस बारे में जो बता रखा है वो मैं आपको बताऊँ क्या?"

देवकी ने सहज भाव से कहा,-"हाँ, बताओ बेटी।"

"माँ..." रुक्मिणी कहने लगीं,-"पूतना स्वेच्छा से नहीं, कंस के आदेश के कारण यह कार्य करने को बाध्य हुई थी, अन्यथा कंस उसे अत्यन्त कष्टपूर्ण मृत्यु देता; किन्तु गोकुल आकर उसने कृष्ण के कारण उत्साह, उमंग और प्रेम का जैसा वातावरण देखा, कंस के राज्य में उसने कभी नहीं देखा था।

जब माँ यशोदा ने अत्यन्त विश्वास और निश्छलता से कृष्ण को उसकी गोद में दे दिया, तभी उसके हृदय में अपने आने के उद्देश्य को लेकर बहुत धक्का लगा था; फिर जब उसने इन्हें गोद में लेकर इनका मुख देखा तो उसे लगा अरे कितना सुन्दर और अबोध बालक है, मेरी गोद में भी कितनी निश्छलता से हँस रहा है, लगता है मुझे भी अपनी माँ समझ रहा है।

पूतना इनके मोह में पड़ गयी। वह एक कुटिल उद्देश्य को लेकर आयी थी, किन्तु उसने वहाँ जो देखा और पाया, उस सबने उसके हृदय

में अन्तर्द्वन्द्व का तूफान पैदा कर दिया। यह तूफान वह झेल नहीं सकी। उसने अपना विष से सना स्तन इनके मुख से लगाया, किन्तु इसके परिणाम की कल्पना मात्र से उनका हृदय काँप गया, इस आघात ने उसकी हृदयगति बन्द कर दी। वह एक भयानक पाप से बची, और उसने इसका मोल अपने जीवन को देकर चुकाया, अतः उसे देवलोक तो मिलना ही था।"

देवकी वसुदेव और कृष्ण अपना कलेवा समाप्त कर चुके थे। रुक्मिणी कुछ फल और दूध लेकर और अपने श्वसुर वसुदेव से ओट कर उसे ग्रहण करने लगीं। कृष्ण अपनों के बीच बैठे थे, किन्तु उन्हें अचानक राधा का पुनः ध्यान आ गया। उनके प्रति राधा का प्रेम, त्याग और समर्पण की भावना सभी कुछ अतुलनीय थी।

कृष्ण सोचने लगे, कितनी सहजता से राधा ने कह दिया था कि वह और कृष्ण एक ही तो हैं, अतः विवाह का प्रश्न ही कहाँ उठता है; किन्तु यह कहने में उन्हें अपने आप से कितना संघर्ष करना पड़ा होगा। वे सोचने लगे कृष्ण को पृष्ठभूमि में रखकर ही राधा के व्यक्तित्व को जाना जा सकता है। श्याम पृष्ठभूमि में ही उजाले की किरणों का सही अनुमान लग पाता है... सहसा उन्हें एक प्रसंग याद आ गया।

एक बार जब वे राधा और उनकी सखियों के साथ वृन्दावन में बैठे थे तभी एक भ्रमर राधा के आसपास मँडराने लगा। राधा जी उसकी उपस्थिति से कुछ चौंकीं तो सखियों ने कृष्ण से उसे भगाने के लिये कहा। कृष्ण केवल धीरे से हँस दिये, उन्होंने उस भ्रमर को हटाने का कोई प्रयास नहीं किया। भ्रमर कुछ देर तक आसपास मँडराकर दूर चला गया। राधा जी थोड़ी सामान्य हुईं तो उन्होंने कृष्ण को उलाहना दिया

"तुम उसे भगा नहीं सकते थे माधव?"

कृष्ण बोले-"उसकी आवश्यकता ही नहीं थी राधे।"

"क्यों? वह मुझे हानि पहुँचा सकता था।" राधा ने कहा।

"नहीं राधे, वह ऐसा नहीं कर सकता था; तुम्हारे सौन्दर्य के कारण

वह किसी पुष्प के भ्रम में तुम्हारी ओर आकृष्ट अवश्य हुआ, किन्तु वह तुम्हारे प्रभामण्डल में प्रवेश नहीं कर सकता था, तुम्हारे तेज को सहना उसके वश की बात नहीं थी।"

"रहने दो।" राधा ने पलकें झुकाकर कहा। कृष्ण के शब्दों से उनके चेहरे पर लालिमा दौड़ गई थी। तभी वसुदेव ने पुकारा,-'कृष्ण!'

कृष्ण के विचारों का क्रम उनकी आवाज से टूटा, वे चौंक से गये, बोले,- "हाँ तात।"

"कहाँ खो गये हो तुम?"

"नहीं, बस यूँ ही कुछ बात आ गई थी मन में।"

"कौन सी बात आ गई थी?"

"कभी-कभी लगता है, माताश्री और आपने मेरे कारण कितने अधिक कष्ट उठाये; अपना विवाह होते ही आप लोगों को कारागार में ही निरुद्ध रहना पड़ा, जब भी यह बात मेरे ध्यान में आती है मैं स्वयं को अपराधी महसूस करता हूँ।"

"ऐसा मत सोचो कृष्ण; तुम्हारी माँ और मैं स्वयं तुम्हारे जैसा पुत्र पाकर अति आनन्दित ही नहीं, गौरवान्वित भी हैं। अपने कार्यों से तुमने काल पर अपने हस्ताक्षर किये हैं, समय तुम्हारी कीर्ति को भुला नहीं पायेगा; केवल यही नहीं, तुमने अपने साथ-साथ हमारे नाम को भी अमर कर दिया है... जो सुख तुमने हमें दिया है उसके आगे कंस के कारागार में बिताये गये दिनों का कष्ट कुछ भी नहीं है।"

"तात मैं अपने सभी भाइयों की जन्म लेते ही होने वाली मृत्यु का कारण भी तो बना, यह बात भी मुझे सालती रहती है।"

"तुम क्या कर रहे हो कृष्ण? महाभारत के समय अर्जुन से कहे गये अपने वचनों को स्वयं ही भूल रहे हो, और इन नाशवान शरीरों के नाश का शोक मना रहे हो?"

"तात मैं अर्जुन से कहे गये अपने वचनों को भूला नहीं हूँ, किन्तु

उनका मूल तत्व यह था कि अधर्म के विरुद्ध धर्म को जय या पराजय की चिन्ता किये बिना संघर्ष करना ही चाहिये।

धर्म की रक्षा हेतु अधर्मियों का नाश मैंने स्वयं भी बहुत बार किया है, किन्तु मेरे भाई अधर्मी नहीं थे, वे बहुत ही अबोध शिशु थे, जब उन्हें कंस द्वारा मृत्यु दी गई। अबोध शिशुओं की हत्या अत्यन्त निन्दनीय भी है और दुःखद भी; फिर लगातार अपने अबोध शिशुओं की हत्या का दंश सहने वाले माता-पिता का दुख कल्पनातीत ही हो सकता है।''

''तुम्हें क्या हो गया है कृष्ण? वे बालक इतनी ही आयु लेकर और एक विशेष प्रयोजन से इस धरा पर आये थे; न तुमने उन्हें कोई कष्ट पहुँचाया न तुम उनकी मृत्यु का कारण थे; उन्हें कष्ट भी कंस ने पहुँचाया और मारा भी कंस ने, तुम वृथा इस बात के लिए शोक कर रहे हो।''

देवकी और रुक्मिणी, पिता पुत्र के इस वार्तालाप को बहुत शान्त होकर सुन रही थीं। देवकी से रहा नहीं गया, वे बोलीं,

''कृष्ण, तुम्हारी इस तरह की बातें और यह विचलन हमें भी विचलित किये दे रहा है और दुःख पहुँचा रहा है; तुम हमें प्राणों से अधिक प्रिय हो और रहोगे... मुझे लगता है यह प्रकरण यहीं समाप्त हो जाना चाहिए, अन्यथा मैं तुमसे जीवन में शायद पहली बार ही सही किन्तु नाराज हो जाऊँगी।''

''अरे नहीं माँ, बस यूँ ही यह बातें मुझे बहुत समय से परेशान कर रही थीं, आज आपसे और पिताश्री से इस सम्बन्ध में हुई चर्चा से मेरे मन का बोझ हट गया है।''

रुक्मिणी, जो बहुत देर से इस वार्तालाप को सुन रही थीं,

कृष्ण की यह बात सुनकर कहने लगीं। ''माँ, पिताश्री, यह कल सायंकाल से ही इस तरह की बातों को लेकर अपना मन भारी किये हुए हैं, अच्छा हुआ आपसे इन्होंने स्वयं ही इस विषय पर बात कर ली, इससे इनका मन तो हल्का हुआ ही होगा, मेरी व्याकुलता भी समाप्त हो गयी है।''

“कृष्ण यदि स्वयं अपना मन बोझिल किये रहेगा तो वह आततायियों के बोझ से धरती को कैसे उबारेगा, बताओ तो?” देवकी ने कहा।

“अब मेरे मन पर इस सम्बन्ध में कोई बोझ नहीं रहा गया है माँ।” कृष्ण ने कहा।

वसुदेव बोले- “चलो हम सब मिलकर समुद्र तट तक घूम आयें।”

“आइये पिताश्री, किन्तु रथ मैं ही चलाऊँगा।” कृष्ण बोले फिर विनोद में कहा,- “मैं बहुत अच्छा सारथी हूँ माँ।”

“हमारा रथ तो प्रारम्भ से तुम्हीं चला रहे हो कृष्ण, और इस समय तो हम चारों के अतिरिक्त किसी अन्य का साथ हम चाहते भी नहीं है।”

सभी लोग रथ में बैठ गये तो कृष्ण रथ को समुद्र तट की ओर लेकर चल दिये। रथ पर बैठकर देवकी ने कहा- “कृष्ण, हमें भी तुमसे एक बात कहनी है; तुमने पैदा होते ही हमें बेड़ियों से मुक्त कराया, फिर जब तुम अक्रूर जी के साथ मथुरा आये तो कंस का वध करके हमें कारागार के सभी बन्धनों से मुक्त कराया, द्वारिका लाकर स्वर्ग जैसा सुख दे रहे हो।

अब मेरी और तुम्हारे पिताश्री की इच्छा है कि हमें संसार के बन्धनों से मुक्ति देना तो फिर अपना धाम ही देना; हम पुनः किसी बन्धन में नहीं पड़ना चाहते।”

माँ की इस बात को सुनकर रुक्मिणी अवाक् रह गईं, बोल पड़ीं,

“आप क्या कह रही हैं माँ?”

देवकी बोलीं,- “मेरा लाल समझता है कि मैं क्या कह रही हूँ।”

कृष्ण कुछ कह नहीं सके। माँ कहकर उन्होंने देवकी का हाथ थामा, हलके से दबाया, और इस तरह शायद अपनी मौन सहमति दे दी।

“समझ तो मैं गई हूँ माँ।” कहकर रुक्मिणी ने कृष्ण की ओर देखा, फिर देखती ही रह गयीं। उस दृष्टि में कितना बड़ा उलाहना था,

यह कृष्ण समझ रहे थे। अपने सास ससुर की दृष्टि बचाकर रुक्मिणी ने कृष्ण को प्रणाम किया और धीरे से बोलीं,

"मुझे भी मत भूलना।"

* * *

कृष्ण, माता देवकी, पिता वसुदेव और रुक्मिणी को रथ में लेकर महल से समुद्र तट तक गये। सभी लोग रथ से उतरकर सागर के पास तक गये। देवकी और वासुदेव आगे तथा रुक्मिणी और कृष्ण उनके पीछे थे। देवकी और वासुदेव समुद्र के किनारे रेत पर बैठ गये। रुक्मिणी और कृष्ण उनसे अनुमति लेकर समुद्र के किनारे टहलने लगे।

हलकी-हलकी बहती हवा, समुद्र के पानी में उछलती और खो जातीं मछलियाँ, और बालू में पड़ी हुई सीपियाँ देखते-देखते वे थोड़ा सा दूर निकल गये तो कृष्ण ने शून्य की ओर देखते हुए कहा,

'रुक्मिणी!'

'हाँ।," कहकर रुक्मिणी ने कृष्ण की ओर देखा।

"क्या मैंने तुम्हारा हरण किया था?"

"नहीं प्रभु, वह तो मैंने मन्दिर से आते समय आप का वरण किया था; यदि मैं देर करती तो निश्चित ही रुक्मी मुझे शिशुपाल जैसे व्यक्ति के साथ बाँध देता।"

"और रुक्मिणी, जब तुमने मेरे गले में माला डालकर मेरा वरण कर लिया तो फिर तुम्हारी रुक्मी, शिशुपाल और अन्य राजाओं से रक्षा करते हुए, तुम्हें यहाँ तक लाना मेरा पुरुषोचित कर्त्तव्य बनता था न।"

"हाँ, किन्तु आप असमय ही यह प्रश्न क्यों उठा रहे हैं?"

“यूँ ही रुक्मिणी; जब रुक्मी और शिशुपाल यह प्रचारित करते हैं कि मैंने तुम्हारा हरण किया था, तो क्या ऐसा नहीं लगता कि मैं अपनी इन्द्रियों के वश में हूँ?”

“जब भी कोई सूर्य पर थूकने का प्रयास करता है तो वह स्वयं उस पर गिरता है, किन्तु सूर्य कभी इस बात को लेकर विचलित होता है क्या?”

“नहीं होता रुक्मिणी; तुम ठीक कहती हो, मैं ही व्यर्थ की बातों में भटक गया था, चलो चलकर माँ और पिताश्री के पास बैठते हैं।”

“हाँ चलिये, वे हमारी प्रतीक्षा में होंगे, और मेरे लिए तो सबसे बड़ी बात यह है कि वहाँ उनके सामने आप इस तरह गम्भीर चेहरा बनाकर नहीं रह पायेंगे।”

रुक्मिणी और कृष्ण जब देवकी और वसुदेव के पास पहुँचे, तब वे सचमुच उन्हीं की प्रतीक्षा में बैठे थे।

“आओ कृष्ण, कहीं दूर चले गये थे क्या? धूप चढ़ने लगी है, चलो वापस महल में चलते हैं।” वसुदेव ने कहा।

“आइये तात।” कहकर कृष्ण ने रथ सँभाला; देवकी और वसुदेव के रथ पर चढ़ने के पश्चात रुक्मिणी भी सकुचाते हुए रथ में चढीं तो देवकी ने उन्हें पकड़कर प्यार से अपने पास बिठा लिया।

4

पीड़ाएँ जागीं तो

शाम का समय था। कृष्ण धीरे-धीरे सीढ़ियाँ चढ़ते हुए महल की छत पर गये। एक कोने में मुँडेर के सहारे खड़े होकर बाहर के दृश्यों को देखने लगे। दूर-दूर तक वृक्ष, बीच-बीच में कहीं कुछ छोटे भवन, उनके पार समुद्र और शोर मचाते हुए पेड़ों पर आ आकर बसेरा लेते हुए पक्षी। उन्होंने आसमान की ओर देखा। स्वच्छ नीला आसमान, कहीं-कहीं पर सफेद बादलों के छोटे-छोटे गुच्छे, सूर्य पश्चिम की ओर ढलान पर, उसके आसपास का आकाश चमकीला और कुछ लाल सा, ऊपर से लुढ़कता हुआ समुद्र में समा रहा था। यहाँ की शान्ति कृष्ण को बहुत अच्छी लगी।

हल्की-हल्की ठण्डी हवा, पूर्व से आती हुई लग रही थी। कृष्ण को याद आया कि इसी ओर तो वृन्दावन है। हवा पूर्व से आये और वहाँ की स्मृतियाँ न लाये, ऐसा कहाँ सम्भव था। सहसा उन्हें लगा, इस हवा में वृन्दावन की माटी की गन्ध भी है। कृष्ण को आश्चर्य लगा, यहाँ इतनी दूर उस माटी की गन्ध कैसे आ रही है? क्या मात्र यह भम्र हैं? फिर उन्हें लगा

यह भ्रम नहीं है, वृन्दावन की माटी की गन्ध पहचानने में उन्हें कभी धोखा नहीं हो सकता, इस माटी की गन्ध तो उनके प्राणों में बसती है।

सहसा उन्हें लगा, कोई इस हवा के साथ उड़ता हुआ सा आकर, उनके पार्श्व में खड़ा हो गया है। उन्होंने मुड़कर देखा, अरे यह तो राधे थीं। उनके आने से इस बार उन्हें उस तरह आश्चर्य नहीं हुआ जैसा कि रात्रि में रुक्मिणी के मुख के स्थान पर राधा का मुख देखकर हुआ था। उन्होंने सहज भाव से कहा,

"आओ राधे, जब हवा में वृन्दावन की माटी की गन्ध लगी, तभी मुझे लगा था, यह अवश्य तुम्हारे पैरों को छूकर आ रही होगी, और तुम कहीं आसपास ही होगी।"

राधा उनके बगल में आकर खड़ी हो गईं, बोलीं,

"कैसे नहीं आती कृष्ण? कल रात भी तुम उदास थे इसलिये आना पड़ा, आज फिर तुम उदास खड़े हो, ऐसे में तो मुझे आना ही था।

मैं तुम्हें बचपन से देख रही हूँ आज तक कभी तुम्हें उदास नहीं देखा; यह उदास-उदास सा कृष्ण उस कृष्ण से सर्वथा भिन्न है जिसे मैं जानती हूँ।"

"तुम से अधिक मुझे कौन जानता है राधे, किन्तु मैं उदास नहीं हूँ बस यूँ ही कभी-कभी कुछ स्मृतियाँ घेर लेती हैं।"

"इस समय किस स्मृतियों से घिरे हो कृष्ण?"

"राधे, मुझे सहसा याद आ गया कि मेरे सगे मामा होते हुए भी कंस ने मेरे बचपन से मुझे मारने के कितने प्रयत्न किये, कितने ही अनुचर भेजे; कुछ मायावी, कुछ बहुत बलशाली; किन्तु पूतना सहृदय स्त्री थी, अबोध बालक को मारने जैसे कुकृत्य को करते समय उसकी हृदय गति ही बन्द हो गई।"

"कृष्ण, कंस के भेजे हुए सभी मृत्यदूतों को तुमने स्वयं ही तो संसार से विदा कर दिया था, फिर तुम्हारा मन विकल सा क्यों लग रहा

है?"

"राधिके, तुम ठीक कहती हो; कंस के भेजे हुए मृत्यदूत, मेरा कुछ नहीं बिगाड़ सके, किन्तु कंस ने अपने प्रचारतंत्र का उपयोग करते हुए मेरे चरित्रहनन के जो प्रयास किये, उनमें वह सफल हो ही गया।"

"हाँ कृष्ण, थोड़ा सा बड़े होते ही मात्र ग्यारह वर्ष की अवस्था में तुम अक्रूर जी के साथ मथुरा चले गये थे, फिर एक बालक पर इस तरह के आरोप कि वह बहुत सी स्त्रियों और बालिकाओं के साथ रास रचाया करता था, कितना आधारहीन और झूठा हो सकता है यह स्वतः स्पष्ट लगता है।"

राधा पुनः बोलीं,-"कृष्ण हम सभी गोपियाँ और गोप मिलकर तरह-तरह के खेल खेला करते थे; तुम इतनी अच्छी मुरली बजाते थे कि हम सभी मन्त्रमुग्ध हो जाया करते थे... अक्सर तो हम सब मिलकर नाचने और गाने लगते थे; माधव, मेरे पाँव तो स्वतः ऐसे थिरकने लगते थे जैसे वे मेरे बस में ही न हों।"

"हाँ राधे, याद है जब हम ग्वालबाल, वनों से गायें चराने के बाद लौटते थे, तब हमारी मातायें अपने-अपने घरों से निकलकर इकट्ठी हो जाती थीं, हमारे सिर सहलाकर हमें चूमतीं और कितना प्यार करती थीं। कभी-कभी चाँदनी रातों में तो सारा गोकुल इकट्ठा होकर मोद मनाता था। उस समय होने वाले वे गीत और नृत्य एकदम उत्सव जैसा वातावरण बना देते थे।"

"हाँ कृष्ण, हमारे इस खेल और हास-परिहास को ही कंस ने तुम्हारी रासलीला कहकर इतना अधिक प्रचारित करवाया कि समाज का प्रबुद्ध और चिन्तनशील वर्ग भी इसे सच मानने लगा।"

"राधे, कंस ने तो यह भी प्रचारित करवाया कि कृष्ण जब मात्र आठ वर्ष का बालक ही था, उसने यमुना में वस्त्रविहीन होकर स्नान करती गोपियों के वस्त्र चुरा लिये, पेड़ पर चढ़ गया, और गोपियाँ जब उसी अवस्था में बाहर आईं, उनसे अनेकानेक विनतियाँ कीं, तभी उसने

उनके वस्त्र वापस किये।

जिस समाज को तुम विद्वान और चिन्तनशील समझ रही हो, उसने इतने झूठे और भ्रामक प्रचार को स्वीकार कर लिया, यह भी नहीं सोचा कि हमारे शास्त्रों में नदियों, तालाबों आदि में निर्वस्त्र होकर नहाना पूर्णतया वर्जित है। कैसे मान लिया कि अपनी सारी मर्यादाओं के विपरीत हमारे समाज की वे स्त्रियाँ निर्लज्जतापूर्वक अपने सारे वस्त्र उतारकर नदी के तट पर खड़ी हुई होगीं, फिर नदी में नहाने के लिये घुसी होंगी, और फिर नहा-धोकर उसी स्थिति में बाहर तट पर वस्त्र पहनने के लिये आई होंगी? इस बीच कोई एक बालक उन तमाम स्त्रियों के सारे वस्त्र लेकर पेड़ पर चढ़ गया, और उन स्त्रियों में से किसी ने भी उसे देखा ही नहीं।

क्या नदी में नहाते समय उन सभी स्त्रियों ने नेत्र बन्द कर रखे थे, या वे अपने वस्त्रों के सम्बन्ध में पूर्ण उदासीन थीं, अथवा वे अपने वस्त्रों को नदी के तट से इतनी अधिक दूर उतार कर आई थीं कि उनके नहाने के स्थान से किसी को वे वस्त्र दिखाई ही नहीं दे रहे थे। उन सबने निर्वस्त्र ही उस लड़के को ढूँढ़ा, फिर पेड़ के नीचे खड़े होकर उससे अपने वस्त्रों के लिये याचना करती रहीं।

किसी भी स्त्री को उस लड़के पर क्रोध नहीं आया। सभी स्त्रियाँ उस आठ दस वर्ष के बालक पर इतनी आसक्त थीं कि यह उद्दण्डता उन्होंने खुशी-खुशी सहन की, और फिर यह लम्बा चौड़ा प्रकरण जब तक चलता रहा, इन लोगों के अलावा कोई भी अन्य व्यक्ति उस क्षेत्र से उतनी देर तक गुजरा ही नहीं। वह एक गाँव की नदी का किनारा था या कोई निर्जन क्षेत्र?"

"मुझे बदनाम करने के चक्कर में कंस ने हमारे समाज को, विशेष रूप से नारी समाज के सम्मान को, जो अपार क्षति पहुँचाई, वह अक्षम्य थी। यह भारतीय समाज पर ही नहीं संस्कृति पर भी धब्बा है। मुझे सन्देह है कि कुछ लोगों ने अपने कुकृत्यों पर परदा डालने के लिये भी मुझे भगवान बनाकर इस काण्ड को स्वीकार करने और करवाने में पहल की

होगी।"

"तुम ठीक कह रहे हो कृष्ण," राधा बोलीं,-"सचमुच यह घटना सारी नारी जाति का अपमान है; कोई यह भी नहीं सोच पाया कि यदि ये कहानियाँ कंस द्वारा प्रचारित नहीं थीं तो तुम्हारे द्वारा कंस के वध के पश्चात् इस तरह की कहानियों पर पूर्ण विराम क्यों लग गया? इस सुधी समाज ने इस तरह की कहानियों पर प्रश्नचिन्ह नहीं लगाया, अविश्वास के कोई स्वर नहीं उठे।"

"राधिके, मेरे चरित्रहनन के प्रयास कंस के वध के पश्चात् कुछ समय के लिये अवश्य रुके, किन्तु नये शत्रुओं द्वारा कुछ समय के उपरान्त पुनः चल पड़े। भौमासुर- कुछ लोग उसे नरकासुर भी कहते हैं- के वध के पश्चात् मैंने उसके महल में कैद हजारों दुखी स्त्रियों को छुड़ाया, उन्हें सम्मानपूर्वक उनके परिजनों के पास भिजवाया; इनमें बालिकायें, युवतियाँ, प्रौढ़ाएँ आदि विभिन्न आयुवर्ग की स्त्रियाँ थीं।

दुर्भाग्यवश उनमें से अधिकांश के परिजनों ने उन्हें अपने घर में रखने से इन्कार कर दिया, तब मैंने उन्हें सम्मानजनक ढंग से रहने के लिए स्थान दिया, उनके भरण पोषण की व्यवस्था की; तो मेरे शत्रुओं ने अपना प्रचार अभियान पुनः चालू कर दिया कि मैंने उन सबसे विवाह करके उन्हें अपनी रानी बना लिया है। सोलह हजार से अधिक स्त्रियों से विधि-पूर्वक विवाह एक वृहद् आयोजन होता, और यह समाज की दृष्टि से छुपा नहीं रह सकता था।

यह मेरे चरित्र हनन में जुटे लोगों का प्रचारतंत्र ही तो है जो लोगों को यह समझा रहा है कि मेरे सोलह हजार एक सौ आठ रानियाँ हैं।"

इतना कहकर कृष्ण शान्त हुए तो राधा ने उनका हाथ थामा और उनके साथ महल की छत पर टहलने लगीं, चलते-चलते उनके मुख की ओर देखा, हँसीं, फिर विनोदपूर्ण स्वर में बोलीं,

"अरे, तुम्हीं ने तो समझाया है कि मान अपमान, सुख-दुख को समान समझने वाला व्यक्ति ही योगी है; फिर यह कृष्ण, योगिराज होकर

भी छोटी-छोटी बातों से मन मलिन क्यों कर रहा है?"

"राधिके, मैं मन मलिन नहीं कर रहा, किन्तु हाँ, सोच अवश्य रहा हूँ कि लोग किस तरह की बुद्धि रखते हैं? यदि वे मुझे इन्सान समझते हैं तो सोलह हजार एक सौ आठ को एक वर्ष में होने वाले दिनों की संख्या तीन सौ पैंसठ से भाग देकर देखें। एक आदमी यदि प्रतिदिन एक नई रानी के पास जाता हो तो उसे इतनी रानियों के पास जाने के लिये चवालिस वर्षों से अधिक का समय चाहिये, वह उनके नाम तो दूर, चेहरे भी याद नहीं रख पायेगा।

अपने इस व्यवहार से इन स्त्रियों में होने वाले असंतोष को भी कैसे झेल पायेगा? फिर वह व्यक्ति जो बचपन से ही रासलीलायें रचाता रहा हो, उसमें कितनी शक्ति और कितना पुरुषार्थ शेष रह गया होगा; और यदि वे मुझे ईश्वर का अवतार समझते हैं, तो उनके विचार से ईश्वर को करने के लिये क्या यही कार्य रह गये हैं?

कैसे ईश्वर की कल्पना है उनकी, उनका ईश्वर इसी तरह के कार्यों में लिप्त रहता है क्या?"

राधा उनका यह गणित और तर्क सुनकर अवाक् थीं। उनका चेहरा निहारती रहीं, कुछ कह नहीं सकीं। कृष्ण अपना मन खोल रहे थे। वे अपने मन की बात राधा से नहीं कहते तो किस से कहते।

वे फिर बोले-"और राधिके, कुछ लोग अपने को मेरा भक्त और ज्ञानी कहते हुए बिना विचारे कुछ भोथरे तर्क दे देकर इन बातों को मुझ ईश्वर की लीला बताया करते हैं; इनका औचित्य सिद्ध करने के लिये उनके पास तरह-तरह की कल्पनायें रहती हैं।"

राधा चुपचाप सुन रही थीं, बोलीं- "कृष्ण, तुमने अपने कार्यों द्वारा इतिहास रचा है, कभी न भूलने वाला पौरुष दिखाया है; योग, ज्ञान और वासनारहित प्रेम के उच्चतम मानदण्ड स्थापित किये हैं; जीवन के हर उजले पक्ष पर तुम्हारे हस्ताक्षर हैं, फिर क्या तुम इन कहानियों के कारण भविष्य में होने वाली अपनी अपकीर्ति को लेकर चिन्तित हो?"

“राधे, क्या तुम्हें ऐसा लगता है कि मैं अपने मान-अपमान को लेकर चिन्तित होऊँगा?”

“नहीं, मैं ऐसा बिल्कुल नहीं समझती कृष्ण; तुम्हें योगेश्वर यूँ ही नहीं कहा जाता; तुम्हारी चिन्ता का कारण अवश्य ही इससे भिन्न और अति महत्त्वपूर्ण होगा।”

“राधे, अभी तुमने कहा कि मैंने इतिहास रचा है... प्रातःकाल पिताश्री भी कुछ ऐसा ही कह रहे थे; तुम सोचो राधा, यदि यह सच है, यदि सचमुच मैंने इतिहास रचा है, तो आने वाले कल में कुछ लोग अनैतिक होने की छूट लेने के लिये इन कहानियों का इस्तेमाल करने लगेंगे, ये कहानियाँ विधर्मियों द्वारा हमारे धर्म के उपहास का बहाना भी बनेंगी।

मुझे तो कोई फर्क नही पड़ता, किन्तु यह स्थिति हमारे धर्म और समाज को अपूरणीय क्षति पहुँचाने वाली होगी; मुझे यह भी डर है कि आने वाले समय में लोग कुरुक्षेत्र में अर्जुन से कही हुई मेरी बातों को भूल कर, और कहानियों में उलझकर अकर्मण्य जीवन न जीने लगें। यदि ऐसा हुआ तो यह हमारे समाज की प्रगति में भी बाधक होगा। मैं स्वयं जीवन भर अपने सुख-दुख, मान-अपमान को भूलकर कर्म करता रहा... अर्जुन को मैंने जो कुछ समझाया उसके मूल में भी यही भावना थी कि व्यक्ति को किसी भी परिस्थिति में अपने कर्मों से विरत नहीं होना चाहिये।

अकर्मण्य लोग समाज में विष की भाँति होते हैं; वे अपनी अकर्मण्यता के पक्ष में तरह-तरह के तर्क देकर समाज को खोखला करते रहते हैं।”

“तुम ठीक कह रहे हो; मैं तुम्हारी सभी बातों से सहमत हूँ, पर इन सब बातों से इतर आज मेरा तुमसे एक बात कहने का मन कर रहा है, कहूँ कृष्ण? ”

“हाँ, कहो राधे।”

“मै देखती हूँ , तुम नाच भी रहे हो, मुरली भी बजा रहे हो, प्रेम भी कर रहे हो, युद्ध करने से बचकर रणछोड़ भी बन रहे हो, जगह-जगह अन्याय और अधर्म के विरुद्ध युद्ध भी कर रहे हो, उपदेश भी दे रहे हो, सब कुछ जानते हो, महाज्ञानी हो, योगेश्वर हो और माखन चोर भी हो; तुम्हारे और भी पता नहीं कितने रूप हैं, तुम कभी हारे नहीं, सदा जीते या जीत का कारण बने हो।

कभी किसी से रास्ता नहीं पूछा, सबको रास्ता दिखाते रहे। कभी दीनता, उदासीनता, दुख आदि का प्रदर्शन नहीं किया, कभी किसी एक छवि में कैद नहीं रहे, कभी किसी छवि के टूटने की चिन्ता नहीं की, रुके नहीं, तुम क्या हो कृष्ण? तुमने माता-पिता को वात्सल्य सुख दिया, मुझे आत्मिक और रुक्मिणी को पति का प्रेम, अर्जुन और सुदामा आदि को मित्र का विश्वास... हर भाव में उत्कर्ष के शिखर पर रहे हो तुम; तुम्हारे अगणित रूपों को मैं गिन नहीं सकती।

तुम हर रूप में चरमोत्कर्ष पर रहे हो; मुझे विश्वास है कि धरती, न आज तक ऐसा कोई व्यक्तित्व पैदा कर सकी है, न भविष्य में कर सकेगी। तुम बस तुम्हीं हो कृष्ण, दूसरा कृष्ण कभी नहीं हो पायेगा।”

कृष्ण सकुचा गये बोले-“राधे, बहुत परिहास करने लगी हो तुम।”

“हाँ, यह मुझे अच्छा लगता है, हँसना मेरा स्वभाव है, किन्तु इस समय मैं परिहास नहीं कर रही हूँ, यह मेरा मन बोल रहा है। तुम सचमुच अद्वितीय हो कृष्ण।”

तभी अचानक अनुचर की आवाज आई-“भगवन, माता रुक्मिणी सायंकालीन पूजा के लिये आपकी प्रतीक्षा कर रही हैं; पूजा की समस्त तैयारी पूरी हो चुकी है।”

कृष्ण जैसे सोते से जाग पड़े, बोले,

“ठीक है, चलो मैं आ रहा हूँ।”

उन्होंने देखा राधा कहीं नहीं थीं, वे अकेले ही खड़े शून्य को देख रहे थे।

5

बातें जब चलती हैं

कृष्ण, महल की छत से उतरकर नीचे आये। देखा, माँ, पिताश्री और रुक्मिणी, सभी सायंकालीन पूजा के लिये तैयार थे, उनकी ही प्रतीक्षा थी। कृष्ण बोले,

"मुझे खेद है माँ, मेरे कारण आप लोगों को प्रतीक्षा करनी पड़ी; मैं छत पर था, अभी हाथ पैर धोकर आता हूँ।"

देवकी बोलीं–"देख रही हूँ आजकल तू सोचने बहुत लगा है कृष्ण।"

"कुछ नहीं माँ, आप अन्यथा चिन्तित न हों, ऐसा कुछ भी नहीं है।" कृष्ण ने कहा।

देवकी ने पहले वसुदेव, फिर रुक्मिणी की ओर देखा। उनकी आँखों में कृष्ण के इस खोये-खोये से व्यवहार पर जो प्रश्नचिह्न था, उसका वसुदेव और रुक्मिणी की आँखों में भी मौन समर्थन मिला, किन्तु उत्तर किसी के पास नहीं था। कृष्ण आये; भगवान लक्ष्मी–नारायण की पूजा के

बाद शिव की स्तुति हुई, फिर सभी लोग पूजागृह में ही बैठकर बातें करने लगे। कुछ देर बाद देवकी बोलीं,

"चलो भगवान का कीर्तन करते हैं; मन से जुड़कर कीर्तन करने से तनाव दूर होता है और मन प्रसन्न होता है; कोई और वाद्ययन्त्र नहीं, बस कृष्ण बाँसुरी बजायेगा।" फिर वसुदेव की ओर देखकर बोलीं,–"आप मँजीरा ले लीजिये, किन्तु बोलना आपको भी होगा।"

कृष्ण ने मुरली उठाई, अधरों पर रखी और लगभग मदहोश करने वाली ध्वनि हवा में गूँजने लगी। देवकी ने शुरू किया

"ओम नमः शिवाय।"

रुक्मिणी ने दोहराया; और उन दो स्त्री सुलभ स्वरों के साथ वसुदेव जी ने मँजीरा बजाते हुए अपनी गम्भीर आवाज में स्वर मिलाया तो लगा जैसे सातों सुरों के साथ सुरों की देवी वहाँ विराज गई हैं। सुरों की इस गूँज ने, पवित्रता की महक से मिलकर इतने अद्भुत आनन्द के वातावरण की सृष्टि की, कि माँ पार्वती को भगवान शिव से कहना पड़ा,

"चलिये वहीं चलते हैं, और जब तक इस कीर्तन की ध्वनियाँ रहेंगी, वहीं रहेंगे।"

थामकर आनन्द के कर
सुरों की देवी उतर आई धरा पर
और पावन क्षण महकने से लगे
गूँजती ध्वनि, उमा को
शिव को बुला लाई
मन लगा फिर प्रार्थना करने
यूँ लगा जैसे कि ये क्षण
चल पड़े हैं
रोशनी से प्राण भरने
और फिर मन प्राण उड़ने से लगे

पूजा गृह में दीपकों का प्रकाश था, किन्तु इस प्रकाश से इतर एक अद्‌भुत आभा से कक्ष भरा हुआ था। यह आभा दिव्य थी, अवर्णनीय थी। वातावरण में सुगन्ध तैर रही थी; वह मात्र वहाँ मौजूद फूलों की और जल रही धूप की सुगन्ध नहीं थी, वह अति तीव्र भी नहीं थी, अपितु भीनी-भीनी वह सुगन्ध पवित्रता की अनुभूति लिये हुए मदहोश करने वाली थी।

देवकी, वसुदेव और रुक्मिणी सभी समझ रहे थे कि जिस पूजागृह में स्वयं कृष्ण उपस्थित हों उस पूजागृह में इस तरह की अनुभूतियाँ तो होनी ही थीं ।

कोई आया
और फिर
मन प्राण में आकर समाया
गन्ध फूलों की लिये
अनुभूतियाँ शीतल हवा सी

केवल कृष्ण जान रहे थे कि यह उनके हृदय में सदा रहने वाली राधा थीं, जिनके कारण यह आभा, पवित्रता और सुगन्ध थी। कीर्तन समाप्त हुआ तो कृष्ण ने बाँसुरी अपने पास भूमि पर रख दी। सबकी दृष्टि बचाकर रुक्मिणी ने वह बाँसुरी उठाई और "मैं आप सब के लिये जल लाती हूँ।" कहकर कक्ष से बाहर चली गईं।

बाहर जाकर उन्होंने वह बाँसुरी अपने अधरों से लगाई, फिर धीरे से पोंछी और कमर में खोंस ली। तीन पात्रों में जल भरकर कक्ष में ले आईं। पहले वसुदेव को, फिर देवकी को और फिर कृष्ण को जल देकर कृष्ण के निकट उनके पीछे बैठ गईं, कमर से बाँसुरी निकाली और चुपके से कृष्ण के बगल में यथास्थान रख दी। कृष्ण ने उनकी यह चोरी पकड़ ली, हलकी सी मुस्कराहट उनके अधरों पर तैर गई। जल ग्रहण करके सभी प्रकृतिस्थ हुए तो कृष्ण ने पूछा,

“माँ, पिताश्री, आप स्वस्थ और प्रसन्न तो हैं? किसी प्रकार का कष्ट तो नहीं?”

“कृष्ण, जिनका तुम जैसा पुत्र हो, उन माता-पिता की ओर दुःख, आँखें उठाकर देख भी सकता है क्या? तुम्हारी माता देवकी और मैं स्वयं यहाँ द्वारिका में बहुत ही आनन्द में हैं; तुम्हारी उपस्थिति और रुक्मिणी जैसी बहू की सेवा हमें हमेशा अहोभाग्य की स्थिति की अनुभूति कराती रहती है; किन्तु हाँ, एक बात को लेकर अक्सर हमें विषाद होता हैं।” वसुदेव ने कहा।

“क्या तात? कृपया बताइये कि ऐसा क्या विषय है जो आपके लिये विषाद का कारण बनता है।”

“हमारी पुत्री सुभद्रा का विवाह कुरुवंश के अर्जुन से हुआ है, अतः कुरुवंशी हमारे निकट सम्बन्धी ही तो हुए; वह वंश धृतराष्ट्र और पाण्डवों को छोड़कर महाभारत के युद्ध में पूरी तरह नष्ट हो गया। उस महाभारत में महान पराक्रमी योद्धा, महाज्ञानी और योगियों में सर्वोत्कृष्ट हमारा पुत्र कृष्ण भी था।

युद्ध किसी ने भी लड़ा हो, उस युद्ध का एकमात्र नायक कृष्ण और केवल कृष्ण था। महाभारत से वह महान वंश, जिसमें भीष्म जैसे महाप्रतापी जन्मे थे, जिसमें गान्धारी जैसी महान सती विद्यमान थीं, लगभग नष्ट हो गया। हमारे मन में अक्सर यह प्रश्न उठता है कि उस युद्ध में हमारे दामाद, अर्जुन के सारथी बने कृष्ण ने इस महाविनाश को क्यों नहीं रोका और युद्ध में अपने लिये सारथी जैसी महत्त्वहीन भूमिका ही क्यों चुनी?”

“तात, अपने जो भी कहा वह सत्य है; आपकी और माँ की शंकायें भी उचित हैं... आप मेरे जनक हैं; जब आपके मन में ये प्रश्न उठ रहे हैं तो औरों के मन में भी ये अवश्य उठते होंगे।”

“कृष्ण, कल तुम इतिहास पुरुष होगे और भविष्य में आने वाला समय भी तुम्हारे व्यक्तित्व के सम्मुख ये प्रश्न खड़ा करता रहेगा।”

"ठीक है तात, मैं आपके अन्तिम प्रश्न का उतर पहले दूँगा।"

"बोलो कृष्ण।" वसुदेव ने कहा।

"तातश्री, जैसा आपने कहा, अर्जुन मेरे सखा ही नहीं, बहन सुभद्रा के पति भी हैं; आपने सम्बन्धों की बात उठाई है... मैं अर्जुन का सारथी, इन सम्बन्धों के कारण नहीं बना; समय के विभिन्न अन्तरालों पर काल और समय के अनुसार सम्बन्ध बनते बिगड़ते रहते हैं, यह अन्तराल कुछ समय का हो सकता है, वर्षों का हो सकता है और जन्मों का भी हो सकता है।

आपका यह कृष्ण, सम्बन्धों के साथ नहीं, सत्य और मानवोचित धर्म के साथ रहता है, क्योंकि ये समय के साथ नहीं बदलते। अर्जुन का ही नहीं, कृष्ण हर उस व्यक्ति के रथ का सारथी है, जो सत्य और मानवोचित धर्म के मार्ग पर अग्रसर है, अतः मेरी दृष्टि में सारथी होना महत्त्वहीन भूमिका नहीं है।"

कृष्ण पुनः बोले-"तात, यदि मैं छोटी बड़ी भूमिका देखता होता तो युधिष्ठिर के यज्ञ के दौरान हुए भोज में पत्तलें उठाने का कार्य नहीं करता।"

"तुम ठीक कह रहे हो कृष्ण।"

"और तात, आपने अभी कहा था कि महाभारत के युद्ध का एकमात्र नायक मैं था; मैं क्षमाप्रार्थी होकर कहना चाहता हूँ कि इस युद्ध का एकमात्र नायक धर्म था, और उसी की विजय हुई।" कृष्ण ने कहा।

"धर्म की विजय हुई यह मैं मानता हूँ पुत्र, किन्तु धर्म की विजय इसलिये हुई, क्योंकि तुम धर्म के साथ थे, इसलिये इस युद्ध के नायक तो तुम्हीं हुए, कृष्ण।"

"तात, विजय धर्म की हुई, अतः स्वाभाविक तौर पर जो धर्म के साथ थे, यह विजय भी उनकी ही कही जायेगी; और हम सब धर्म के ध्वज के नीचे थे, अतः नायक हममें से कोई नहीं अपितु धर्म ही तो हुआ।

दुर्योधन, अधर्म का ध्वज लेकर चल रहा था; उस ध्वज के नीचे रहने के कारण ही माता गान्धारी का सतीत्व, स्वयं पितामह भीष्म, गुरु द्रोणाचार्य और महारथी कर्ण मिलकर भी उसकी रक्षा नहीं कर सके।"

देवकी बीच में बोल उठीं,- "तुम पिता पुत्र का यह वार्तालाप बहुत गम्भीर होता जा रहा है; ईश्वर के कीर्तन के बाद मन, मस्तिष्क जो थोड़ा हल्का हुआ है, वह इस वार्ता से बोझिल न हो जाये।" फिर हँसकर बोलीं,- "गम्भीर विषयों पर चर्चा होनी चाहिए, किन्तु भोजन के बाद, रात्रि के भोजन का समय हो रहा है, और मेरी बहू रुक्मिणी परेशान हो रही है।"

कृष्ण हँसे, बोले- "बहुत जल्दी परेशान होने लगती है आपकी बहू; इतनी नासमझ क्यों है यह? इसे आप ही समझा सकती हैं।"

"मैं नासमझ नही हूँ," सिर झुकाकर हल्के से हँसते हुए रुक्मिणी ने कहा- विरोधस्वरुप चुपके से कृष्ण का उत्तरीय पकड़कर हल्के से खींचा और बहुत धीमे स्वर में कहा,

"इस बार मुरली मेरे हाथ लग गई तो ऐसा छुपाऊँगी कि कभी ढूँढ़ नहीं पाओगे; मुझे राधा जैसा सरल मत समझना।"

कृष्ण मुस्कराये, बोले-"अच्छा चलो, चलकर भोजन तो दो, हम सभी भूखे हैं।"

वसुदेव आगे थे और देवकी पीछे। वे भी पुत्र और पुत्रवधू की बातें सुनकर मुस्करा रही थीं।

* * *

महल के चारों ओर विशाल उपवन में प्रातःकाल के खिले हुए फूलों से महकी और चारों ओर बिखरी हुई ओस से भीगी हवा, सूर्योदय का हल्का और शान्ति देने वाला प्रकाश, बीच-बीच में पक्षियों के चहचहाने

की आवाजें; एक ओर एक अत्यन्त सुन्दर मन्दिर, जहाँ शिवलिंग और देवी दुर्गा की मनोहारी प्रतिमा, दूसरी ओर कुछ दूरी पर गोशाला में अनेक गायें। कुछ अनुचर उनकी सानी इत्यादि करने के पश्चात् दूध दुहने का उपक्रम कर रहे थे।

तभी रुक्मिणी वहाँ आईं। अनेक गायों को पुचकारा, कुछ को हाथों से सहलाया और एक अनुचर से पात्र लेकर, एक काली गाय के पास बैठकर दूध दुहने का उपक्रम करने लगीं। उसका बछड़ा उन्हें देखकर रंभाया। रुक्मिणी ने पुचकारते हुए उससे कहा,

"हाँ-हाँ मुझे तेरा ख्याल है, तेरे लिये पर्याप्त दूध छोड़ूँगी मैं।"

मन्दिर में देवकी और वसुदेव, पूजा अर्चना में लगे हुए थे। देवकी ने उपवन से कुछ फूल इकट्ठे किये थे, उन्हीं फूलों से उन्होंने और वसुदेव ने माँ दुर्गा और शिवलिंग का शृंगार किया, और नेत्र बन्द किये उनकी स्तुतियों का पाठ करने लगे।

वातावरण में पवित्र ध्वनियाँ गूँज रही थीं। दोनों को नेत्र बन्द करके ऐसा प्रतीत हो रहा था, मानो शक्ति और शिव का प्रभामंडल वहाँ मौजूद हो। स्तुतियाँ समाप्त हुईं तो उन्होंने आँखें खोलीं। हाथ जोड़कर पुनः माँ दुर्गा और शिवलिंग को शीश झुकाया, बाहर आये और उपवन में टहलने लगे

भास्कर की रश्मियों ने
भोर का चेहरा दिखाया
खिल गईं कलियाँ कई
ओस की बूँदें चमकतीं
हँस पड़ीं
और स्तुतियाँ हुईं मुखरित
देवता जागे।

टहलते-टहलते देवकी बोलीं,-"कल हमारा कृष्ण आपके प्रश्नों से कितना गम्भीर हो गया था, आपने उससे ऐसे प्रश्न क्यों किये? उसे शायद असहज लगा होगा।"

"लेकिन देवकी, उसका व्यक्तित्व जितना बड़ा हो चुका है, उससे आज का समाज ही नहीं, आने वाला कल भी इस तरह के प्रश्न उठायेगा, उसे इन प्रश्नों का उत्तर देने दो; मैं चाहता हूँ कि उसका जीवन एक खुली किताब की भाँति रहे, जिसमें हर सम्भावित प्रश्न का उत्तर मिल सके।"

कुछ देर चलने के बाद देवकी बोलीं-"देखो तो, कितनी तरह के पक्षी हैं यहाँ पर।"

"कितनी भी तरह के पक्षी हों, पर क्या वे मोर की सुन्दरता की बराबरी कर सकते हैं? वह सुन्दर ही नहीं, जहरीले साँपों को मारने वाला भी है।"

देवकी समझ गईं, वसुदेव का इशारा मोर पंखधारी कृष्ण की ओर है। उन्होंने समर्थन किया।

"हाँ, और मैं यह भी समझ गई कि आप कृष्ण से इन प्रश्नों के उत्तर क्यों माँग रहे हैं? इतना सुन्दर पक्षी होते हुए भी मोर को अपने असुन्दर पैरों के साथ जीना पड़ता है, और आप चाहते हैं कि आपके मोर पंखधारी पुत्र के जीवन में इन मोर के पैरों जैसा असुन्दर कुछ भी न हो।"

"तुम मेरी बात को बिल्कुल ठीक समझीं देवकी।"

"अच्छा यह बताइये कि आप के प्रश्नों के जो उत्तर कृष्ण ने दिये, उनसे आप सन्तुष्ट हुए क्या?"

"हाँ देवकी, कृष्ण ने जो उत्तर दिये उनसे मैं सन्तुष्ट हुआ, किन्तु मेरे मुख्य प्रश्न का उत्तर अभी शेष है; उसने सक्षम होते हुए भी इस महाविनाश को रोका क्यों नहीं? उस दिन यह चर्चा पूर्ण नहीं हो पाई थी।"

"यह प्रश्न तो मेरे मन में भी हैं," देवकी ने कहा, फिर बोलीं,

“अच्छा सुनो, देखो कोयल बोल रही है; मुझे कोयल की आवाज बहुत मीठी लगती है, लगता है वह बोलती रहे और मैं सुनती रहूँ।”

“वैसे तो सभी कोयलें मीठा बोलती हैं, पर इस उपवन की कोयलें कुछ अधिक ही मीठा बोलती हैं।”

‘क्यों?’

“क्योंकि इस उपवन की कोयलें तुम्हारी आवाज की नकल करती रहती होंगी।”

वसुदेव की यह बात सुनकर देवकी हँस पड़ीं, बोलीं,-“आपका परिहास अच्छा लगा मुझे।”

टहलते-टहलते वे गोशाला की ओर आ गये। रुक्मिणी ने उन्हें देखा तो तुरन्त उठकर खड़ी हो गयीं। सिर पर पल्ला ठीक किया और शीघ्रता से आकर उनके चरण स्पर्श किये। वासुदेव ने आशीर्वाद देते हुए पूछा,

“अरे बहू, इन गायों को दुहने वाले पारिचारक कहाँ हैं, जो तुम्हें गाय दुहनी पड़ रही है?”

“सभी यहीं हैं पिताश्री, पर एक तो यह काली गाय मुझे बहुत चाहती है, मेरे आने से यह बहुत खुश होती है, ऐसा मुझे इसकी आँखों और व्यवहार से लगता है... यह मेरी कजरी है।”

उनकी इस बात पर देवकी और वसुदेव दोनों हँस पड़े।

“अच्छा, और दूसरी बात?” वसुदेव ने पूछा।

“पिताश्री, अभी इसका बछड़ा कुछ ही दिनों का है, उसके लिये पर्याप्त दूध इसके पास रह जाये इसलिये मैं ही दुहने आती हूँ।”

“बहुत अच्छा करती हो बहू,” वसुदेव बोले,-“इससे तुम्हारे हाथों गो सेवा भी हो जाती है।”

देवकी ने थोड़ा गर्व से वसुदेव की ओर देखकर कहा,-“हमारी बहू है।” फिर बोलीं,

"आइये, आपका मन हो तो चलिये थोड़ा समुद्र की ओर चलते हैं; मुझे समुद्र के किनारे की सुबह बहुत अच्छी लगती है।"

'चलो।' कहकर देवकी और वसुदेव चले गये। रुक्मिणी भी अपना कार्य पूरा कर तेजी से महल की ओर बढ़ीं उन्हें सबके लिये प्रातःकालीन अल्पाहार का प्रबन्ध देखना था।

6
स्मृतियाँ चुभती हैं

कृष्ण के जाने के बादे से गोकुल में नन्द और यशोदा के लिये पेड़ों में हरियाली तो थी, शीतलता नहीं थी। फूलों में सौन्दर्य नहीं दिखता था। महल था घर नहीं था, आसमान कुछ और दूर हो गया था और धरती के सीने में ममता कम हो गयी थी। उनकी सुबहें उदास, दिन सूने और निस्तेज, रातें लम्बी हो गयी थीं।

ऐसी ही एक सुबह थी। यशोदा और नन्द, गोकुल में अपने महल के प्रांगण में बैठे थे। यशोदा, नन्द के लिये कलेवा तैयार कर रही थीं। जब कलेवा तैयार हो गया तो उन्होंने उसे पात्रों में सजाया और नन्द के सम्मुख आग्रह सहित रखा, बोलीं,

'लीजिये।'

"और तुमने अपने लिये क्यों नहीं लिया?" नन्द ने कहा।

"मैं ले लूँगी, आप तो शुरू करें।"

"नहीं तुम भी साथ ही शुरू करो; अच्छा तुमने एक बात देखी

यशोदा... हमारी गायें भी वही हैं; वृक्षों के फल भी वही है, सारे भोज्य पदार्थ वही हैं, बनाने वाले हाथ भी वही हैं; फिर भी पता नहीं क्या बात है, अब किसी भी चीज में वह स्वाद नहीं, जो हमारे कृष्ण के होने पर होता था।"

यशोदा की आँखों से छल से आँसुओं की कुछ बूँदें निकलीं और नन्द के पैरों पर गिर पड़ीं। गर्म आँसुओं के स्पर्श से वे चौंक उठे। उन्होंने अपने हाथ से यशोदा का चेहरा उठाया। दृष्टि मिली और आँखों ने आँखों की भाषा पढ़ ली। दोनों ओर थकी और निस्तेज आँखें थीं। नन्द ने यशोदा के ही आँचल को अपने दूसरे हाथ से उठाया और उनके आँसू पोंछ दिये... भारी और रुँधी हुई आवाज में बोले,

"तुम रो रही हो यशोदे!"

'नहीं,' यशोदा ने कहा।

"फिर ये आँसू।"

"कुछ नहीं बस यूँ ही, उसकी याद आ गई; अब सुबह पहले की तरह गाते हुए नहीं आती है।"

"हाँ, ठीक कह रही हो यशोदे; पूरा-पूरा दिन उदास और प्राणहीन सा लगता रहता है, और रातें विश्राम नहीं, पता नहीं कैसी बेचैनी लाती है; आती हैं और पसर जाती हैं।"

"वह पूरे ग्यारह साल मेरी गोद में रहा है; मुझसे चिपटे बिना उसे नींद नहीं आती थी, हमारी भोर उसकी हँसी से ही होती थी।"

"कृष्ण बड़ा हो गया है यशोदा, बच्चा नहीं रहा; उसने बहुत बड़े-बड़े कार्य किये हैं, बहुत ख्याति अर्जित कर चुका है और समुद्र को भी पीछे ढकेलकर द्वारिका नामक पूरा एक नगर बसा चुका है, वह।"

"आप ठीक कह रहे हैं; हमारा नन्हा सा कान्हा आज महान और यशस्वी कृष्ण बन चुका है, पर उसने अपना पूरा बचपन हमारे नाम पर कर दिया; हमारा यह सौभाग्य किसी भी बड़े से बड़े सौभाग्य से भी बड़ा है, पर मुझे वह आज भी छोटे बच्चों जैसा ही याद आता है, बार-बार

धोखा हो जाता है कि वह माखनचोर मक्खन की मटकी फोड़कर यहीं कहीं छुपा होगा।

मैं उसे भूल नहीं पा रही हूँ; हमारे घर में उजाला तो उसी से था... सूरज तो अब भी निकलता है पर उजाला नहीं होता, अँधेरा ही रहता है।"

"मुझे भी ऐसा ही लगता है यशोदे, पर धैर्य तो हमें रखना ही पड़ेगा; चिड़िया अपने बच्चों को कितने प्यार से पालती है, लेकिन एक बार उड़ना सीखने के बाद वे लौटकर उस घोंसले में कभी नहीं आते, अपना अलग नीड़ बनाते हैं; यह संसार ऐसा ही है।"

"हम चिड़िया नहीं हैं स्वामी; हम जानवर भी नहीं हैं, उनके बच्चे भी लौटकर नहीं आते। हम इन्सान हैं, हमारी दुनिया में माता-पिता और सन्तान एक दूसरे से जीवन भर प्यार की अपेक्षा रखते हैं, हम पशु पक्षियों जैसे कैसे हो सकते हैं?"

"मुझे विश्वास है यशोदे, उसके मन में भी हमारे लिये वही स्थान आज भी होगा, भले ही वह परिस्थितिवश हमारे पास आ नहीं पा रहा हो।"

"यही विश्वास ही तो मुझे जीवित रखे हुए है स्वामी।" यशोदा ने कहा।

"और मुझे भी।" एक और स्वर आया।

वे अपनी बातों में इतना खो गये थे, कि उन्हें ध्यान ही नहीं रहा कि इस बीच कोई तीसरा भी उनके पास आकर बैठ गया था। आवाज सुनकर वे चौंके; अचकचाकर उन्होंने उस आवाज की ओर देखा, राधा थीं। यशोदा ने राधा का हाथ थाम लिया, बोलीं,

"आओ बेटी, तुम कब आईं?"

"माँ प्रणाम! बाबा प्रणाम, बस अभी आई हूँ मैं"

राधा ने हल्के से हँसकर उत्तर दिया। उनकी आँखों के आँसू यशोदा

से छिपे नहीं रह सके। उन्होंने राधा का सिर पकड़कर सीने से लगाया, फिर स्नेह से उनके सिर पर हाथ फिरा कर बोलीं,

"तुम्हारी माँ कीर्तिदा और पिता वृषभानु कैसे हैं राधिके?"

"ठीक हैं माँ।" राधा ने कहा।

"आ तू भी कलेवा कर ले।"

"आप लोग लें माँ, मैं घर से कलेवा करके आई हूँ; इस ओर से जा रही थी, आपका द्वार खुला दिखा तो भीतर आ गई।"

"बहुत अच्छा किया; तुझे देखकर हमें बहुत बल मिलता है, कृष्ण न सही उसकी छाया तो है।"

"उनकी छाया तो पूरी बृजभूमि पर है माँ।"

"बहुत सयानी हो गई है तू, पर कहती ठीक है; सचमुच इस बृजभूमि से उसकी छाया कभी नहीं मिट सकती।" यशोदा बोलीं।

राधा बोलीं,-"माँ, बाबा! मुझे आपके चरणों में कृष्ण दिखते हैं; यदि आप लोग भी माँ देवकी और तात वासुदेव की भाँति ही द्वारिका चले गये होते तो मैं कैसे जी पाती।"

"और हमें तुम्हारी आँखों में कृष्ण दिखता है बेटी, और ये हमारी कोई कल्पना या भ्रम नहीं है।"

राधा ने पलकें झुका लीं। आँखों में रुके हुए आँसू चेहरे पर लकीरें खींचते हुए यशोदा के आँचल पर गिर पड़े।

"गोकुल और वृन्दावन में सबकी आँखों में कृष्ण ही तो हैं; और आँखे ही क्या, यहाँ के वृक्षों, गलियों, आसमान और मिट्टी के कण-कण में कृष्ण ही तो दिखते हैं माँ।" राधा ने अपने आँचल के पल्लू से आँखें पोंछते हुए कहा,' * *

** जब मैं इन पंक्तियों को लिख रहा था, मुझे लगा, भगवान कृष्ण मुझसे कह रहे हैं - "मेरे माता-पिता और राधा को कितना रुलाओगे?" और फिर स्वतः मन में उठा- "तुमने मेरी दुनिया की सृष्टि की है, अब मैं तुम्हारी दुनिया की सृष्टि कर रहा हूँ... मुझे क्षमा करना, मैं तुम्हारे जितना कुशल नहीं हूँ।

“तुझे ऐसा लगता है तो इसमें आश्चर्य क्या है बेटी; जो तेरी आँखों में बसा है वही तो तुझे हर ओर दिखेगा।”

“यशोदे!” नन्द बाबा ने उनकी ओर देखते हुए कहा,- “अभी तुम कह रही थीं कि हम इन्सान हैं पशु-पक्षी नहीं।”

“हाँ कह तो रही थी।”

“तो मुझे लगता है कहीं हमें इन पशु पक्षियों से कुछ सीखने की आवश्यकता है; वे अपनी सन्तानों से अपेक्षायें नहीं रखते और निरर्थक प्रेम में भी नहीं पड़ते।”

“क्या प्रेम भी निरर्थक होता है?”

“हाँ होता है... जब तक बच्चे छोटे होते हैं, हम उन्हें प्यार करते हैं, पालते हैं, उस समय यदि यह प्यार की भावना हमारे बीच में न हो तो हम उन बच्चों का उचित लालन-पालन नहीं कर सकेंगे, उन्हें पालने का कार्य बहुत कठिन हो जायेगा; शायद इसीलिये प्रकृति ने माँ-बाप के मन में बच्चों के लिये प्यार की भावना पैदा की होगी; किन्तु उनके समर्थ और बड़े होने पर भी, उनके प्यार में यूँ पड़े रहना व्यर्थ ही तो है।

जिससे हम प्यार करते हैं उससे हमें कुछ अपेक्षायें भी हो ही जाती हैं, यही हमारे कष्ट का कारण बनती हैं यशोदे।”

राधा शान्त बैठी, गौर से इस वार्तालाप को सुन रही थीं, बोलीं,

“बाबा, अगर आप इसे मेरी धृष्टता न समझें तो एक बात पूछूँ?”

“पूछो बेटी।” नन्द ने कहा।

“स्नेहिल सम्बन्ध, जो स्वतः हो जाते हैं, उनमें भी कोई हानि-लाभ का गणित रखता है क्या?”

“राधिके, स्नेहिल सम्बन्धों में, या यों कहें कि प्रेम में गणित का ध्यान नहीं रखना चाहिए, पर यह जो हमारा मन है, कहीं न कहीं किसी न किसी कोने में गणित छुपाये ही रहता है... यही अपेक्षाएँ पैदा करता है

जो बाद में हमारे कष्ट का कारण बनती है।"

"माँ, क्या आपने और मैंने, कृष्ण से निःस्वार्थ प्रेम नहीं किया? कृष्ण हमारे लिये कुछ करें ऐसी तो कोई अपेक्षा हमने नहीं रखी, फिर हमें यह कष्ट क्यों?"

"जिससे हम प्रेम करते हैं, उसके विरह में हमें न जीना पड़े, यह भी अपेक्षा ही तो है; अपेक्षायें बहुत से रूप धारण कर लेती हैं।"

"इतने गम्भीर विमर्श में उलझकर सुबह को और बोझिल मत बनाइये स्वामी; कलेवा भी अभी तक वैसा ही पड़ा हुआ है।" यशोदा ने कहा।

"ओह, क्षमा करना यशोदे; चलो हम कलेवा शुरू करते हैं; राधा भी हमारा साथ दिये बिना नहीं जायेगी, और राधा, तुम देरी के लिये चिन्तित मत होना बेटी, मैं तुम्हारे साथ तुम्हें छोड़ने चलूँगा, इसी बहाने वृषभानु जी से भेंट भी हो जायेगी।" नन्द ने कहा।"

"ठीक है बाबा, माँ! आप मुझे क्षमा करना मैंने आपका मन दुःखा दिया," राधा ने कहा।

"अरे नहीं राधे; कृष्ण के साथ साथ तू भी हमारे प्राणों में बसती है।"

मन चलते-चलते थक गया है
स्मृतियों के वन समाप्त ही नहीं होते
और छुपी हुई अपेक्षायें
काँटों सी पैरों में चुभ रही हैं
मन इनसे निकलना चाहता है
पर आँखों को क्या सूझी है
जो इन्हें सींचने
और हरा-भरा रखने में जुटी हैं

* * *

देवकी, वसुदेव, रुक्मिणी और कृष्ण एक साथ बैठे हुए थे। कलेवा अभी समाप्त हुआ था। वासुदेव उठे, बोले,

"अच्छा मैं अपने कक्ष में चलता हूँ, भगवान शिव पर कुछ साहित्य मिला है, उसे पढ़ने में लगा हूँ।"

"मैं भी चलती हूँ आपके साथ।" कहकर देवकी भी उठ गईं। रुक्मिणी, महल की अन्य व्यवस्थाओं को देखने के लिये उठीं। कृष्ण कुछ क्षणों के लिये अकेले बैठे रह गये। सहसा उन्हें महसूस हुआ कि उनके नेत्रों में अश्रु आ गये हैं। उन्हें राधा का स्मरण हो आया। वे समझ गये, अवश्य राधा कहीं रोई हैं; मेरे नेत्रों में भर जाने वाले अश्रु उन्हीं के हैं।

महान योगेश्वर ने नेत्र बन्द किये, मन गहन ध्यान की अवस्था में गया, और गोकुल का नन्द, यशोदा और राधा का वह सारा दृश्य सामने आ गया। कृष्ण व्याकुल हो उठे। राधा तो चलो मेरा अंश है, हमारे सुख-दुख अलग हो भी नहीं सकते, किन्तु माँ यशोदा और बाबा नन्द को कैसे समझायें... उनके लिये तो कुछ भी नहीं कर सका मैं।

उन्हें वह समय स्मरण हो आया, जब मात्र कुछ ही पूर्व उनकी ग्यारहवीं वर्षगाँठ मनाई गयी थी। सन्ध्या का समय था। गायों से दुध दुहा जा रहा था। वे स्वयं और उनके बड़े भाई बलराम, बाल सुलभ कुतूहल से पास ही खड़े गायों का दुहना भी देख रहे थे और थोड़ा बहुत खेल भी चल रहा था, तभी एक बड़ा और भव्य रथ वहाँ आकर रुका। उससे मूल्यवान वस्त्रों से सजे एक कान्तिमान पुरुष उतरे। सभी लोग कुतूहल से उनकी ओर देखने लगे।

कृष्ण ने सदैव की भाँति अपने बालों में मोर का पंख लगा रखा था और एक हाथ में बाँसुरी भी पकड़ रखी थी। संभवतः वही उनकी पहचान बनी, क्योंकि नितान्त अपिरिचत उस व्यक्ति ने रथ से उतरने के बाद उनकी ओर आकार उन्हें प्रणाम किया था।

स्वयं से इतने बड़े व्यक्ति द्वारा प्रणाम किये जाने से वे संकोच से भर उठे। उन्होंने भी उस व्यक्ति को प्रणाम किया।

"मैं अक्रूर, मथुरा में आपके मामा कंस के पास से आ रहा हूँ; आप श्रीकृष्ण हैं न ?" उस व्यक्ति ने कहा।

'हाँ।'

"और अवश्य ही ये आपके भाई बलराम होंगे?" उन्होनें बलराम की ओर इंगित कर पूछा।

"हाँ, किन्तु आपने हमें कैसे पहचाना?" कृष्ण ने आश्चर्य से पूछा।

"बस पहचान लिया।" उन्होंने हँसकर कहा, फिर थोड़ा रुककर बोले,

"आपके बारे में बहुत कुछ सुन रखा है सो अनुमान लगाया।"

"आप किसी कार्यवश पधारे हैं?"

"मुझे नन्द बाबा से मिलना है।

'अच्छा।' कहकर कृष्ण दौड़कर नन्दबाबा के पास पहुँचे। उन्हें अक्रूर जी के बारे में बताया, तो नन्द बाबा स्वयं उनके स्वागत के लिये आये। उन्हें सादर, महल के अन्दर ले गये। आसन दिया, कुशलक्षेम पूछी, फिर पूछा,

"भगवन् कैसे कृपा की?"

नन्द बाबा के इस प्रश्न से अक्रूर जी गम्भीर हो गये।

"बहुत कुशल तो नहीं है, इसीलिये मैं यहाँ हूँ।" उन्होंने कहा।

"क्या हुआ?"

"कंस, बालक कृष्ण से बहुत भयभीत है; इन्हें मरवाने के उसके अब तक के सारे प्रयास असफल हो चुके हैं अतः खिसियाहट में उसने इनके माता-पिता देवकी और वसुदेव को ही जान से मारने का निर्णय

कर लिया है। बहुत कठिनाई से समझा-बुझाकर उसे रोका गया है।

'अच्छा!' नन्द बाबा ने आश्चर्य से कहा।

'हाँ।'

'फिर?'

'मुझे लगता है कृष्ण और बलराम को मथुरा चलकर इस प्रकरण को सदैव के लिये समाप्त कर देना चाहिये।"

"किन्तु वे तो अभी निरे बालक हैं।"

"वे आयु में बालक अवश्य हैं, किन्तु उनकी बुद्धिमत्ता और पराक्रम की जितनी कहानियाँ मैंने सुनी हैं, उससे वे साधारण बालक तो नहीं लगते; मुझे विश्वास है कि मथुरा जाकर वे कंस के हर प्रयास का समुचित उत्तर देने में पूर्ण सक्षम हैं, और यही देवकी और वसुदेव के जीवन को बचाने का एक मात्र मार्ग है।"

"क्या कंस भी चाहता है कि कृष्ण और बलराम वहाँ जायें?"

"हाँ, उसके आदेश से ही मैं इन्हें लेने आया हूँ।"

नन्द बाबा, कृष्ण और बलराम को न भेजने के सम्बन्ध में और भी बहुत कुछ कहना चाहते थे, किन्तु देवकी और वसुदेव के प्राणों पर संकट की बात ने उन्हें निरुत्तर कर दिया; वे मानो हृदय पर पत्थर रखकर बोले,

"यशोदा से भी पूछ लेते हैं।"

उसके बाद कृष्ण को स्मरण है कि देवकी और वसुदेव के प्राणों पर संकट जानकर वे भी मना तो नहीं कर सकीं, किन्तु बहुत समझाने पर भी उनका रोना देखा नहीं जा रहा था। अंत में उनके शीघ्र ही लौट आने की बात पर उन्हें कुछ धीरज बँधा और उनका रोना कम हुआ।

कुछ ही देर में सारे वृन्दावन में यह बात फैल गयी। कृष्ण के द्वार पर भीड़ एकत्रित हो गयी। कृष्ण ने देखा उस भीड़ में अपने माता-पिता कीर्तिदा और वृषभानु के साथ राधा भी आयी हुई थीं और गोपियों के एक

झुण्ड में आगे ही खड़ी थीं। दोनों ने एक दूसरे को देखा। राधा की आँखों में आँसू थे।

कृष्ण के मन में भी पता नहीं क्या-क्या चल रहा था। उनको जन्म देने वाले माता-पिता देवकी और वसुदेव हैं, यशोदा और नन्द नहीं; यह उन्हें आज ही पता लगा था... इससे मन में बहुत आश्चर्य भी था और बहुत अधिक पीड़ा भी। यशोदा और नन्द उनके सगे माता-पिता नहीं हैं, यह जानकर बालक कृष्ण का मन रो उठा था।

उन्हें लग रहा था, शायद अभी माता यशोदा आयेंगी, उन्हें उदास देखकर, खींचकर उन्हें अपनी गोद में लेकर कहेंगी, 'ये सारी बातें हँसी की थीं, मैं ही तेरी माँ हूँ, पगले।" किन्तु ऐसा कुछ भी नहीं हुआ। कृष्ण का मन रोकर रह गया था।

फिर देवकी और वसुदेव उनके असली माता-पिता हैं और उनका जीवन कृष्ण के कारण ही संकट में है, इस बात ने भी उन्हें बहुत अधिक पीड़ा दी थी। उनके मन में देवकी और वसुदेव के जीवन को बचाने का कर्तव्य-बोध भी था और उन्हें इस योग्य समझा गया, इसका कुछ गर्व भी।

पीड़ायें कुछ और भी थीं। माता यशोदा और बाबा नन्द, जिनकी गोद में पलकर वे बड़े हुए थे, उनसे और वृन्दावन के अपने मित्रों से बिछड़ने की पीड़ायें तो थीं ही, जिन्हें सरलता से वे दूसरों से साझा कर सकते थे, किन्तु एक और पीड़ा, जिसे कहने में भी कृष्ण को कहीं बहुत संकोच सा था, वह थी राधा से दूर जाने की पीड़ा। अब राधा की आँखों के आँसुओं ने उनकी उस पीड़ा को भी पीछे छोड़ दिया था।

"हम शीघ्र लौट आयेंगे न भइया?" कृष्ण ने राधा को सुनाकर बलराम से कहा, और बलराम ने अपने स्वभाव के अनुकूल ही गम्भीरता से कहा,

'हाँ।'

बलराम, इस परिस्थिति में भी बहुत सामान्य लग रहे थे। कृष्ण ने बलराम को सदैव बहुत शान्त और सुलझी हुई प्रकृति का ही पाया था।

उन्हें कभी-कभी ही क्रोध आता था, किन्तु जब आ जाता था तो उसे शान्त करना बहुत कठिन होता था।

राधा ने उनकी बात सुनी और होंठों को कुछ तिरछाकर सिर को झटका। कृष्ण को लगा, जैसे वे कह रही हों, 'चलो, रहने भी दो ये बातें।"

उसी समय उस भीड़ में से किसी ने अक्रूर जी को देखकर साथ वाले से पूछा,

"यही हमारे कृष्ण और बलराम उको हमसे अलग करने आये हैं?"

" हाँ, यही हैं अक्रूर जी।" उत्तर मिला।

" काम इतनी क्रूरता का, और नाम कितना शुभ है, अक्रूर।" भीड़ में से एक स्वर आया। जिसने भी सुना, उसी के होंठों पर हल्की सी हँसी आ गयी; यहाँ तक की राधा और कृष्ण के होंठों पर भी; किन्तु कृष्ण के अधरों पर हँसी देखकर राधा पुनः गम्भीर हो गयीं और बगल वाली गोपी से कृष्ण को इंगित करके बोलीं,

"हम रो रहे हैं और इनको हँसी आ रही है।"

इसके साथ ही कुछ पलों के लिये राधा ने मुख घुमा लिया। कृष्ण कहना चाहते थे कि ऐसा नहीं है, मेरा दिल भी कम नहीं रो रहा है, किन्तु कह नहीं सके। राधा का वह मुख घुमा लेना, बहुत दिनों तक कृष्ण के मन में बसा रहा।

मथुरा आने के बाद परिस्थितियाँ एक के बाद एक कुछ ऐसे मोड़ लेती रहीं कि वृन्दावन लौटकर जाना टलता ही रहा, और फिर भी कभी हो ही नहीं सका। यशोदा और नन्द के लिये कुछ न कर पाने का दुःख जीवनभर पीड़ा देता ही रहा।

* * *

मथुरा में कृष्ण की भेंट उद्धव से हुई। वे कृष्ण के पिता वसुदेव के भाई देवभग के पुत्र थे। उनका जीवन मथुरा में ही बीता था। वे आध्यात्मिक प्रकृति के, विद्वान, अध्ययनशील और जिज्ञासु व्यक्ति थे। उन्हें कृष्ण का व्यक्तित्व बहुत प्रभावित था, और शीघ्र ही वे कृष्ण के घनिष्ठ मित्र हो गये।

कृष्ण के मन में राधा के लिये जो भावनायें थीं, उन्हें बहुत कुछ वे जान चुके थे और राधा के मन में कृष्ण को लेकर जो भावनायें हो सकती थीं, उनका उन्होंने सहज ही अनुमान लगा लिया था।

कृष्ण का व्यक्तित्व उनके सामने था, और राधा के व्यक्तित्व का अनुमान कृष्ण की बातें सुनकर उन्होंने लगा लिया था। वे समझ गये थे कि राधा कोई साधारण स्त्री नहीं हैं। कृष्ण के तो वे लगभग भक्त ही हो चुके थे। उन्हें राधा और कृष्ण की एक दूसरे के प्रति भावनाएँ नितान्त भौतिक आकर्षण लगती थीं।

कृष्ण को तो वे बहुत बार समझा भी चुके थे, किन्तु राधा, कृष्ण के लिये अत्यन्त पीड़ित रहती होंगी, यह जानकर उनके मन में राधा से कुछ आध्यात्मिक चर्चा करने की, या यों समझा जाय कि उन्हें इस भौतिक प्रेम से विरत होकर ईश्वर में मन लगाने की बात समझाने की बहुत तीव्र इच्छा थी, और कृष्ण उनके मन की यह बात समझ भी चुके थे।

एक बार कृष्ण और वह कहीं जा रहे थे। मार्ग में कृष्ण को बहुत प्यास लगी। उद्धव उनके लिये पानी ढूँढ़ने लगे। कुछ दूर पर एक भवन दिखाई पड़ा। उद्धव वहाँ गये। किसी वैभवशाली व्यक्ति का घर था। उद्धव ने पानी माँगा। ससम्मान उन्हें और कृष्ण को पानी पिलाया गया। वहाँ से चले, तो दोनों ने उस वैभवशाली व्यक्ति की और अधिक समृद्धि की कामना की।

कुछ दूर जाने के बाद कृष्ण को फिर प्यास लगी। उद्धव ने आसपास देखा। एक झोपड़ी दिखी। वे वहाँ गये। एक संन्यासी मिला। उद्धव ने उससे पीने के लिये थोड़ा पानी माँगा।

"पानी तो नहीं है मेरे पास, पर पास ही मेरी बहुत प्रिय गाय है, तुम चाहो तो उसका दूध दुहकर अपनी ओर अपने साथी की प्यास कुछ कम कर सकते हो।" सन्यासी ने कहा।

उद्धव ने ऐसी ही किया। पानी माँगा था दूध मिला। उद्धव, संन्यासी से बहुत प्रभावित थे। उन्होंने उसकी गरीबी मिटने की कामना की, किन्तु उन्हें बहुत आश्चर्य हुआ, जब उन्होंने देखा कि कृष्ण, भाव-रहित से चुप हैं।"

"आपने उस सन्यासी की गरीबी मिटने की कामना नहीं की?" उन्होंने कृष्ण से पूछा। कृष्ण हँसे, बोले,

"मैंने कामना की है कि उस व्यक्ति की गाय भी कहीं चली जाये।"

"क्यों? ऐसा क्यों?"

"वह संन्यासी है; इस गाय से मोह ही उसका एक मात्र बन्धन है; वह छूट जाये तो वह पूर्ण मुक्त पुरुष हो सकता है।"

इससे उद्धव ने कृष्ण को कुछ और समझा। उनकी मित्रता जब से कृष्ण से घनिष्ठ हुई थी, और उन्हें राधा और कृष्ण की एक दूसरे के प्रति भावनाओं का कुछ अनुमान हुआ था, तब से उनके मन में एक प्रश्न भी उठ रहा था, किन्तु उसे कृष्ण के सम्मुख रखने का साहस वे नहीं कर पा रहे थे।

आज कृष्ण की इस बात के बाद उन्हें लगा कि कृष्ण से वह प्रश्न पूछने का उचित समय है। उन्होंने साहस कर कहा,

'एक प्रश्न है।'

"क्या?" कहकर कृष्ण ने मुस्कराते हुए उद्धव की ओर देखा। कृष्ण की इस मुस्कुराहट ने उद्धव को अतिरिक्त बल प्रदान किया।

"लोग कहते हैं, राधा आपके विरह में व्याकुल हैं; आपने कभी उनको इस भौतिक प्रेम से बचने की सलाह क्यों नहीं दी?

कृष्ण हँसे। राधा को लेकर कोई भी प्रश्न कभी भी उनसे किया जा सकता है, यह वे जानते थे

"कभी समय ही नहीं मिला; लौटकर वहाँ जाना हो ही नहीं सका।"

'ओह।'

" आप मेरा एक कार्य करेंगे उद्धव जी?"

"आपके काम आना मेरा सौभाग्य होगा।"

"आप मेरे मित्र हैं, विद्वान हैं, और आध्यात्मिक सोच रखने वाले भी हैं; मैं चाहता था कि जो कार्य मैं नहीं कर सका वह आप सम्पन्न कर मेरी सहायता करें।"

कृष्ण के इस प्रस्ताव पर उद्धव कुछ चौंके, 'ऐसा कौन सा कार्य हो सकता है? उन्होंने सोचा।

'अर्थात...?' उन्होंने कहा।

"छोटा सा कार्य था और आपकी रुचि के अनुकूल भी।"

'क्या?'

"बस, मैं इतना चाहता था कि आप स्वयं वृन्दावन जाकर राधा को इस भौतिक प्रेम से बचने और अपनी ऊर्जा को ईश्वर की ओर मोड़ने का परामर्श देते।"

इस बात पर उद्धव अचम्भित हुए।

"क्या आपकी दृष्टि में मैं इस योग्य हूँ?" उन्होंने कहा।

– "मेरी दृष्टि में इस कार्य के लिये आपसे योग्य दूसरा कोई व्यक्ति नहीं है।"

"कब जाना होगा?"

"जब आप जाना चाहें, किन्तु शीघ्रता करेंगे तो अच्छा रहेगा।"

उद्धव सोच में पड़ गये। उनके मुख से निकला,

– "क्या अभी?"

"नहीं इतनी शीघ्रता नहीं है; आज व्यवस्था कर लीजिये, कल चले जाइयेगा।

"ठीक है; क्या आप कोई पत्र देंगे? इससे मेरा कार्य अवश्य ही आसान हो जायेगा।"

"इसकी आवश्यकता है तो नहीं, किन्तु यदि आपको लगता है कि इससे आपको सुविधा होगी तो ठीक है; पत्र भी मुझसे कल ही ले लीजियेगा। और हाँ, जब जा रही रहे हैं तो माँ यशोदा और बाबा नन्द को मेरा प्रणाम भी निवेदित करते आइयेगा।"

'अवश्य।'

दूसरे दिन कृष्ण ने उद्धव को राधा के लिये एक पत्र दिया, और उनके लिये एक सभी सुविधाओं से युक्त एक तीव्रगामी रथ का प्रबन्ध करवा दिया। उद्धव, वृन्दावन पहुँचे। नन्द का घर ढूँढ़ने में उन्हें कोई कठिनाई नहीं हुई।

कृष्ण का दूत जानकर यशोदा और नन्द ने उनका हृदय से स्वागत किया। कुशलक्षेम के उपरान्त कृष्ण की बातें प्रारम्भ हो गयीं। उद्धव ने उन्हें कृष्ण के प्रणाम निवेदित किये तो दोनों ही भाव विह्वल हो गये। उनके छोटे से कृष्ण ने कंस जैसे महाबली राजा को बहुत आसानी से हराकर उसका वध कर दिया, जानकर वे कृष्ण के प्रति गर्व से भर उठे।

यशोदा, कृष्ण की स्मृतियों में खोकर रुआँसी सी हो उठीं, उनका कण्ठ रुँधने लगा था।

इस बीच वृन्दावन में कृष्ण के दूत के आने का समाचार बहुतों को मिल चुका था। नन्द के आँगन में बहुत से स्त्री–पुरुष आ चुके थे। सच तो यह है कि पूरे वृन्दावन में जिसे भी उद्धव के आने का समाचार मिलता था, वही तीव्रता से नन्द के घर की ओर चल देता था।

उद्धव उन्हें कृष्ण के बारे में बतलाने लगे। यशोदा, कृष्ण का समाचार मिलने से प्रसन्न तो थीं, किन्तु साथ ही उनके लिये व्याकुल भी बहुत थीं।

"मेरा बच्चा कब आयेगा?" उन्होंने उद्धव से पूछा।

कृष्ण ने आने के सम्बन्ध में तो कुछ कहा ही नहीं था, अतः इस प्रश्न पर उद्धव कुछ सोच में पड़ गये... फिर वे तो सबको निराकर ईश्वर से प्रेम करने की बात समझाने आये थे, किन्तु कुछ सोचकर बोले,

"संभवतः अपनी व्यस्ततायें कम होते ही वे अवश्य आयेंगे।"

कुछ देर बाद उन्होंने कीर्तिदा और वृषभानु के सम्बन्ध में पूछा। कृष्ण का दूत आया जानकर वृषभानु स्वयं ही आये हुए थे।

"हे कृष्ण के दूत! मेरे घर को पवित्र नहीं करेंगे?" उन्होंने उद्धव से कहा। उद्धव, यशोदा और नन्द बाबा से विदा लेकर वृषभानु के साथ उनके घर पहुँचे।

कीर्तिदा ने उनका स्वागत किया, किन्तु राधा अभी भी सामने नहीं आयीं, जब कि उद्धव का अनुमान था कि कृष्ण के दूत के आने की बात सुनते ही राधा जल्दी से जल्दी उनसे मिलना चाहेंगी। उन्होंने स्वयं राधा के बारे में पूछा। कीर्तिदा ने आवाज दी,

"बेटी राधा।"

'माँ।'

"कृष्ण के दूत आये हैं, तुमसे मिलना चाहते हैं।"

आई। कहकर निर्विकार सी धीरे-धीरे चलती हुई राधा आयीं। उद्धव ने राधा को, और राधा ने उन्हें प्रणाम किया। उद्धव ने बड़े उत्साह से कृष्ण का पत्र आगे करते हुए कहा,

"श्रीकृष्ण का पत्र है।"

राधा ने बहुत शान्ति से वह पत्र लिया। उसे खोला। कुछ पलों के

लिये उसे निहारा और फिर हँस पड़ीं।

उद्धव ने कृष्ण को स्मरण कर यशोदा को रोते देखा था, इसी आधार पर उनका अनुमान था कि राधा, कृष्ण के पत्र को देर तक पढ़ेंगी; एक-एक पंक्ति, एक-एक शब्द का अर्थ खोजेंगी, और बहुत सम्भव है वे भी कृष्ण की स्मृतियों में डूबकर नेत्रों में अश्रु भर लें। वे उन्हें समझाने के लिए बहुत कुछ सोचकर आये थे, किन्तु राधा को यूँ हँसते देखकर वे आश्चर्य से भर उठे, और अनायास ही उनके मुख से निकल पड़ा,

"क्या हुआ? आप हँसीं क्यों?"

"कुछ नहीं, पर इसमें बात ही ऐसी लिखी है।"

"कौन सी बात?"

"इसमें लिखा है कि पत्र लाने वाले की शिक्षा अभी अधूरी है।"

"अच्छा! क्या मैं देख सकता हूँ, ऐसा कहाँ पर लिखा है?" उद्धव ने पूछा। उन्होंने बहुत अधिक अध्ययन किया था। सच तो यह है कि उनका अब तक का जीवन, अध्ययन और अध्यापन में ही बीता था, और सच कहा जाय तो उन्हें अपनी अध्ययनशीलता और ज्ञान पर कुछ गर्व भी था।

राधा की इस बात से वे चौंक उठे थे, किन्तु जब राधा ने हँसते हुए पत्र ही उनके आगे किया, तब और भी अधिक चौंके। उन्होंने आश्चर्य से देखा, कृष्ण का राधा को पत्र मात्र, एकदम कोरा काग़ज़ था, उसमें कुछ भी लिखा हुआ नहीं था।

"पर इसमें तो कुछ भी नहीं लिखा है।" उन्होंने राधा से कहा।

"किन्तु मैंने वह सब पढ़ लिया है जो वे लिखते। हम दो दिखाई देते अवश्य हैं, पर हम दो नहीं हैं; हमारे बीच में एक दूसरे से कहकर बताने के लिये कुछ है ही नहीं।

विश्वास, प्रेम और त्याग, शब्द मात्र नहीं हैं; हमने अपने अहं को मिटाकर जिया है, और कहीं भी रहें, हम एक दूसरे का मन पढ़ लेते हैं।

उद्धव हतप्रभ थे

“और मेरी बात?” उन्होंने पूछा।

“सच कहूँ तो वह आपके मुख पर लिखी हुई है।” कहकर राधा उन्हें निहारने लगीं। उद्धव कुछ बोल नहीं सके।

“आश्चर्य हो रहा है?” राधा ने पूछा।

‘हाँ।’

“तो सच यह है कि उनके प्रति आपका समर्पण अभी अधूरा है; अभी ‘मैं’ शेष है; जब ‘मैं’ नहीं होगा, तब हर ओर वही होगा; तब किसी सन्देश के भेजने या पाने की आवश्यकता नहीं रहेगी, हर ओर वही शेष रह जायेगा, बस। द्वैत को मिटाकर अद्वैत हो जाना ही क्या हर ग्रन्थ का सार नहीं है?”

उद्धव मूक और अभिभूत थे। कुछ समय और वहीं रहने की इच्छा कब उनके अन्दर जागी और कब बलवती हो गयी, उन्हें पता ही नहीं लगा। वे आनन्द के किस भाव में डूब चुके थे, यह उन्हें भी पता नहीं था... और तभी उन्हें सुखद आश्चर्य हुआ, जब वृषभानु ने उनसे रात्रि वहीं बिताने का आग्रह किया।

उन्हें लगा जैसे उन्हें बिना माँगे सब कुछ मिल गया हो। राधा के प्रति वे अगाध श्रद्धा से भरे हुए थे। वे उन्हें ईश्वर का रूप लग रही थीं। उनके रहने के स्थान में उन्हें भी एक रात्रि बिताने का अवसर मिलेगा, इस बात से वे आनन्द से रोमांचित हो उठे।

रात्रि में उनका बिस्तर एक आरामदायक तख्त पर बिछाया गया था। वे सबके सामने उस पर लेटे अवश्य, किन्तु एकान्त होते ही भूमि की ओर देखने लगे। इस भूमि पर राधारानी के चरण पता नहीं कितनी बार पड़ें होंगे, इस पर उनके चरणों की धूल तो होगी ही... उनके चरण न सही, उन चरणों की धूल ही सही; उन्होंने मन ही मन सोचा और बिस्तर छोड़कर उठे और भूमि पर लेट गये।

रातभर उनके मस्तिष्क में राधा की बातें गूँजती रहीं। उनके मन के सारे प्रश्न खो चुके थे। करवटें बदलते और भूमि पर लोटते ही रात बीती। कोई उन्हें इस हाल में देख न ले, इस कारण सूर्य की किरणों की आहट होते ही उठ गये।

कुछ देर में स्नान ध्यान से निवृत्त हुए तब तक और लोग भी उठ गये थे। उद्धव का वह भूमि छोड़कर जाने का मन तो नहीं था पिफर भी जाना तो था ही। वे जाने के लिये तैयार हुए। जाने से पूर्व उन्होंने एक बार पुनः राधा से मिलने की इच्छा प्रकट की। राधा आईं। उनके अधरों पर मुस्कान थी।

''रात ठीक से नींद आयी?'' उन्होंने मुस्कराते हुए पूछा। उद्धव को लगा जैसे उनकी रात का सारा दृश्य राधा की आँखों में है, उनसे कुछ भी छिपा हुआ नहीं है।

'हाँ।'' कहते हुए राधा को प्रणाम किया और बहुत संकोच से कहा,

''मन में एक प्रश्न था।''

''निःसंकोच करें।''

''इस गाँव जैसी जगह में रहकर आपने इतना ज्ञान कैसे प्राप्त कर लिया?''

''जीवन में लगभग प्रत्येक क्षण आपको दो में से एक पक्ष चुनना रहता है; सत्य और प्रेम का पक्ष चुनने से आपको अन्तर्दृष्टि प्राप्त होती है, अन्तर्दृष्टि से भ्रम टूटते हैं, और भ्रमों का टूटना आपको उस सर्वोच्च सत्ता की ओर ले जाता है; यह बहुत सरल है।''

''आप श्रीकृष्ण के साथ प्रेम में होते हुए भी अपने बन्धनों को कैसे तोड़ पायीं?''

''भय के कारण प्रेम, और विश्वास के कारण प्रेम में अन्तर होता है; पहला बन्धन देता है, दूसरा बन्धनों से मुक्ति। एक विरह और मृत्यु

का भय देता है, दूसरा सतत मिलन, और जीवन से भर देता है।

...हमारा प्रेम इस दूसरी तरह का प्रेम ही तो है, जहाँ निर्बाध मिलन ही मिलन है; और फिर राधा और कृष्ण तो पानी में उठती तरंगें हैं; मिटने ही हैं, किन्तु प्रेम तो समुद्र है, विशाल और अथाह।"

"बिना संसार त्यागे वहाँ तक पहुँचा जा सकता है क्या?"

"हाँ, क्यों नहीं? भौतिक रूप से नहीं, किन्तु मन से संसार को छोड़ने में भोगों की लालसा के अतिरिक्त और क्या आड़े आता है?"

"कुछ नहीं।"

"कृष्ण का मन संसार में कभी भी नहीं था, और न होगा।"

"और आपका मन?"

"पुरुष, जहाँ संसार को छोड़कर पहुँचता है, स्त्री वहाँ संसार को अपने में समेटकर पहुँच जाती है।"

"क्या ज्ञान की खोज की सारी बातें व्यर्थ हैं? जीवन का अर्थ क्या है?"

"हम जीवन के जो अर्थ दे सकें वही इसका अर्थ है; बस इसे निरर्थक नहीं जाने देना चाहिये और हाँ, मात्र कुछ मुद्राओं की खोज, वैभव की खोज नहीं है; किसी सुख की खोज, आनन्द की खोज नहीं है और उपाधियों की खोज, ज्ञान की खोज नहीं है।"

राधा के उत्तरों ने उद्धव को ऊपर से नीचे तक हिला दिया था। वे स्वयं भी तो अपने लिये 'महर्षि' भी उपाधि चाह रहे थे। उद्धव को अपने द्वन्द्व कम होते और अहं टूटता हुआ सा लगा। संसार बहुत अधिक व्यापक और शान्ति से भरा हुआ लगने लगा।

उन्होंने राधा को प्रणाम किया। राधा उन्हें बोलीं,

"मैं इतने सम्मान के योग्य नहीं हूँ।"

"सच है, आप का स्थान इस तरह के सम्मानों से कहीं ऊपर है।"

उद्धव ने कीर्तिदा और वृषभानु से विदा माँगी।

"नन्द के यहाँ तो जायेंगे?" वृषभानु ने पूछा।

"हाँ, वृन्दावन छोड़ने के पूर्व उन्हें प्रणाम तो निवेदित करने ही हैं।"

"तो मैं भी आपको वहाँ तक छोड़ने चलता हूँ।"

'आइये।'

उद्धव और वृषभानु, रथ में बैठकर नन्द के यहाँ तक गये। उद्धव जब वहाँ से भी चलने लगे तो सभी ने, और विशेष रूप से यशोदा ने बार-बार उनसे कृष्ण को साथ लेकर पुनः आने का अनुरोध किया।

* * *

वे जब लौटकर कृष्ण के सम्मुख पहुँचे तो उन्हें लगा जैसे उनका काया-कल्प हो चुका है। वे वह उद्धव नहीं रह गये हैं जो इस यात्रा के पूर्व थे।

कृष्ण ने मुस्कराकर उनका स्वागत किया।

"यात्रा पूर्ण हुई उद्धव?" उन्होंने कहा।

उद्धव को लगा जैसे कृष्ण पूछ नहीं रहे हैं, परिणाम सुना रहे हैं।"

"हाँ, और मैं सौभाग्य की अनुभूति से भर गया हूँ।"

कृष्ण फिर मुस्कराये। उद्धव को कृष्ण से वृन्दावन के सम्बन्ध में प्रश्नों की प्रतीक्षा थी, किन्तु उस अन्तरयामी ने उनसे कोई प्रश्न नहीं किया। तब उद्धव ने स्वयं कहा,

-कोई राधा श्री को समझ ले यह बड़ी बात है।"

इस बार उद्धव ने राधा के नाम के साथ श्री लगाया था, यह बात कृष्ण के ध्यान में आयी। उन्होंने हँसकर पूछा,

"तो कुछ समझ सके क्या?"

"कुछ व्यक्तित्व इस संसार में पानी में हंस की भाँति रहते हैं, जो पानी में खेलता तो रहता है, किन्तु अपने पंखों को भीगने नहीं देता।"

* * *

कृष्ण विचारों में खोये हुए थे। उन्हें लग रहा था कि आज जब माँ यशोदा और बाबा नन्द को एक सहारे की आवश्यकता है, तब कौन है वहाँ राधा को छोड़कर, जिससे वे आत्मीयता महसूस करते हों? उन्हें लगा, राधा का ऋण कभी नहीं चुक सकेगा, इस जन्म में तो बिल्कुल भी नहीं। किसी कार्य से रुक्मिणी पुनः वहाँ आईं। कृष्ण को चुपचाप अकेले बैठे देखा, बोलीं,

"क्या सोचने लगे आप?"

विचारों में खोये हुए कृष्ण, रुक्मिणी के स्वर से चौंके।

"कुछ नहीं, यूँ ही माता यशोदा और बाबा नन्द की याद आ गयी थी।"

'उन्हें भी यहीं क्यों नहीं ले आते आप?"

"तुमने बहुत स्वाभाविक प्रश्न उठाया है रुक्मिणी; यह प्रश्न औरों के मन में भी उठता होगा, कि जैसे मैं माँ देवकी और पिताश्री वसुदेव को यहाँ लाया, वैसे ही माँ यशोदा और बाबा नन्द को क्यों नहीं लाया?

शायद लोग यह भी सोचते हों कि कृष्ण अपने जन्म देने वाले माता-पिता और पालने वाले माता-पिता में अन्तर करता है, यद्यपि ऐसा नहीं है; रुक्मिणी, मैं उन्हें यहाँ बुलाने का प्रयास कर चुका हूँ।"

"फिर क्यों नहीं आये वे?"

"क्या कहूँ रुक्मिणी, उनका उत्तर था कि जिस घर आँगन में

खेलकर उनका यह कृष्ण बड़ा हुआ है, उसे वे शरीर में प्राण रहते नहीं छोड़ सकते। उसका कोना-कोना उन्हें मेरे बचपन का स्मरण कराता है। वे कहते हैं, वह घर ही उनका मन्दिर भी है तीर्थ भी, वे उसे जीते जी सूना नहीं कर सकते।"

कुछ रुककर कृष्ण पुनः बोले-"जिस स्थान से उनकी भावनायें इतनी तीव्रता से जुड़ी हैं, उसे छोड़ना उनके लिये कितना कष्टकारी होगा, यही सोचकर मैंने यह प्रयास छोड़ दिया।"

"और राधा?" रुक्मिणी ने प्रश्न किया,

"तुम्हें उनसे ईर्ष्या तो नहीं होती रुक्मिणी।"

"प्रभु, परम ज्ञानी होते हुए भी आप अपनी पत्नी को समझ नहीं सके; मुझे उनसे ईर्ष्या कभी नहीं हुई। मात्र ग्यारह वर्ष की अवस्था में आप मथुरा आ गये थे, तब से आज तक उन्होंने आपकी स्मृतियों के सिवा पाया ही क्या है?

मैं उनके प्रेम और त्याग के सम्मुख अपने को कहीं भी नहीं पाती; उस देवी के आगे मैं सदैव नतमस्तक हूँ और रहूँगी।"

थोड़ी देर रुककर रुक्मिणी ने पुनः कहा,

"आपने मेरे प्रश्न का उत्तर नहीं दिया मुरलीधर।"

"क्या रुक्मिणी? क्या प्रश्न है तुम्हारा?"

"मैंने पूछा था, राधा को क्यों आपने वहीं छोड़ दिया?"

"मेरा उन पर अधिकार ही क्या था रुक्मिणी? और विधि का विधान देखो; आज माँ यशोदा, बाबा नन्द और वृषभानुसुता राधा ही परस्पर एक-दूसरे का सम्बल बने हुए हैं; इनमें से एक भी कड़ी को तोड़ने का साहस, काल ही कर सकता है।"

"क्या काल आपसे बड़ा है मुरलीधर?"

"रुक्मिणी, आज तुम मुझे निरुत्तर करने वाले प्रश्न क्यों कर रही

हो?"

'क्षमा।' कहकर अपनी आँखें पोंछते हुए रुक्मिणी हलके से हँसीं।

"यह क्या; तुम हँस भी रही हो और रो भी रही हो?"

कृष्ण ने उनके हाथ अपने हाथों में ले लिये। रुक्मिणी ने धीरे से उन हाथों को दबाया और बोलीं–"आप नहीं समझ पायेंगे वंशीधर; मुझे अपने भाग्य पर गर्व भी हो रहा है और उस पर रोना भी आ रहा है; इसलिये मैं हँस भी रही हूँ और मेरी आँखों में आँसू भी हैं।"

"मैं अब भी नहीं समझा रुक्मिणी।"

"मैंने आपको पाया, इस बात से मुझे अपने भाग्य पर गर्व है; और इतने वर्ष आपके साथ बिताने पर भी आपको पा नहीं सकी, इस बात पर मुझे रोना तो आयेगा ही।"

"क्या कह रही हो तुम? तुमने मुझे पाया भी और नहीं भी पाया; इस बात में कितना विरोधाभास है।"

"नहीं प्रभु, कोई विरोधाभास नहीं है; एकदम सरल और सीधी बात है।"

कृष्ण चुप रह गये। रुक्मिणी ने उनके दोनों हाथ थामकर अपनी पलकों से छुआये, फिर उनके चरणों को स्पर्श किया। आँसू उनके नेत्रों से लुढ़ककर कृष्ण के पैरों पर गिर पड़े। वे उठीं और चल दीं। कृष्ण, उन्हें जाते हुए देखते रहे, और जब वे दृष्टि से ओझल हो गईं तब उठे और चुपचाप महल से बाहर चले गये।

एक खिलते फूल पर
ठहरी हुई कुछ ओस की बूँदें
ढलक कर गिर पड़ीं
मुस्कराहट में छिपी पीड़ा
छलक कर छू गई मन

7

दुरभिसन्धियों के पृष्ठ

द्वारिका में कृष्ण का दरबार लगा हुआ था। वे राज के कार्यों को तो निपटा रहे थे, किन्तु मन में और भी बहुत कुछ चल रहा था। थोड़ी देर में मन कुछ उचाट सा हुआ तो उन्होंने शीघ्रता से आवश्यक कार्य निपटाये और वहाँ से उठकर महल की ओर चल दिये।

महल में जाकर रथ से उतरे, तो महल में ही बने एक शिव-मन्दिर में गये। झुककर प्रणाम किया और फिर महल में प्रवेश किया।

रुक्मिणी को उनके आने का पता लगा तो भागी हुई आयीं।

''आज आप कुछ शीघ्र आ गये हैं, सब कुशल तो है?''

उन्होंने पूछा।

''हाँ, बस यूँ ही; कार्य शीघ्र समाप्त हो गया तो तुम्हारा स्मरण हो आया; लगा, घर चलूँ।

''अच्छा, परिहास कर रहे हैं।''

“नहीं, परिहास नहीं सच।”

“मेरा सौभाग्य, मैं अभी आई, आपके लिये जल ले आऊँ।” कहकर रुक्मिणी गयीं, और शीघ्र ही जल और कुछ सूक्ष्म जलपान ले आयीं।

कृष्ण ने जल लिया, किन्तु जलपान के लिये बोले

“अभी मन नहीं हैं, चलो तातश्री के पास चलते हैं।”

“मैं भी?”

“हाँ, अकेले कहाँ बैठी रहोगी।”

रुक्मिणी और कृष्ण, उठकर वसुदेव के कक्ष की ओर चले। मार्ग में

कृष्ण सोच रहे थे कि समय व्यतीत होता जा रहा है, और मैं अभी तक पिताश्री के प्रश्नों के उत्तर उन्हें नहीं दे पाया हूँ; उनके पास अधिक दिन नहीं बचे हैं। वसुदेव के कक्ष के द्वार पर पहुँचकर वे रुके, उँगली से द्वार खटखटाया और आवाज दी।

‘तातश्री!’

‘आओ कृष्ण!’ अन्दर से वसुदेव का स्वर आया। कृष्ण अन्दर गये। देवकी बोलीं,

“कृष्ण, अच्छा हुआ तुम आ गये, हम तुम्हारी ही चर्चा कर रहे थे।”

“क्यों, क्या हुआ माँ? कुछ विशेष बात तो नहीं?”

“नहीं, बस तुम्हारी चर्चा करना हमें अच्छा लगता है, और सच कहूँ कृष्ण, तो तुम्हारी चर्चा हम दोनों के बात करने का सबसे प्रिय विषय होता है; इसके लिये हमें किसी कारण की आवश्यकता नहीं होती।”

“यह मेरा सौभाग्य है माते।”

“कहाँ से आ रहे हो?” वसुदेव ने पूछा।

“बस, राज्य सम्बन्धी नित्य के कुछ छोटे-छोटे कार्य थे, निपट गये तो लगा चलूँ, माँ की और आपकी चरण-रज ले लूँ।”

“बहुत अच्छा किया, किन्तु तुम्हारे चेहरे से ऐसा लग रहा है कृष्ण, कि तुम कुछ कहना चाहते हो।” वसुदेव ने कहा।

“तात, आप ठीक कह रहे हैं; उस दिन चर्चा में आपने कुछ प्रश्न किये थे।”

“हाँ किये थे कृष्ण, और मुख्य प्रश्न का उत्तर अभी शेष है।”

“यदि आप समय दें तो उस चर्चा को हम आगे बढ़ा सकते हैं।”

“हाँ बोलो कृष्ण।” वसुदेव ने कहा।

“पहले एक बात मुझे कहने दें आप दोनों,” देवकी कहने लगीं, “कृष्ण, आजकल बहुत गम्भीर से क्यों रहने लगे हो तुम? तुम्हारा गम्भीर चेहरा देखकर मुझे अपने अन्दर पता नहीं क्या लगने लगता है यह मैं बता नहीं सकती।”

कृष्ण बहुत जोर से हँसे,

“नहीं माँ, गम्भीर नहीं, मैं तो हमेशा आपका वही कृष्ण हूँ, आप व्यर्थ ही चिन्तित होती हैं।”

“मैं तुम्हारी माँ हूँ कृष्ण, यूँ झूठ-झूठ हँसकर मुझे बहला नहीं पाओगे।”

“और मैं आपका बेटा।” कृष्ण उठे और देवकी का सिर हाथों से पकड़कर अपने सीने से लगा लिया। थोड़ी देर बाद जब देवकी अलग हुईं तो कृष्ण के मस्तक और बालों को सहलाने लगीं, बोलीं,

“मेरे लाल जैसा इस दुनिया में कोई नहीं।”

वसुदेव भी हँस पड़े, बोले, -“हो भी नहीं सकता।” फिर कृष्ण से बोले,

"कृष्ण, क्या कह रहे थे तुम?"

"उस दिन आप कह रहे थे कि मैंने महाभारत के युद्ध को, उससे होने वाले महाविनाश को रोकने का प्रयास क्यों नहीं किया?"

"हाँ, मैं यह जानना चाहता था।"

"मैंने यह प्रयास किया था; वनवास से लौटने के बाद द्यूत-क्रीड़ा की शर्तों के अनुसार पाण्डवों को उनका राज्य वापस मिल जाना चाहिए था। मैं पाण्डवों की ओर से यह प्रस्ताव लेकर, दुर्योधन के पास गया था, किन्तु उसने इस प्रस्ताव का उपहास करते हुए पाण्डवों का राज्य तो क्या सुई की नोक के बराबर भूमि देने से भी मना कर दिया।

माता गान्धारी, पिता धृतराष्ट्र, पितामह भीष्म, गुरु द्रोणाचार्य और महात्मा विदुर आदि ने उसे समझाने का प्रयास भी किया, किन्तु उसने किसी की बात मानना तो दूर, उलटा मुझे ही बन्दी बनाने का षड्यंत्र प्रारम्भ कर दिया, यद्यपि वह इसमें सफल नहीं हो सका।

यदि धृतराष्ट्र, भीम और द्रोणाचार्य चाहते तो उसे पाण्डवों का राज्य वापस करने के लिये विवश कर सकते थे, किन्तु अलग-अलग कारणों से सामर्थ्यवान होते हुए भी, उन्होंने ऐसा नहीं किया, और पूर्व की भाँति ही दुर्योधन के अन्याय को चलने दिया।"

देवकी, जो कि इस वार्तालाप को ध्यान से सुन रही थीं, कृष्ण को बन्दी बनाने के प्रयास की बात सुनकर कुछ विचलित हुईं, बोलीं,

"कृष्ण, मुझे आश्चर्य है कि वह तुम्हें बन्दी बनाने की बात सोच भी कैसे सका; मुझे लग रहा है दुर्योधन, दुर्बुद्धि ही नहीं, मूर्ख भी था और चूँकि धृतराष्ट्र, भीष्म और द्रोणाचार्य वीर थे कायर नहीं, अतः मैं इसे उनका मौन समर्थन ही कहूँगी।"

कृष्ण ने कहा-"माँ, यह भी तब, जबकि सबको पता था कि शकुनि द्वारा द्यूत-क्रीड़ा में पाण्डवों को बेईमानी पूर्वक हराया गया था, और पाण्डवों ने अपनी वचनबद्धता के कारण ही द्रौपदी का अपमान भी सहा

और वन भी गये, अन्यथा उन्हें बलपूर्वक इसके लिये मजबूर करने की सामर्थ्य किसी में नहीं थी।

स्वयं धृतराष्ट्र ने दुर्योधन और शकुनि के षड्यंत्र का हिस्सा बनकर कौरवों व पाण्डवों दोनों के बुजुर्ग होने की अपनी स्थिति का दुरुपयोग करते हुए, युधिष्ठिर को जुआ खेलने के लिए हस्तिनापुर बुलाया। युधिष्ठिर, धृतराष्ट्र की आज्ञा मानते हुए हस्तिनापुर आ तो गये, किन्तु जुआ खेलने की उनकी इच्छा कदापि नहीं थी। उन्होंने इसकी बुराई करते हुए इसे पाप का मूल बताया।

वे इससे बचना चाहते थे, किन्तु कौरवों ने उन्हें भरी सभा में लगभग घेरकर, उनकी बातों को कायरतापूर्ण बताते हुए उनका उपहास किया और भाँति-भाँति के कुतर्कों का सहारा लेकर उन्हें जुआ खेलने के लिये, और पूरा राज्य ही दाँव पर लगाने के लिये उकसाया।

उसके परिणाम-स्वरूप और पिता-तुल्य धृतराष्ट्र की इच्छा का आदर करते हुए युधिष्ठिर इस कार्य के लिये सहमत हो गये। राज्य हारने के बाद उन्हें तरह-तरह के व्यंग्य बाणों से आहत करते हुए द्रौपदी को दाँव पर लगाने के लिये पुनः उकसाया गया।

धृतराष्ट्र, अपने आपराधिक प्रवृत्ति के पुत्र दुर्योधन और साले शकुनि का मोह और भय, दोनों ही कारणों से खुलकर विरोध नहीं कर सके। राज्य और द्रौपदी को हारने के बाद, पाण्डव जब हस्तिनापुर से वापस हो रहे थे, तब धृतराष्ट्र ने उन्हें एक बार फिर बुलवाया और बारह वर्ष के वनवास और एक वर्ष के अज्ञातवास का दाँव लगाने के लिये कहा।

इस अज्ञातवास में यदि दुर्योधन, पाण्डवों को ढूँढ़ने में सफल हो जाता, तो उन्हें पुनः बारह वर्ष वन में और एक वर्ष अज्ञातवास में बिताना पड़ता, और अगर दूसरे अज्ञातवास में भी दुर्योधन उन्हें ढूँढ़ लेता तो फिर से उन्हें बारह वर्ष वन में और एक वर्ष अज्ञातवास में बिताना पड़ता, यह क्रम चलता ही रहता।

यह योजना इस प्रकार बनाई गई थी कि पाण्डव कभी भी वन से

लौटकर अपना राज्य न ले सकें। यह कपटपूर्वक भले लोगों को फँसाकर बरबाद करने का एक तरीका ही तो था।

सारा कुछ दुर्योधन, शकुनि और कर्ण की पूर्व नियोजित योजनाओं के अनुसार ही हुआ। धृतराष्ट्र ने उनके सहायक की, तथा भीष्म आदि वरिष्ठजनों ने अपने विवेक और पुरुषार्थ को भुलाकर अन्याय के मौन समर्थक की भूमिका निभाई।"

देवकी ने पुनः कहा- "यदि दुर्योधन ने यह सब षड्यंत्र किये तो इसमें आश्चर्य की क्या बात है? क्या ऐसा नहीं लगता कि कुटिलता और षड्यंत्र करना दुर्योधन को पिता धृतराष्ट्र और मामा शकुनि से विरासत में मिले पितृपक्ष और मातृपक्ष के गुण थे?"

"आप बिलकुल ठीक कह रही हैं माँ; पिताश्री, दुर्योधन जिस राज्य का मालिक बन बैठा था, वास्तव में वह राज्य पाण्डवों के पिता पाण्डु का था। पितामह भीष्म के सौतेले भाई विचित्रवीर्य के दो पुत्रों धृतराष्ट्र और पाण्डु में धृतराष्ट्र अन्धे होने के कारण राज्य के उत्तराधिकारी नहीं माने गये, अतः पाण्डु राजा बनाये गये।

वे बहुत ही प्रतापी राजा थे, किन्तु जब उनसे भ्रमवश ऋषि किन्दम का वध हो गया, तो उन्होने संसार से विरक्त होकर राज्य छोड़ दिया, और अपनी पत्नियों कुन्ती और माद्री के साथ गन्धमादन पर्वत पर जाकर रहने लगे।

उसके बाद राजा का भाई होने के कारण राज्य का प्रबन्ध धृतराष्ट्र के हाथों में आ गया। इसके बाद जिस प्रकार उनके बाबा, महाराज शान्तनु और उनके बड़े पुत्र चित्रांगद की मृत्यु के पश्चात् बालक होते हुए भी उनके पिता विचित्रवीर्य का राज्याभिषेक हुआ था, और भीष्म उनके बड़े होने तक राज्य का प्रबन्ध देखते थे, उसी प्रकार पाण्डु के पुत्र युधिष्ठिर का राज्याभिषेक कर उनके बड़े होने तक ही धृतराष्ट्र को राज्य का प्रबन्ध सँभालना चाहिए था, किन्तु ऐसा नहीं हुआ, और मौके का फायदा उठाकर धृतराष्ट्र स्वयं राजा बन गये और कालान्तर में अपने बड़े पुत्र दुर्योधन को युवराज भी घोषित कर दिया।

धृतराष्ट्र ने बहुत ही कुटिलता-पूर्वक अपनी चालें चलीं। संख्या बल से भी पाण्डवों सहित सभी को प्रभावित करने के उद्देश्य से धृतराष्ट्र ने यह प्रचारित करवाया कि उन्हें गान्धारी से सौ पुत्रों की प्राप्ति हुई है।

चूँकि एक ही स्त्री द्वारा सौ पुत्रों को जन्म देना असम्भव है, अतः उन्होंने एक अकल्पनीय झूठ का सहारा लिया कि गान्धारी द्वारा गर्भधारण करने के दो वर्ष बाद उनके गर्भ से एक मांस पिण्ड पैदा हुआ।

इस मांस-पिण्ड के सौ टुकड़े करके उन टुकड़ों को अलग-अलग सौ घड़ों में रखने से तथा महर्षि व्यास के आशीर्वाद से दो वर्षों के उपरान्त हर घड़े से एक पुत्र, और इस प्रकार कुल सौ पुत्र प्राप्त हुए। किन्तु सौ पुत्र यदि थे तो जन्म से लेकर महाभारत के संग्राम के अन्त में मरने तक दुर्योधन, दुःशासन और विकर्ण को छोड़कर शेष पुत्रों के किसी पराक्रम या उनके परिवारों का कोई विशेष विवरण क्यों नहीं मिलता?

पाण्डवों में भीम सर्वाधिक बलशाली थे, अतः उनसे बराबरी करने के लिये यह भी प्रचारित हुआ कि दुर्योधन और भीम का जन्म एक ही दिन हुआ था।"

"कृष्ण, महर्षि व्यास इस काण्ड में अपना नाम घसीटे जाने पर भी शान्त रहे; उन्होंने इस का प्रतिवाद क्यों नहीं किया?" वसुदेव ने कहा।

"इसलिये तातश्री, क्योंकि बहुधा ऋषि और संत सत्ता से संघर्ष नहीं चाहते हैं; हो सकता है महर्षि भी इसी कारण शान्त रहे हों... फिर धृतराष्ट्र पाण्डु और विदुर के जन्म को लेकर वे स्वयं भी विवादों के घेरे में आ सकते थे। महारानी सत्यवती, अम्बिका और अम्बालिका, जो भुक्तभोगी और प्रत्यक्षदर्शी थीं, उन्हें महाराज पाण्डु के निधन के बाद वन में भेजने का विचार भी महर्षि का ही था।

इस प्रकार इस सम्बन्ध में किसी सत्य के सामने आने की सम्भावनायें समाप्त हो गयीं। इस विचार को धृतराष्ट्र की सहमति भी प्राप्त थी, यद्यपि हस्तिनापुर की प्रजा के लिये यह फैसला एक आघात की भाँति था।

व्यास जी ने धृतराष्ट्र या दुर्योधन की उनके पीछे आलोचना तो बहुत बार की, किन्तु उनके हित की किसी भी बात का सामने आकर विरोध कभी नहीं किया, उल्टा द्रोपदी के पाँच पति होने की बात को भी, पूर्वजन्म में द्रोपदी को शंकर जी द्वारा दिया हुआ वरदान बताकर, उन्होंने इन्हीं लोगों का हित साधा और द्रोपदी के चरित्र-हनन के लिये हो रहे दुष्प्रचार को अनचाहे ही बल प्रदान किया।

उन्होंने यह कहकर भगवान शिव का कद भी बहुत छोटा कर दिया कि पूर्व जन्म में द्रोपदी ने तो एक सर्वगुण सम्पन्न वर की कामना से शिव जी की तपस्या की थी, किन्तु शिव जी उनकी इस कामना को पूरी करने में असमर्थ थे, अतः उन्होंने द्रोपदी के न चाहने पर भी उन्हें विभिन्न गुणों से युक्त पाँच पतियों का वरदान दे दिया।

यह प्रश्न भी अनुत्तरित ही है कि महर्षि व्यास को वहाँ पहुँचकर एक नव-वधू के सम्बन्ध में ये बातें बताने की क्या आवश्यकता थी? शायद महान चरित्रों द्वारा भी कभी-कभी कुछ बड़ी गलतियाँ हो जाती हैं।"

"किन्तु कृष्ण, महर्षि व्यास ने अनेक स्थानों पर और अनेकों बार धृतराष्ट्र और दुर्योधन की आलोचना भी की है।" वसुदेव ने कहा।

"आप ठीक कह रहे हैं पिताश्री; महर्षि व्यास ने धृतराष्ट्र और दुर्योधन की बहुत बार आलोचना की है, किन्तु यह आलोचना सदैव उनके पीठ पीछे की है, सामने कभी नहीं; पीठ पीछे आलोचना करना एक बात है और सामने विरोध करना दूसरी।

एक सत्य और भी है... घर के बड़े अक्सर, अपने घर के छोटे सदस्यों की आलोचना करते हैं, कभी-कभी उन्हें डाँट भी देते हैं, किन्तु जब भी उन लोगों के हितों पर आँच आती हुई दिखाई पड़ती है, तो वे किसी न किसी कारण से उन्हीं का साथ भी देते हैं, विशेष रूप से यदि नयी पीढ़ी के ये सदस्य प्रभावशाली स्थिति में हों।"

"पुत्र, भीष्म पितामह की निष्क्रियता भी बहुत हैरान करने वाली है;

मैं समझ नहीं पाता हूँ कि वे जीवन भर धृतराष्ट्र और दुर्योधन के अन्यायों का साथ देते ही क्यों रहे? उन्होंने थोड़े बहुत मौखिक विरोध से ही अपने कर्तव्यों की इतिश्री क्यों समझ ली? उनके विवेक ने उन्हें कभी नहीं कचोटा, वे कभी भी अन्याय के विरुद्ध उठकर खड़े नहीं हुए।"

"पिताश्री, एक बार अवश्य पितामह भीष्म ने द्रोणाचार्य के साथ मिलकर और धृतराष्ट्र को समझा बुझाकर इन्द्रप्रस्थ का राज्य दिलवाया था, किन्तु चूँकि धृतराष्ट्र ने यह राज्य बिना मन के दिया था, और दुर्योधन इसे किसी न किसी प्रकार पाण्डवों से वापस ले लेना चाहता था, इसलिये इस छलभरी द्यूत-क्रीड़ा का आयोजन किया गया, और इस राज्य को पाण्डवों के दुखों का कारण बना दिया गया।"

"कृष्ण, धृतराष्ट्र की इन चालों का हस्तिनापुर की प्रजा पर भी कुछ प्रभाव अवश्य ही हुआ होगा।"

"हुआ था पिताश्री; हस्तिनापुर की प्रजा प्रारम्भ से ही युधिष्ठिर के पक्ष में थी, इसी कारण दुर्योधन, पाण्डवों से शत्रुता का भाव रखने लग गया था, और धृतराष्ट्र भी प्रजा की भावना को जानकर घबड़ाये हुए थे। अतः धृतराष्ट्र ने दुर्योधन के षड्यंत्र का हिस्सा बनते हुए, घूमने के बहाने से पाण्डवों को वार्णाव्रत भेजा था, जहाँ उन्हें दुर्योधन के बनवाये लाक्षाग्रह (बहुत अधिक ज्वलनशील पदार्थो से बना घर) में ठहराया गया और उन्हें माता कुन्ती सहित जलाकर मारने का प्रयास किया गया। दुर्योधन ने भीम को भोजन में विष देकर मारने का प्रयास भी किया।

उसने अर्जुन के पराभव के लिये कर्ण को अंग देश का राजा बनाकर अर्जुन से लड़वाने का प्रयास भी किया। पाण्डवों को नीचा दिखाने और माता कुन्ती सहित जान से मरवाने के प्रयास के दुर्योधन के हर षड्यंत्र में धृतराष्ट्र की भागीदारी थी। पितामह भीष्म भी इन घटनाओं से सर्वथा अनजान नहीं रहे होंगे।"

"धृतराष्ट्र भौतिक दृष्टि से ही नहीं, आत्मिक दृष्टि से भी दृष्टिहीन हो चुके थे। माता गान्धारी ने भी धृतराष्ट्र के अन्धे होने के कारण अपनी आँखों पर तो पट्टी बाँध ही रखी थी, उनके और दुर्योधन के कुकृत्यों का

विरोध न कर अपनी आत्मा की आवाजों को सुनना भी बन्द कर दिया था।"

और यह भी कितना अद्भुत है कि जो स्वयं अन्याय करने में तनिक भी नहीं हिचकते, वे भी अपने ऊपर संकट आते ही न्याय की गुहार करने लगते हैं।

इस सम्बन्ध में मुझे दुर्योधन के परम मित्र कर्ण का एक प्रसंग स्मरण हो गया है। अर्जुन से युद्ध करते समय उसके रथ का पहिया अलग हो गया था। कर्ण अपने रथ का पहिया ठीक करने के लिया नीचे उतरा। अर्जुन ने उसे अपने निशाने पर लिया हुआ था। यह देखकर कर्ण, धर्म युद्ध की दुहाई देने लगा। उसने अर्जुन से कहा,

"रुको अर्जुन! जब तक मैं अपने रथ का पहिया ठीक से न लगा लूँ, तब तक मुझपर वार करना घोर अधर्म होगा।"

अर्जुन ने कर्ण की यह बात सुनकर अपना हाथ रोक लिया। तब मैंने अर्जुन से कहा,

अर्जुन, हाथ मत रोको, अपितु इससे पूछो कि अकेले तुम्हारे पुत्र अभिमन्यु को घेरकर मारने वाले महारथियों में यह भी तो था, तब इसका धर्म और अधर्म का ज्ञान कहाँ चला गया था?"

"तुम कहना क्या चाहते हो कृष्ण?" वसुदेव ने कहा।

"मैंने अपनी बात कह दी है पिताश्री; अन्याय का प्रतिकार न करना, कायरता भी है और अपराध भी। महाभारत के युद्ध के द्वारा पाण्डव इन अन्यायों का प्रतिकार ही तो कर रहे थे; क्या आपको लगता है, आपके पुत्र को इन अन्यायों के प्रति मूकदर्शक की भूमिका निभानी चाहिये थी? क्या यह मेरी कायरता और अपराध नहीं होता?"

इतना कहकर कृष्ण कुछ रुके, फिर बोले,

"और एक बात और भी है पिताश्री।"

'क्या ?'

“अन्याय से लड़ते समय न्याय का बहुत अधिक ध्यान रखना मूर्खता भी सिद्ध हो सकता है।

‘अर्थात?’

“यही कि परिस्थितियाँ, समय और सामने वाले के व्यवहार की अनदेखी महँगी पड़ सकती है; इन तीनों को देखकर उचित निर्णय लेना ही बुद्धिमत्ता है।”

“तुम्हारा कथन उचित ही है; अन्याय का हर सम्भव तरीके से प्रतिकार किया जाना चाहिये।”

“आपको सम्भवतः महाभारत के अन्तिम चरण में दुर्योधन और भीम का गदा युद्ध स्मरण होगा।

दुर्योधन उन पर भारी पड़ने लगा था, किन्तु फिर भी भीम उस युद्ध में धर्म के ध्यान में ही अटके हुए थे। वे यह भूल रहे थे कि इसी दुर्योधन ने द्रौपदी को भरे दरबार में निर्वस्त्र करवाने का ही नहीं, उसे नंगी अपनी जाँघ पर बैठाने का भी अति कुत्सित प्रयास किया था।

यदि मेरे संकेत पर भीम ने उसकी जाँघ पर वार नहीं किया होता, तो जीवनभर अन्याय ही करने वाले उस दुर्योधन का अन्त किस तरह होता?”

“हाँ, कम से कम उस समय तो नहीं ही होता, और महाभारत का युद्ध कुछ और लम्बा खिंचता; किन्तु तुमने स्वयं तो युद्ध किया ही नहीं था।

“तुम्हारा कथन सर्वथा उचित है कृष्ण; अन्याय का भरपूर प्रतिकार करना चाहिये; किन्तु तुमने युद्ध तो नहीं किया था, तुम तो अस्त्र न उठाने के निश्चय के साथ वहाँ गये थे, यह कैसा प्रतिकार था तुम्हारा?”

“मैं उस महासमर के मध्य, महारथी अर्जुन के सारथी के रूप में प्रतिक्षण उपस्थित था। किसी के सारथी होने का अर्थ है, उसको लक्ष्य तक पहँचाना। मैंने अर्जुन को उसके लक्ष्य तक पहँचाने के लिये सही मार्ग

चुनने की दृष्टि दी, उसे कायरतापूर्ण वैराग्य और पाण्डवों को बिना लड़े ही युद्ध हारने से बचाया; मैं पाण्डवों द्वारा किये जा रहे अन्याय के प्रतिकार का, उस महायुद्ध का अति महत्त्वपूर्ण भाग था; स्वाभाविक ही है कि इस महायज्ञ में आहुतियाँ भी पड़ीं।"

"किन्तु जिन आहुतियों की बात तुम कर रहे हो, वे यज्ञ में पड़ने वाली सामग्री नहीं, बहुमूल्य मानव जीवन थे कृष्ण; लोग तुम्हारे ऊपर, अर्जुन को इस युद्ध के लिये प्रेरित करने का आरोप भी लगाते हैं।"

"जैसा यज्ञ वैसी ही तो आहुति होगी तातश्री। जो अर्जुन को युद्ध के लिये प्रेरित करने की बात है तो मैंने सारी बातें विस्तार से समझाने के बाद, युद्ध करना है या नहीं, इसका फैसला अर्जुन पर ही छोड़ दिया था।

(गीता–श्लोक 63 अध्याय 18)

हाँ, यदि किसी को धर्म और अधर्म की जानकारी देना अपराध है तो मैं अपराधी हूँ, अन्यथा मैं यही कह सकता हूँ कि इस तरह का आरोप लगाने वाले ने मुझे समझा ही नहीं।"

"चलो, मैंने तुम्हारा यह तर्क स्वीकार किया कृष्ण, किन्तु स्त्री को जुए के लिए दाँव पर लगाना क्या छोटा अपराध है? क्या युधिष्ठिर व अन्य पाण्डव अपराधी नहीं थे?"

"वे अवश्य अपराधी थे, और उनका यह अपराध छोटा भी नहीं था; और तात मैं वहाँ उपस्थित होता तो निश्चित ही यह कुकृत्य नहीं हो पाता। द्रोपदी ने जब मुझे स्मरण किया, तब मैं बिना विलम्ब किये, उनकी लाज बचाने के लिये वहाँ उपस्थित हुआ। दुःशासन ने द्रोपदी का आँचल पकड़ा अवश्य था, किन्तु मेरे उपस्थित होने के बाद कौरवों का साहस जवाब दे गया था। दुःशासन जहाँ था वहीं रुक गया, और दुर्योधन जुए में जीतने के बाद भी द्रोपदी को रोकने का साहस नहीं कर सका।"

"ठीक है कृष्ण, किन्तु युधिष्ठिर द्वारा किसी स्त्री के जुए को दाँव पर लगाने के अपराध के बाद भी तुमने पाण्डवों का साथ दिया, क्या यह उचित था?" देवकी, जो बहुत देर से शान्ति से यह वार्तालाप सुन रही

थीं, इस प्रश्न पर व्यग्र हो उठीं, बोलीं,

"हाँ कृष्ण, द्रोपदी का ही नहीं, यह तो स्त्री जाति का अपमान हुआ, और इस अपराध में कौरव और पाण्डव दोनों ही दोषी थे।"

"हाँ माते, आप और पिताश्री बिल्कुल ठीक कह रहे हैं; पाण्डवों की इस भूल को इतिहास कभी माफ नहीं करेगा, किन्तु महाभारत के युद्ध में जब मैंने उनका साथ दिया, तब तक वे अपने अपराध की पर्याप्त सजा भुगत चुके थे... उन्होंने केवल अपना राज्य और सम्मान ही नहीं गँवाया था, वे बारह वर्षों तक जंगलों में द्रौपदी के साथ भटकते हुए और तेरहवें वर्ष के अज्ञातवास में किसी की नौकरी करते हुए बिता चुके थे।

एक ओर एक भूल थी, जिसके लिये भूल करने वाला कठोर दंड भुगतने के साथ ही पश्चाताप भी कर रहा था, दूसरी ओर बहुत से सुनियोजित षड्यंत्र थे, जिन्हें करने वाला उनको करके गर्वित था।"

"तुम ठीक कह रहे हो कृष्ण; रात्रि अधिक हो चुकी है, चलो अब सोने का उपक्रम करें।" वसुदेव ने कहा।

"ठीक है पिताश्री; सचमुच रात्रि अधिक हो चुकी है, माँ और आपको विश्राम की आवश्यकता होगी, पर मेरा एक विन्रम अनुरोध है।"

"हाँ कहो कृष्ण।"

"तात, मुझे लग रहा है कि चर्चा आज भी अधूरी ही छूट गई है; यदि फिर कभी अनुमति देंगे तो मैं इस चर्चा को आगे बढ़ाना चाहूँगा।"

"हाँ-हाँ क्यों नहीं, कल हम लोग पुनः इस चर्चा को आगे बढ़ायेंगे।" वातावरण थोड़ा सहज हो चुका था।

"प्रणाम तात! प्रणाम माते!" कहते हुए कृष्ण उठे और अपने शयन कक्ष की ओर बढ़ गये।

8

गीत की पंक्तियों के मध्य

यमुना शान्त बह रही थीं। पास ही वृक्षों के झुरमुटों में पक्षी कलरव कर रहे थे। नीचे भूमि पर कहीं-कहीं घास, वृक्षों के सूखे हुए पत्ते और कुछ फूल इधर-उधर बिखरे हुए थे। नीले और साफ आसमान में कभी-कभी पक्षियों के कुछ झुण्ड दिखाई पड़ रहे थे। सदैव चहल पहल से भरा रहने वाला यमुना का तट सूना सा था। न ग्वालबाल थे न गोप बालायें।

धरती पर शाम उतरने लगी थी। एक वृक्ष के तिरछे से उभरे हुए तने पर कृष्ण बैठे थे। मन कुछ उदास सा अनेक यादों से घिरा हुआ था। बहुत से चेहरे उन यादों में आ और जा रहे थे। तभी कृष्ण ने देखा, सामने दूर से एक मानवाकृति इसी ओर आ रही थी। जैसे-जैसे वह आकृति पास आती गई स्पष्ट होती गई।

उन्होंने वस्त्रों और चाल से अनुमान लगाया यह कोई स्त्री थी। थोड़ा पास आने पर चेहरा परिचित सा लगने लगा। कृष्ण देखते रहे तो कुछ और पास आने पर चेहरा पहचान में आ गया। यह राधा की बहुत प्रिय

सहेली ललिता थीं, जो मटकी लिये यमुना से जल लेने आ रही थीं। कृष्ण को लगा, ललिता एकदम अकेली क्यों हैं? वे उठकर उसी ओर चल पड़े। थोड़ा पास पहुँचकर बोले,

'ललिते!'

वह आकृति चौंक पड़ी,- "अरे कृष्ण तुम!"

"हाँ मैं; पर तुम यहाँ अकेले ही जल लेने आई हो; विशाखा, चित्रा, सुदेवी आदि दूसरी सखियाँ साथ में नहीं आईं, और यह स्थान जो सदा ही कितना चहल-पहल युक्त रहता था इतना सूना सा क्यों है?"

"तुम्हारे जाने के बाद से यह सूना ही रहता है कृष्ण; पर तुम बताओ, तुम कब आये? माँ यशोदा और नन्द बाबा से मिले? राधा को पता चला कि तुम आये हो?"

"नहीं ललिते, थोड़ी देर पहले ही आया हूँ और सीधे यहीं आ गया; मुझे लगा था यहाँ तुममें से अधिकतर लोगों से एक साथ मिल सकूँगा; सीधे घर जाने का या राधा से मिलने का साहस नहीं हुआ; सुनता हूँ कि ये सभी मेरे जाने के कारण बहुत दुखी हैं, और राधा तो शायद बहुत नाराज भी हैं। सोचकर चला था कि अचानक जाकर उन्हें चौंका दूँगा, फिर यहाँ तक आते-आते लगने लगा, शायद यह ठीक नहीं रहेगा।"

"तुम ठीक सोच रहे हो कृष्ण; तुम्हारे अचानक आने की खुशी शायद वे सहन न कर सकें।"

"कैसे हैं माँ और बाबा?"

"बस ठीक ही हैं।"

"और..."

"और कौन?"

कहकर ललिता मुस्करायीं।

"वे, राधा। वे कैसी हैं?" कहते हुए कृष्ण के मुख पर कुछ लज्जा

सी दौड़ गई।

"तुम स्वयं ही चलकर देख लो।"

"क्या यह सम्भव है? कहाँ हैं वे ?"

"यहीं तो हैं।"

'कहाँ?'

"मेरे साथ आओ कृष्ण; थोड़ी दूर पर यहीं यमुना के किनारे ही बैठी हैं वह।"

ललिता, कृष्ण को लेकर नदी के किनारे-किनारे चल पड़ीं। कुछ दूर चलने के बाद ही कृष्ण ने कहा,

"ललिते, कहाँ हैं राधा?"

ललिता बोलीं-"बहुत अधीर मत बनो, बस थोड़ी दूर और।"

कुछ दूर और चलने के बाद नदी के किनारे रेत पर बैठी हुई एक मानवाकृति दिखने लगी। कृष्ण व्यग्र हो उठे। ललिता के पीछे-पीछे चलना बहुत कठिन लगने लगा। उनका मन हो रहा था वे भागकर वहाँ पहुँचें। कुछ देर में जब वे राधा के समीप पहुँचे, कृष्ण ने देखा, राधा, चुपचाप नदी के प्रवाह को देख रही थीं। ललिता ने पुकारा,

"राधे! देखो तो।"

'क्या?' राधा ने अनमने भाव से उत्तर दिया।

"देखो तो कौन आया है।" ललिता ने कहा।,

राधा ने दृष्टि उठाई तो कृष्ण ने पुकारा,"राधे, कैसी हो?"

राधा की आँखों में आश्चर्य का ज्वार उमड़ पड़ा। मुट्ठी में आँचल पकड़े-पकड़े हाथ सीने पर टिक गया। एकदम अचानक सामने कृष्ण को देखकर उनका पूरा शरीर रोमांचित हो उठा था। उनके अधर खुले, पर वे सहसा कुछ बोल नहीं सकीं।

कृष्ण ने फिर कहा-"राधे, मैं कृष्ण हूँ।"

"कृष्ण, क्या सचमुच यह तुम हो?" राधा बड़ी कठिनाई से कह सकीं।

"हाँ, मैं कृष्ण ही हूँ राधे, तुम्हारा कृष्ण।"

भावनाओं का बाँध टूट गया, राधा रो पड़ीं।
मेरे हिस्से के ईश्वर!
तुम अब आये हो?
जाने कितनी बूँदें पर्वत से चलकर
सागर से मिलने जा पहुँची हैं अब तक
मेरी दृष्टि धरा से नभ तक
खोज चुकी है
थका हुआ मन
खाली पड़ी सीपियों के संग
बैठा बालू में
रोता है...
मेरे हिस्से के ईश्वर!
तुम अब आये हो।

कृष्ण अचकचाये से देखते रहे, फिर बोले,-"यह क्या राधे? सँभालो अपने आपको।"

राधा की हिचकियाँ रुकने का नाम नहीं ले रही थीं। वे उठीं। कृष्ण के हाथ थामकर मस्तक से लगाये, सिर झुकाया और फिर रोने लगीं। कृष्ण ने उन्हें उठाते हुए कहा,

"क्या कर रही हो राधे? तुम्हारा इस तरह रोना मैं सहन नहीं कर पाऊँगा।"

ललिता, जो चुपचाप खड़ी देख रही थीं, बोलीं,

"अच्छा मैं चलती हूँ, मुझे देर हो रही है; तुम्हीं सँभालो इस बावरी को।"

वे अपनी गागर भर कर चल दीं, फिर सहसा पलटकर परिहास किया,

"कृष्ण, मेरी गागर तोड़ोगे तो नहीं ?"

वे हँस पड़े, बोले,-"नहीं, मैं अब बच्चा नहीं रहा।"

"काश, तुम बच्चे ही रहते।"

कहते हुए ललिता चली गईं। वे ललिता को जाते हुए देखते रहे। उनके जाने के बाद कृष्ण ने राधा का हाथ पकड़ा, बोले,-"आओ, नदी के और पास चलते हैं।"

वे उनके साथ नदी के एकदम पास जाकर बैठ गये। राधा ने उनके कन्धे पर सिर टिका लिया। शाम ढल चुकी थी। अँधेरा होने लगा था। एक चन्द्रमा ऊपर आसमान पर था, एक नदी के पानी में लहरों के साथ हिलता-डुलता हुआ, और एक निर्दोष चन्द्रमा, कृष्ण के कन्धे पर टिका हुआ सुबक रहा था।

उन्होंने माथे पर हाथ लगाकर राधा का चेहरा उठाया। राधा ने उनकी आँखों में देखा, फिर पलकें झुका लीं, दो आँसू उन कमलनेत्रों से चलकर कृष्ण के वस्त्रों पर टिक गये। कृष्ण का धैर्य भी चुकने लगा था सजल नेत्रों से उन्होंने कहा,

"बातें नहीं करोगी राधे, रोती ही रहोगी?"

राधा की हिचकियाँ रुक नहीं रही थीं। उन्होंने सिर हिलाकर हामी भरी, धीरे से बोलीं-"करुँगी।"

फिर अपने आँचल से अपना मुख ढक कर फफककर रो पड़ीं। कृष्ण उनका रोना देखकर विचलित हो उठे, बोले,

'राधे!'

‘हाँ।’

“कैसी हो?“

“ऐसी ही हूँ, देख तो रहे हो।”

“बहुत नाराज हो?“

‘नहीं।’

“कुछ बोलतीं क्यों नहीं?”

“क्या बोलूँ?”

फिर पता नहीं क्या सोचकर, राधा हँस पड़ीं, आँसू पोंछते हुए बोलीं,

“मुरली नहीं लाये?”

“लाया हूँ; तुम्हारे पास आ रहा था तो मुरली कैसे भूल सकता था? किन्तु इतने दिनों बाद हम मिलें हैं; अपना हाल तो तुमने अपने आँसुओं के माध्यम से कह दिया, पर मेरा हाल पूछने के स्थान पर तुम्हें मुरली याद आ रही है।”

राधा को हँसी आ गई। चाँदनी रात में नदी के किनारे पर हँसती हुई राधा यूँ लगीं जैसे साक्षात सौन्दर्य हँस रहा हो। उनकी हँसी से शरमाया चन्द्रमा, बादलों की ओट में छुप गया।

“वह मेरी मुरली है।” राधा ने कहा।

“हमारा कुछ भी बँटा हुआ नहीं है राधे।”

“किन्तु इस समय तुम्हें मुरली से ईर्ष्यां हो रही है क्या कृष्ण?”

“हाँ, शायद ऐसा ही है राधे; जब मैं यहाँ रहता था और कभी-कभी तुम्हारी सखियाँ कहती थीं कि राधा मुरली से ईर्ष्या करती है, तब मैं समझ नहीं पाता था कि कोई एक बेजान वस्तु से ईर्ष्या क्यों करेगा, पर आज मैं तुम्हारी उन भावनाओं को समझ सकता हूँ।”

राधा ने कृष्ण के अधरों पर अपना हाथ रख दिया, बोलीं–"मुरली को बेजान मत कहो कृष्ण; तुम्हारे अधरों पर बैठकर वह बजती नहीं है, संसार का सबसे सुन्दर राग गाती है; इससे अच्छा संगीत भरा गायन मैंने नहीं सुना।"

"मैंने सुना है।" कृष्ण ने हँसते हुए कहा,

"अच्छा! कहाँ?"राधा अचम्भित हुईं।

"तुम्हारी पायलों से राधे।"

राधा हँस पड़ीं, परिहास से बोलीं–"तुमसे कौन जीत सकता है रणछोड़!"

"तुम भी मुझे रणछोड़ कहोगी राधे? उस युद्ध से हटने का कारण नहीं समझोगी?"

"तुमने कभी आकर समझाया होता तब न समझती।"

"न आ पाने के पीछे बहुत से कारण थे राधे; और तुम्हारे ये कटाक्ष मुझे अच्छे लग रहे हैं, कम से कम तुम हँस तो रही हो, अन्यथा तुम्हारा रोना देखकर तो मैं घबड़ा ही गया था।"

"मैं रो नहीं रही थी, वो तुमको सम्मुख पाने की अकल्पनीय खुशी के आँसू थे... पर आज तुम अपना उस युद्ध को छोड़ने का कारण मुझे अवश्य बता दो; लोग कृष्ण को रणछोड़ कहें, यह मुझे बहुत कष्ट देता है।"

"लोग पता नहीं क्या-क्या कहते रहते हैं, इन बातों से दुखी मत हुआ करो; रणछोड़ तो सम्भवतः इतना बुरा विशेषण नहीं... मुझ पर साधारण सी स्यमन्तक मणि की चोरी का आरोप लगाने में लोगों को कोई संकोच नहीं हुआ।

यह आरोप मुझ पर चिपका ही रहता, यदि मैंने स्वयं यह मणि जाम्बवान से प्राप्त कर, उसे उसके स्वामी सत्राजित को सौंपा नहीं होता।"

'सच?'

"फिर भी लोग मुझे रणछोड़ क्यों कहते हैं, मैं बताता हूँ; देखो कंस के वध के पश्चात् भी मेरे शत्रुओं की संख्या में कमी नहीं हुई थी। मथुरा के दक्षिण से कालयवन और मगध क्षेत्र का राजा जरासन्ध निरन्तर मुझ पर आक्रमण कर रहे थे।

कालयवन, भगवान राम के ही वंश के महान राजा मान्धाता के महाप्रतापी और सत्यनिष्ठ पुत्र राजा मुचकुन्द की क्रोधाग्नि का शिकार हो कर मर चुका था, किन्तु जरासन्ध मुझसे सत्रह बार पराजित होकर भी शान्त नहीं हुआ था, और यदुवंश को नष्ट करने की उसकी इच्छा उग्र बनी हुई थी।

द्वारिका का निर्माण हो चुका था। यदुवंश को द्वारिका स्थानान्तरित करने का कार्य चल ही रहा था। ऐसे में उसने अगली बार जब मात्र शत्रुता के कारण एक विशाल सेना लेकर मथुरा पर आक्रमण किया, तो मुझे लगा कि इस भयानक युद्ध में सैनिकों का रक्त तो बहेगा ही, मथुरा का नुकसान भी होगा, और उसके निर्दोष नागरिक भी संकट में पड़ेंगे, अतः मथुरा को युद्धक्षेत्र बनने से बचाने के लिये उसके संज्ञान में ही भाई बलराम के साथ मैंने वहाँ से पलायन किया।"

'फिर?' राधा ने पूछा।

"जरासन्ध अपनी सेना सहित हमारा पीछा करने लगा। बहुत दूर तक भागने के बाद हम प्रवर्षण नामक पर्वत की ओर चल दिये। इस पर्वत पर बहुत अधिक वर्षा होती है, इस कारण यहाँ घने जंगल पैदा हो गये हैं; हम इन जंगलों में जाकर छिप गये।"

'फिर?'

"फिर जरासन्ध ने विशाल सेना के साथ हमें उन जंगलों में ढूढ़ने का बहुत प्रयास किया, किन्तु असफल रहा। तब उसने उन जंगलों में आग लगवा दी।"

‘ओह!’ कहकर राधा ने उस दृश्य की कल्पना से ही नेत्र बन्द कर लिये।

“फिर आग से कैसे बचे आप?”

“राधे, हमें इसकी आशंका थी कि जरासन्ध हमें ढूँढ़ने में असफल रहने के बाद जंगलों में आग लगवा सकता है, अतः हम इसके पूर्व ही छिपते छिपाते द्वारिका की ओर प्रस्थान कर चुके थे।”

“ओह” कहकर राधा ने सन्तोष की साँस ली, फिर पूछा,

– “और जरासन्ध? क्या फिर उसने आपका पीछा किया?”

“राधे, जंगलों में आग लगाना तो आसान है, किन्तु फिर वह आसानी से बुझती नहीं है, अपितु विकराल रूप धारण कर लेती है। हमारा पीछा करने के लिये उसे उस आग को पार करना पड़ता, जो असम्भव था, और यह भी सम्भव है कि उसने सोचा होगा कि हम इस आग में जलकर मर गये होंगे, जिसकी सम्भावना तो थी ही। पर हाँ, जरासन्ध वहाँ से वापस लौट गया और मथुरा को रणक्षेत्र बनने से बचाने का हमारा उद्देश्य सफल हो गया।” इतना कहकर कृष्ण कुछ पलों के लिये रुके। राधा बहुत गौर से उनकी बातें सुन रही थीं। कृष्ण रुके, तो वे तिरछे नेत्रों से उन्हें देख कर मुस्कराईं, बोलीं,

“यह तो मैं समझ गई कृष्ण, लेकिन जरासन्ध से न उलझने का केवल यही एक कारण था या कुछ और भी?”

कृष्ण, राधा की इस भाव-भंगिमा और उनके कटाक्षपूर्ण प्रश्न से थोड़ा शरमा से गये, फिर धीरे से हँसकर बोले,

“हाँ, दूसरा कारण भी था राधे; रुक्मिणी मुझसे विवाह करने का निश्चय कर चुकी थीं, किन्तु उनका भाई रुक्मी उन्हें शिशुपाल के साथ बाँध देना चाहता था; यदि मैं जरासन्ध के साथ युद्ध में उलझ जाता तो रुक्मी अपने प्रयास में अवश्य सफल हो जाता और रुक्मिणी को जीवन भर अपार कष्ट से गुजरना पड़ता।”

“राधे, क्या मैं तुम्हें अपनी बात समझा सका?” कृष्ण ने पूछा।

“हाँ, कुछ-कुछ।”

“कुछ-कुछ क्यों?”

“क्योंकि मैं तो तुम्हें रणछोड़ ही कहूँगी।”

“क्यों? क्या मेरी उस युद्ध से हटने की रणनीति गलत थी?”

“वह तो पूर्ण उचित थी, और उस कारण जो तुम्हें रणछोड़ कहते हैं, वे तुम्हें समझ नहीं सके, किन्तु मैं उस रण की बात नहीं कर रही हूँ।”

“तुम किस रण की बात कर रही हो राधे?”

“मैं जीवन की बात कर रही हूँ; यह जीवन भी रणक्षेत्र ही तो है, तुम एक बार गोकुल छोड़कर मथुरा गये तो फिर लौटकर नहीं आये, कंस के वध के बाद और महाराजा उग्रसेन को राज्य सिंहासन सौंपने के बाद क्या तुम माँ यशोदा, बाबा नन्द और हम लोगों से मिलने के लिए एक दिन के लिये भी गोकुल आने का समय नहीं निकाल सकते थे, तुम्हें किस चीज का भय था?

जो अपार प्रेम माँ यशोदा, बाबा नन्द और यहाँ के लोगों ने तुम्हें दिया उसे भूल नहीं पाये होगे, भूल पाओगे भी नहीं; कर्तव्यों की आड़ में बच भी नहीं सकोगे। फिर स्वयं आने के स्थान पर उद्धव को भेजना, हमको, तुम्हें भूलने की शिक्षा दिलवाना क्या तुम्हारा पलायन नहीं था कृष्ण?”

कृष्ण मौन और अवाक् थे। थोड़ा रुककर राधा फिर कहने लगीं,

“और तुम तो मथुरा में भी नहीं रुक सके, तुमने उसे भी छोड़कर सैकड़ों मील दूर, समुद्र के किनारे अपना घर बना लिया। क्या तुम में वहीं रह कर परिस्थितियों से लड़ने का साहस नहीं रहा होगा?

क्या तुम्हें अपने पुरुषार्थ पर भरोसा नहीं रह गया होगा? क्या तुम अपने शत्रुओं से भयभीत हो गये थे? यह मात्र शान्ति की खोज थी या

हमसे और दूर चले जाने की इच्छा?"

"तुम्हें क्या लगता है राधे? तुम कहो मैं सुनूँगा।"

"हाँ, मैं कह रही हूँ कृष्ण सुनो। जो नन्हा बालक बड़े-बड़े असुरों का हनन करता रहा हो, जिसने अपनी उँगली पर पर्वत उठा लिया हो, वह बड़ा होकर किसी शत्रु से भयभीत नहीं हो सकता और जिसमें परिस्थितियों के निर्माण की क्षमता हो वह परिस्थितियों से भी भयभीत नहीं हो सकता।"

इतना कहकर राधा रुकीं और कृष्ण के मुख पर दृष्टि टिका दीं। वहाँ पर कितने ही भाव आ जा रहे थे। कृष्ण स्वयं उनके मुख को अचम्भित से देख रहे थे। राधा के चुप होने पर उन्होंने कहा,

"चुप क्यों हो गईं?"

"तुम्हें बुरा तो नहीं लग रहा है कृष्ण?"

"नहीं राधिके, मुझे बहुत अच्छा लग रहा है तुम कहो।"

"जब तुम यहाँ से अक्रूर जी के साथ गये थे, तब हम सब को आशा थी कि कंस के वध, अपने माता-पिता की कारागार से मुक्ति और महाराजा उग्रसेन के राज्याभिषेक के पश्चात् तुम हमसे मिलने अवश्य आओगे।

तुम नहीं आये और जितना अधिक समय व्यतीत होता गया, तुमसे हमारे उलाहने उतने ही बढ़ते गये, यह बात तुम जानते रहे होगे; यद्यपि ये उलाहने प्रेम भरे होते, किन्तु इतने अधिक उलाहने सुनने की तुममें सामर्थ्य नहीं थी इसीलिये तुम लौटकर नहीं आये, यह पलायन ही तो हुआ कृष्ण।" कह कर राधिका चुप हो गई। किन्तु कुछ क्षणों बाद ही "और फिर...." कहकर वे हँस पड़ीं।

कृष्ण ने उनकी ओर देखा। राधा के मुख पर व्यंग्य का भाव था।

"फिर क्या राधे?"

“तुमने हमें ज्ञान देने के लिये उद्धव को भेज दिया।”

राधा की इस बात पर कृष्ण हँस पड़े। राधा उनकी इस हँसी पर चकित सी उनकी ओर देखने लगीं।

“हँसे क्यों ?”

“उन्हें ज्ञान देने के लिये नहीं, कुछ समझने के लिये भेजा था।”

“क्या समझने के लिये ?”

“वे मेरे चचेरे भाई और लगभग मेरी ही आयु के हैं; वे निराकार ब्रह्म के उपासक हैं और उनका अध्यात्मिक ज्ञान बहुत उच्चकोटि का है।”

“हाँ, सो तो लग रहा था।” राधा ने व्यंग्य से हँसते हुए मुँह बनाया।

“तुम हँस रही हो!”

“नहीं नहीं, मैं बहुत गम्भीर हूँ, तुम आगे बताओ।” कहकर राधा गम्भीर सा मुँह बनाकर बैठ गयीं, किन्तु उनके मुख पर नटखटपन छलक रहा था। उनकी ओर देखकर कृष्ण को भी हँसी आ गयी। वे बोले,

“वे सचमुच बहुत ज्ञानी हैं।”

“तो...” राधा ने कहा।

“किन्तु जीवन के अनिवार्य अंग प्रेम से वंचित उस ज्ञान में सम्पूर्णता नहीं थी... प्रेम क्या है, यह समझने के लिये ही मैंने उन्हें यहाँ भेजा था।”

“चलो ठीक है, फिर कुछ समझे वे ?” राधा के स्वर में शरारत थी।

“हाँ, यहाँ से जाने के बाद उनमें बहुत परिवर्तन आ गया था।

‘अच्छा!’ नदी के प्रवाह की ओर देखते हुए राधा ने हँसकर कहा और उद्धव का प्रसंग समाप्त हुआ तो वे पुनः गम्भीर हो गयीं।

‘राधे।’ कृष्ण ने पुकारा।

“कृष्ण,“राधा बोली, “तब से अब तक कितना जल बह गया होगा हमारी इस यमुना में?”

“नहीं बता पाऊँगा।”

“अच्छा सोच सकते हो, उसके साथ मिलकर कितने आँसू बह गये होंगे इस जल में?”

“नहीं, पर वे अवश्य मेरी कल्पना से बहुत अधिक होंगे। राधे, यह चर्चा कष्ट देती है; बाँसुरी सुनोगी क्या? तुम्हें सुनाने के लिये ही लेकर आया था।”

“क्यों नहीं सुनूँगी, तुम्हारी बाँसुरी सुनना मेरे लिये सौभाग्य की उच्चतम सीमा है।”

कृष्ण ने अपने वस्त्रों से बाँसुरी निकाली तो राधा ने उनके हाथ से ले ली। अपने हाथों में लेकर उससे खेलने लगीं। कुछ देर बाद शरारत से बोलीं,

“आज मैं बजाऊँगी तुम सुनो।”

कृष्ण हँस पड़े बोले-“ठीक है, मेरा सौभाग्य, किन्तु तुम्हारी पायलों के स्वर के बिना तो यह अधूरी ही रहेगी।”

“अधूरी नहीं रहने दूँगी, किन्तु इस बार मुरली, मैं दूँगी नहीं।”

“मत देना।”

फिर राधा, नदी की ओर पैर लम्बे करके बैठ गईं। बाँसुरी अधरों पर रखी, फूँक मारी और उँगलियाँ बाँसुरी के छिद्रों पर थिरकने लगीं, बाँसुरी गा उठी। उन्होंने साथ ही पैरों को भी हल्के-हल्के हिलाना शुरू किया और पायल बजने लगी।

नदी, बहुत कोमलता से उन पैरों को स्पर्श कर रही थी। कृष्ण मंत्रमुग्ध से सुन रहे थे। सौन्दर्य, संगीत और आनन्द अपनी सारी सीमायें लाँघ चुके थे।

नदी की लहरों के संग-संग
नृत्य सा करती हुई
संगीत की लहरें
किरन सौन्दर्य की पंखों में बाँधे
उड़ चली आकाश को छूने
हजारों फूल बरसे
रात रानी के
हवा में भर गयी खुशबू

कुछ देर तक बाँसुरी बजाने के बाद राधा रुकीं और आसमान की ओर देखकर बोलीं

"हे ईश्वर, यह समय कभी न समाप्त हो।"

* * *

रुक्मिणी देख रही थीं, सूर्य की बहुत ही कोमल रश्मियाँ यह बताने के लिये आ रहीं थीं कि भोर हो चुकी है। उन्होंने कृष्ण के मुख की ओर देखा, वे गहरी नींद में सो रहे थे। कृष्ण, नित्य भोर होते ही उठ जाया करते थे, किन्तु आज उन्हें इस तरह सोते देखकर रुक्मिणी को कुछ आश्चर्य सा हुआ।

उन्होंने कृष्ण को आवाज देकर और छूकर जगाने के लिये हाथ बढ़ाया फिर ठिठक कर चेहरे को निहारने लगीं, तभी कृष्ण ने नेत्र खोले,

"अरे सुबह हो गई! मैं सपने देख रहा था।"

"मैं समझ गई थी।" रुक्मिणी ने कहा,

कृष्ण उठे। जिस स्थान पर मुरली रखते थे, वहाँ दृष्टि गई मुरली वहाँ नहीं थी।

9

राधा : एक ज्योति

रुक्मिणी उठीं और कक्ष से बाहर चली गईं। कृष्ण, उठने का उपक्रम करते-करते फिर लेट गये। रात का स्वप्न अभी मस्तिष्क में घूम रहा था। क्या थीं राधा? एक लड़की, जो वृषभानु और कीर्तिदा की पुत्री थी और बरसाने में रहती थी। जिसके साथ वे बचपन में खेले थे और फिर मात्र ग्यारह वर्ष की आयु में गोकुल से निकलने के बाद कभी नहीं मिले। दोनों ओर बस यादें ही शेष रह गईं। वे मात्र इतना स्थूल रूप ही थीं या कुछ और भी।

कृष्ण को लगा, राधा सदैव उनकी प्रेरणा रहीं। वे उनकी हर सफलता के पीछे का स्थाई भाव थीं। उनके सतत संघर्ष करने, विजयी होने की शक्ति और कठिनतम पलों में भी मन में शान्ति और सन्तुलन बनाये रखने की भावना थीं राधा। वे उनका विवेक और बुद्धि थीं, जिसने गोकुल छोड़ने के बाद भी उन्हें नहीं छोड़ा।

यदि वे मात्र उत्कट प्रेमिका होतीं तो कृष्ण भले ही मथुरा से गोकुल कभी न जाते, किन्तु राधा, जैसे बरसाने से गोकुल आ जाती थीं, उसी

भाँति गोकुल से मथुरा भी जा सकती थीं। सच तो यह है कि भौतिक दृष्टि से अलग रहते हुए भी वे कभी अलग नहीं रहे। उनका पृथक होना सम्भव ही नहीं था।

कवियों ने, भक्तों ने, साधु प्रकृति रखने वालों ने और मन में कलुष रखने वालों ने अपनी-अपनी परिकल्पनाओं के अनुसार अपने-अपने लिए एक अलग राधा का निर्माण किया है, किन्तु सत्य तो यह है कि राधा कल्पनाओं से परे हैं।

जहाँ अहम् नष्ट हो जाये वहाँ राधा हैं, जहाँ वासना रहित प्रेम सीमा रहित हो जाये वहाँ राधा हैं, जहाँ आराध्य, आराधना और आराधक एक हो जायें वहाँ राधा हैं। जहाँ बन्धन और मुक्ति, मिलन और विरह अर्थहीन हो जायें वहाँ राधा हैं।

राधा आँखों को सदैव सुख देने वाला प्रकाश हैं। रुक्मिणी उनका सौभाग्य, उनकी लक्ष्मी, उनकी विभूति थीं। रुक्मिणी के साथ उनका वैवाहिक गठबन्धन था, किन्तु राधा बन्धनों से परे थीं, उनके हृदय की शान्ति थीं। जब भी मन अशान्त हो राधा को आना ही था। कृष्ण को लगा शायद इसीलिये वे आज-कल उनके मन पर बार-बार दस्तक दे रही थीं। वे सोते-जागते कृष्ण के मन की शान्ति बनाये रखने के लिए प्रत्यनशील थीं।

कृष्ण उठ। भोर हो चुकी थी।

10

एक पक्ष यह भी

जब से कृष्ण ने सोचा था कि उनके आने के उद्देश्य पूर्ण हुए और उनके जाने का समय आ गया है, उन्होंने राज्य सम्बन्धी अपने सारे कार्य दूसरों को देना प्रारम्भ कर दिया था, और यह प्रक्रिया लगभग पूर्ण हो चुकी थी। द्वारिका तो सुव्यवस्थित थी ही, उसके प्रशासनिक और आर्थिक पक्षों को भी वे पर्याप्त सुदृढ कर चुके थे। द्वारिका के सभी प्रशासनिक अधिकारी अपने कार्यों को निष्पक्ष और न्यायोचित रूप से निष्पादित करने में सक्षम ही नहीं थे, ईमानदार और इसके लिये पूर्ण समर्पित भी थे।

महल की सम्पूर्ण व्यवस्था रुक्मिणी बहुत ही कुशलता पूर्वक सँभाल रही थीं। देवकी और वसुदेव के प्रति उनका विशेष समर्पण था, उनकी सुख-सुविधा पर वे बहुत अधिक ध्यान देती थीं। कृष्ण जिन सोलह हजार एक सौ कन्यायों को भौमासुर के महल से छुड़ाकर लाये थे, उनमें से कुछ रुक्मिणी की इस सारे कार्य में बहुत अधिक सहायता करती थीं और उनकी बहुत विश्वासपात्र हो चुकी थीं।

कृष्ण को रुक्मिणी की क्षमता में बहुत विश्वास था। वे जानते थे कि उनकी अनुपस्थिति में रुक्मिणी पूरे द्वारिका प्रदेश की व्यवस्था कुशलता पूर्वक सँभाल सकती हैं। उन्होंने अपने पिता महाराज भीष्मक के यहाँ रहते हुए बहुत कुछ सीखा था। महलों में चलते रहने वाले षड्यंत्रों से निपटने में वे दक्ष थीं।

द्वारिका में कृष्ण की अनुपस्थिति में सम्पूर्ण प्रशासन सँभालने का उन्हें अनुभव था; किन्तु उनके जाने के बाद रुक्मिणी सती भी हो सकती थीं, अतः उन्होंने निश्चय किया कि वे रुक्मिणी से अपने रहते द्वारिका की व्यवस्था का सँभालने का अनुरोध करेंगे, इससे शायद वे इसे उनकी इच्छा मानकर सती होने का निश्चय टाल दें, और यदि ऐसा नहीं हुआ तो पिताश्री वसुदेव, यहाँ की व्यवस्था सँभाल लेंगे, ऐसा उनका विश्वास था।

माँ यशोदा और बाबा नन्द, परिस्थितियों के अनुरूप अपने को ढाल चुके थे, और राधा तो कृष्ण की छाया ही थीं; वे कहीं भी रहें, राधा से उनका सम्पर्क नहीं टूटने वाला था। एक के मन की हर हलचल दूसरे के मन पर दस्तक दे जाती थी। यह शारीरिक नहीं आत्मिक सम्बन्ध था, किन्तु रुक्मिणी को लेकर मन में चिन्ता की स्थिति बनी हुई थी। वे उनके जाने के बाद स्वयं को कैसे सँभालेंगी?

कृष्ण सोचने लगे, कुछ करना होगा; उन्हें मजबूत बनाना होगा। अतः उन्होंने रुक्मिणी से चर्चा करने का मन बना लिया और इसके साथ ही उन्होंने अपने मन में कुछ हल्केपन का अनुभव किया।

विचारों का प्रवाह टूटा तो उन्होंने देखा, रोज की तरह ही एक और संध्या थी और वे अनायास ही समुद्र के तट पर चलते चले जा रहे थे। मुड़कर महल की ओर देखा तो लगा बहुत दूर आ चुके हैं। पीछे-पीछे एक अनुचर आ रहा था। उन्होंने उसे वापस जाने को कहा, फिर उन्हें लगा कि भगवान शिव का नागेश्वर महादेव मन्दिर यहाँ से बहुत दूर नहीं रह गया था।

वे थोड़ा तेज-तेज चलने लगे। दर्शन करके वे समय से द्वारिका लौटना चाहते थे। देर होने से रुक्मिणी बहुत परेशान होने लगती थीं।

कुछ ही पलों में उन्होंने स्वयं को मन्दिर के दरवाजे पर पाया। श्रद्धा से मन्दिर की चौखट को माथे से लगाया और हाथ जोड़कर अन्दर प्रवेश किया। शिव को नमन किया, पैर मोड़कर बैठे, हाथ जोड़े, आँखें बन्द की और उनके ध्यान में डूब गये।

कुछ देर बाद किसी की आहट से उनकी आँखें खुलीं, उन्होंने देखा मन्दिर के पुजारी ने प्रवेश किया था। कृष्ण ने पुजारी को प्रणाम किया तो उन्होंने हाथ उठाकर कहा,

"स्वागत है द्वारिकाधीश; भगवान शिव आप पर सदैव अपनी कृपा बनाये रखें।"

कृष्ण बोले,-"आप कैसे हैं पुजारी जी, कुशल तो हैं? किसी वस्तु की आवश्यकता, कोई कष्ट तो नहीं?"

"नहीं द्वारिकाधीश, आपके राज्य में किसी को कोई कष्ट हो ही नहीं सकता।"

एक बार पुनः शिव को प्रणाम कर कृष्ण लौटने लगे। मन्दिर के प्रांगण से बाहर आये और महल की ओर चल पड़े। थोड़ा सा ही चले थे कि रथ लिये सारथी मिल गया। उसने कृष्ण के पास रथ रोका और उनसे बैठने का अनुरोध किया। कृष्ण को आश्चर्य हुआ। रथ पर चढ़ते हुए बोले,

"तुम्हें कैसे पता लगा कि मैं यहाँ हूँ?"

सारथी बोला-"मैंने अनुमान लगाया प्रभु... पहले सागर तट पर आपके बैठने के स्थान पर गया, किन्तु वहाँ आप नहीं मिले तो मैं समझ गया कि आप अवश्य ही दर्शनों के लिये मन्दिर गये होंगे।"

"तुम स्वयं ही यहाँ आये हो? कृष्ण ने पूँछा।

"नहीं प्रभु, अँधेरा होने लगा तो रानी माँ रुक्मिणी चिन्तित होने लगी; उन्होंने मुझे आदेश दिया कि मैं रथ लेकर जाऊँ और आपको ढूँढ़कर ले आऊँ।"

रथ, राजमार्ग पर दौड़ता चला जा रहा था, टप-टप-टप-टप, घोड़े की टापें गूँज रही थीं। कृष्ण सोचने लगे, आजकल रुक्मिणी उन्हें लेकर कुछ अधिक ही चिन्तित रहने लगी हैं, उन्हें शीघ्र ही समझाना होगा; ऐसा लगता है जैसे उन्हें मेरे जाने की आहट मिल गई है। उन्हें बराबर ऐसा लग रहा था कि रुक्मिणी उनका मन पढ़ने में लगी हुई हैं।

महल आ गया तो सारथी ने रथ रोका, दो अनुचर दौड़ते हुए आये और आदेश की प्रतीक्षा में हाथ बाँधकर रथ के पास खड़े हो गये। कृष्ण रथ से उतरे, अनुचरों की ओर देखकर हलके से मुस्कराये। एक अनुचर उम्र में उनसे बड़ा था, कृष्ण ने उससे पूछा-"ठीक हैं?"

"प्रभु, आपकी दया है।" वह बोला।

कृष्ण ने दूसरे को नाम लेकर पुकारा, पूछा,

"तुम ठीक हो?"

"ठीक हूँ प्रभु।" उसने कहा।

कृष्ण, महल की ओर बढ़े। सामने से माली और मालिन फूलों की एक माला लिये आ रहे थे। कृष्ण के पास आकर माला उनकी ओर बढ़ा दी और हाथ जोड़कर खड़े हो गये। कृष्ण ने माला लेकर उनसे पूछा, -"ठीक हो तुम दोनों?"

"जी, ठीक नहीं प्रभु, बहुत ठीक हैं; हम आपके बाग की देखभाल करते हैं... द्वारिकाधीश के बाग के माली हैं, इससे बड़ा सौभाग्य और क्या हो सकता है?"

कृष्ण, माला लिये आगे बढ़ गये, किन्तु इस उत्तर ने उनके अन्दर कहीं एक चुभता हुआ सा प्रश्न खड़ा कर दिया। वे सोचने लगे, जिन्होंने उनके जीवन की बगिया को सजाया, सँवारा, वे माली खुशी होंगे या दुखी। उन्हें माँ यशोदा ओर बाबा नन्द की यादों की इतनी तीखी चुभन महसूस हुई कि उनकी आँखें छलक उठीं। उन्होंने अपने को सँभाला और महल के अन्दर प्रवेश किया।

रुक्मिणी उनकी प्रतीक्षा में थीं। जल्दी से आईं और उन्हें लगभग पकड़कर आसन तक ले गईं। कृष्ण आसन पर बैठ गये। अनुचर उनके पाँव पखारने के लिये थाल में जल लेकर आया तो रुक्मिणी ने उसे हटाकर, स्वयं उनके पैर धोये। वे उनके चरणों को अपने आँचल से पोंछने का उपक्रम करने लगीं तो कृष्ण ने उनके हाथ पकड़ लिये। रुक्मिणी बोलीं,

"कहाँ चले गये थे, इतनी देर कर दी?" उनके स्वर में चिन्ता तो थी ही उलाहना भी था।

कृष्ण हँसे। माली की दी हुई फूलों की माला आगे की और बोले,

"तुम्हारे बालों में कितनी अच्छी लगेगी।"

रुक्मिणी ने माला ली और अपनी वेणी में लगाने लगीं। कृष्ण मुस्कराते हुए उन्हें देखते रहे। माला वेणी में लगाकर रुक्मिणी ने कहा,

"आपने मेरे प्रश्न का का उत्तर नहीं दिया मुरलीधर।"

"बस ऐसे ही टहलते हुए मन्दिर की ओर निकल गया था।"

"किस मन्दिर तक?"

"भगवान शिव के मन्दिर तक गया था। रुक्मिणी, जब मैं लौटकर महल में प्रवेश कर रहा था तो मुझे अपने बाग के माली और मालिन मिले थे।"

"यह माला उन्होंने ही दी होगी?"

"हाँ रुक्मिणी, किन्तु उनसे मिलकर मुझे फिर माँ यशोदा और बाबा नन्द की याद आ गई। वे मेरे बचपन के माली थे; उन्होंने ही मेरा बचपन सँवारा; किन्तु मैं एक बार वहाँ से आने के पश्चात् दुबारा उनसे मिलने वहाँ जा नहीं पाया।"

"क्या कहना चाहते हैं आप? मुझे लगता है आपके मन में अवश्य कुछ चल रहा है।"

“हाँ रुक्मिणी, मेरा जीवन कुछ ऐसा ही रहा है; गोकुल छूटा, फिर मथुरा भी छूट गया... मुड़कर कभी देखने का समय ही नहीं मिला।”

“क्या आपको इसका दुख है?”

“नहीं रुक्मिणी, मैंने सारा जीवन केवल अपने कार्यों पर ध्यान दिया; जिस समय जो उचित था मैंने किया, उसके फल पर ध्यान देने की न इच्छा थी न समय। सुख-दुख का प्रश्न तो तब उठता, जब मेरे अन्दर फल की इच्छा रहती।”

“फिर भी मथुरा तो नहीं पर गोकुल की बात आते ही आप कुछ उदास हो ही जाते हैं।”

“तुम ठीक कह रही हो; सच तो यह है रुक्मिणी, कि हर व्यक्ति समय और परिस्थितियों के अनुसार अपने को ढाल लेता है; मेरे आने के पश्चात् गोकुल क्षेत्र के निवासियों ने भी अपने को इस प्रकार ढाल लिया था।

उन्हें मेरे संरक्षण की विशेष आवश्यकता नहीं रह गई थी; फिर उनमें से अधिकांश जो यहाँ आना चाहते थे, उनको मैं द्वारिका ले ही आया हूँ, किन्तु माँ यशोदा और बाबा नन्द मेरे बचपन की यादों से इतना बँधे हुए थे कि उन्होंने गोकुल छोड़ने से भी इनकार कर दिया। यद्यपि मेरी अनुपस्थिति को उन्होंने बहुत कुछ स्वीकार कर लिया है; वे मेरे कार्यों से संतुष्ट भी हैं और शायद गर्व का अनुभव भी करते हैं, किन्तु फिर भी मेरे बचपन के दिनों की यादों से अक्सर उनके हृदय में टीस सी उठती है।”

“मैं समझ गई प्रभु, यह टीस उनके हृदय में रहने वाले मुरलीधर को भी चोटिल कर जाती होगी।”

“तुम ठीक कह रही हो, शायद यही कारण होगा, मैं उन्हें भूल नहीं पाया।”

कृष्ण ने पुनः कहा,- “अच्छा रुक्मिणी, आज मुझे थोड़ी देर हो गई थी, तो तुमने रथ लेकर सारथी को भेजा मुझे लाने, और वह ढूँढ़कर मुझ

तक पहुँच भी गया; तुम्हारे माली इस उपवन को कितनी अच्छी तरह सँभाल रहे हैं। उस दिन माँ देवकी और पिता वसुदेव भी तुम्हारी व्यवस्था की बड़ी प्रशंसा कर रहे थे; तुम उन्हें कभी किसी असुविधा का अनुभव नहीं होने देती हो, देखता हूँ, महल की पूर्ण व्यवस्था तुमने बहुत अच्छी तरह सँभाल ली है।"

"क्या करूँ, आप दिन भर राज्य के कार्यों में व्यस्त रहते हैं।"

"बहुत अच्छा है रुक्मिणी, तुमने मेरी चिन्तायें महल की ओर से लगभग बिल्कुल समाप्त कर दी हैं।"

कृष्ण पुनः बोले,- "मैं सोचता हूँ यह महाराज भीष्मक की पुत्री, विदर्भ की राजकुमारी और द्वारिका की राजमहिषी, राजकीय कार्यों में भी मेरी सहायता क्यों नहीं करती?"

रुक्मिणी इस पर हँसी और कहने लगीं,

"इतने विशेषणों की आवश्यकता नहीं है; आपके उत्तरदायित्वों में हाथ बँटाना मेरा धर्म है, किन्तु प्रभु इस कार्य के लिये आप स्वयं हैं, मुझे इन व्यवस्थाओं को देखने की क्या आवश्यकता है, और यह मुझसे होगा भी नहीं।"

"बहुत आवश्यकता है रुक्मिणी; कई अवसरों पर मुझे लगता है कि तुम होतीं तो बहुत उचित सलाह देतीं; तुम राज्य के कार्यों में बहुत अधिक योगदान दे सकती हो, तुम्हारे अन्दर नेतृत्व करने की प्रतिभा नैसर्गिक रूप से है... यदि तुम कल से ही इन कार्यों में मुझे सहयोग देना प्रारम्भ करतीं तो कितना अच्छा होता।"

"मैं आपकी किसी भी इच्छा की अवहेलना नहीं कर सकती मुरलीधर, आपको हर क्षेत्र में सहयोग देना मेरा कर्तव्य है, और आपके साथ अधिक समय व्यतीत करके मुझे प्रसन्नता भी होगी, किन्तु आप कहीं जाने की तो नहीं सोच रहे हैं?

देख रही हूँ, इधर कुछ दिनों से आप गम्भीर और खोये-खोये से

रहने लगे हैं, मुझे बहुत चिन्ता सी लगती है मुरलीधर।"

"अभी तो कहीं नहीं जा रहा, पर मुझे तो अक्सर ही कहीं न कहीं जाना रहता ही है।"

"मुझसे सच-सच कहना स्वामी; मैं आपका वियोग सहन नहीं कर पाऊँगी।"

"मन अधीर मत करो रुक्मिणी, मैं अभी तो कहीं नहीं जा रहा, पर हाँ, कल से तुम राज्य के कार्यों में मुझे सहयोग दोगी यह पक्का रहा।" कहते हुए कृष्ण ने रुक्मिणी के दोनों हाथ थाम लिये, फिर बोले,

"मुझे इन हाथों की बहुत आवश्यकता है रुक्मिणी।"

"ये हाथ आपके ही हैं।"

"मुझे पता है।"

कहते हुए कृष्ण ने उनके हाथ अपने नेत्रों से लगा लिये।

"मुझे एक आश्वासन दो रुक्मिणी।"

"क्या प्रभु?"

"मेरी अनुपस्थिति में भी तुम द्वारिका की व्यवस्था देखोगी।"

"मैं आश्वासन देती हूँ कि देश, काल और परिस्थितियों के अनुसार सदैव उचित निर्णय ही करूँगी।"

उनके इस उत्तर ने कृष्ण को मौन कर दिया।

कृष्ण और रुक्मिणी दोनों के मस्तिष्क में बहुत से विचार चल रहे थे। रुक्मिणी के उत्तर से कृष्ण को लगा कि जैसे उन्हें भविष्य में होने वाली घटनाओं का कुछ आभास तो अवश्य हो गया है, और यह सच भी था। रुक्मिणी को सचमुच समझ में आ गया था कि कृष्ण के मन में अवश्य ही भविष्य में होने वाली किसी विशेष घटना को लेकर कुछ चल रहा है।

वे कृष्ण के साथ बिताये अब तक के जीवन के परिदृश्य पर दृष्टि डालने लगीं। उन्होंने कहीं भी कृष्ण को कमज़ोर नहीं पाया था, किन्तु अचानक उन्हें महाभारत के युद्ध के बाद कृष्ण को गांधारी द्वारा दिया हुआ श्राप स्मरण हो आया।

* * *

महाभारत का युद्ध समाप्त हो चुका था। सभी कौरव अपनी सेना सहित मारे जा चुके थे। पाण्डवों के पक्ष में भी कृष्ण और पाण्डवों को छोड़कर अन्य सभी युद्ध में मारे जा चुके थे। बहुत ही अप्रिय और भयंकर सन्नाटा पसरा हुआ था। लाशों से सारा कुरुक्षेत्र पटा पड़ा था।

धृतराष्ट्र ने संजय से, जो कि बराबर उन्हें युद्ध का हाल बता रहे थे, युद्धक्षेत्र में चलने की इच्छा प्रकट की। गान्धारी को जब यह पता चला तो वे भी साथ हो लीं। युद्धभूमि में पता नहीं कितने शव बिखरे पड़े थे। धृतराष्ट्र ने संजय से उन्हें कौरवों के शव के पास ले चलने को कहा। संजय उस भूमि में कौरवों के शव ढूँढ़ने लगे।

जहाँ भी उन्हें किसी कौरव का शव मिलता, वे धृतराष्ट्र को बताते। तब गान्धारी और धृतराष्ट्र दोनों ही उस शव को स्पर्श करके रोते। सहसा जैसे धृतराष्ट्र को जैसे कुछ स्मरण हो आया। उन्होंने संजय से पूछा,

"संजय! दुर्योधन तो बहुत अधिक बलशाली था; उसे किसने मारा?"

"भीमसेन ने।" संजय ने उत्तर दिया।

दुर्योधन के मारने वाले का नाम सुनते ही धृतराष्ट्र के मुख पर कठोरता उभर आयी। उन्होंने संजय से कहा,

"बस, हमें पाण्डवों के शिविर की ओर ले चलो।"

संजय, धृतराष्ट्र के इस आदेश से चौंके। धृतराष्ट्र के कहने के ढंग और उनके तने हुए मुख से संजय को उनके मन्तव्य में कुटिलता का आभास भी हो गया और किसी अनिष्ट की आशंका भी; किन्तु आदेश का पालन करना उनकी विवशता थी।

धृतराष्ट्र और गान्धारी को लेकर संजय जब पाण्डवों के शिविर तक पहुँचे, तो कृष्ण सहित पाण्डवों ने उनका स्वागत किया, किन्तु वे इस स्वागत से प्रभावित नहीं हुए। उनका सोचना था कि कृष्ण ही इस महाविनाश का कारण हैं। अतः धृतराष्ट्र ने आवाज दी,

‘ कृष्ण!’

कृष्ण पास ही खड़े थे, उन्होंने उत्तर दिया

‘जी।’

“मैंने सुना है भीम ने इस युद्ध में बहुत पराक्रम दिखाया है, मैं उसकी वीरता से प्रसन्न हूँ, कहाँ है वह ? उसे मेरे पास भेजो, मैं उसकी पीठ थपथपाना चाहता हूँ।”

‘जी,’ कृष्ण ने कहा, किन्तु धृतराष्ट्र के स्वर के रूखेपन और मुख पर उभरी कठोरता ने कृष्ण को आशंकित कर दिया। उन्होंने भीम की ओर देखा, और उसे सावधान रहने का संकेत किया और फिर बोले,

“भीम आगे बढ़ो, वे तुमसे मिलना चाहते हैं।”

भीम, धृतराष्ट्र के पास आये तो धृतराष्ट्र उन्हें आलिंगनबद्ध करने के लिये बढ़े। भीम ने अपने हाथों को मोड़कर अपने सीने पर कर लिया, फिर भी धृतराष्ट्र ने उन्हें आलिंगनबद्ध करके जोर से दबाया।

भीम को लगा जैसे उनकी हड्डियाँ टूट जायेंगी, किन्तु बीच में उनके दोनों हाथ थे। उन्होंने हाथों के जोर से धृतराष्ट्र की पकड़ ढीली की।

कृष्ण उन्हें बहुत गौर से देख रहे थे। उन्होंने देखा, धृतराष्ट्र के हाथ भीम की पीठ पर से होते हुए ऊपर की ओर बढ़ रहे हैं। वे समझ गये कि धृतराष्ट्र के हाथ भीम की गरदन तक पहुँचना चाहते हैं। यह आशंका होते

ही कृष्ण बोल पड़े,

"भीम! सँभलना।"

इस आवाज के साथ ही धृतराष्ट्र भी समझ गये कि कृष्ण उनकी चाल समझ गये है, अतः उन्होंने शीघ्रता से अनुमान लगाते हुए भीम की गरदन पकड़ने का प्रयास किया, किन्तु तभी भीम ने जोर लगाकर अपने को धृतराष्ट्र की पकड़ से छुड़ाते उन्हें धक्का दिया। धृतराष्ट्र, भीम का वह धक्का सह गये, किन्तु भीम उनकी पकड़ से छूट गये। एक अनर्थ होते-होते बच गया। भीम के धक्के से सँभलते हुए धृतराष्ट्र के मुख से निकला,

"ओह, अरे! बच गया।"

वे खिसियाये से खड़े हो गये। आँखों मे पट्टी होते हुए भी बातें सुनकर और धृतराष्ट्र के स्वभाव से परिचित होने और भीम का वध करने की उनकी योजना का अनुमान होने के कारण गान्धारी को भी इस घटनाक्रम का कुछ अनुमान हो गया था।

भीम के द्वारा धक्का देने से धृतराष्ट्र के लड़खड़ाने पर उनकी 'ओह, अरे! बच गया' की ध्वनि भी उन्होंने सुनी थी।

गान्धारी समझ गयीं कि धृतराष्ट्र के भीम से बदला लेने में भी कृष्ण आड़े आ गये हैं। वे पहले ही कृष्ण को इस युद्ध के लिये उत्तरदायी मानकर उनके प्रति क्रोध से भरी हुई थीं, और अब इस घटना से उन्हें खीझ और लज्जा का अनुभव हुआ। वे स्वयं पर नियंत्रण न रख सकीं,

"कृष्ण! तुम इस कुरुवंश के विनाश के प्रमुख कारण हो; तुम्हारे कारण ही हमारे इतने पुत्रों में, एक भी आज इस वृद्धावस्था में हमारा ध्यान रखने और सेवा करने के लिये जीवित नहीं है।"

कृष्ण ने इसका कोई उत्तर नहीं दिया, किन्तु भीम जो अभी-अभी धृतराष्ट्र के चंगुल से मृत्यु के मुँह में जाते-जाते बचे थे, भयंकर क्रोध से भरे हुए थे।

“अपने पुत्रों के कर्मों को आपने बहुत सहजता से भुला दिया लगता है, यहाँ तक कि भरी सभा में एक स्त्री को निर्वस्त्र करने का दुर्योधन और दुःशासन का प्रयास भी।” भीम ने कहा।

वे शायद और भी बहुत कहना चाहते थे, किन्तु कृष्ण ने संकेत कर उन्हें चुप करा दिया। भीम चुप तो हो गये, किन्तु क्रोध उनके मुख पर फटा पड़ रहा था।

“यह कौन बोला?” गान्धारी ने भीम की आवाज सुनकर कहा।

“कोई नहीं माँ, आप अपनी बात पूरी करें। “कृष्ण ने उत्तर दिया।

“तुम मुझे माँ मत कहो कृष्ण; तुम्हारे मुख से अपने लिये माँ शब्द मुझे अच्छा नहीं लगता, और वैसे भी कुन्ती की जिठानी होने के कारण मैं तुम्हारी बुआ लगती हूँ माँ नहीं।” गान्धारी ने कहकर एक गहरी साँस ली, कुछ पलों के लिये रुकीं और फिर बोलीं,

“मुझे यह भीम का स्वर लगा था।”

‘हाँ।’ कृष्ण ने कहा।

“यह ठीक है कृष्ण कि दुर्योधन प्रारम्भ से ही उद्दण्ड था, और अपने मामा शकुनि की संगत में रहकर कुछ बिगड़ भी गया था; वह किसी की भी नहीं सुनता था, मेरी भी नहीं। वह स्वेच्छाचारी हो गया था, कहकर गान्धारी कुछ रुकीं। संभवतः दुर्योधन की कुछ और स्मृतियाँ भी उनके मस्तिष्क में आ रही थीं।

कुछ अन्तराल के बाद वे फिर बोलीं,

“और दुःशासन भी उसका अंधभक्त हो गया था; किन्तु मेरे सभी पुत्र ऐसे नहीं थे, यदि तुम चाहते तो मेरे इतने पुत्रों में से कम से कम एक तो जीवित बच ही जाता, और वह तुम्हारे पाण्डवों के साम्राज्य के लिये कोई खतरा नहीं होता।” कहकर गान्धारी पुनः रुकीं।

“नायक या खलनायक कहाँ से आते हैं? आयु में बड़े होते हुए भी मेरे पति को राज-सिंहासन से वंचित रखा गया। वे राजा बनते, और

पाण्डु उनके सहायक, यह भी तो हो सकता था।

राजा बनने का मेरे पति का अधिकार छीना गया, जिसने उन्हें भी खलनायक बना दिया और हमारे पुत्रों को भी। सिंहासन के आकर्षण ने मेरे पति और पुत्रों को लोभी और अनुदार बना दिया। वे भी उदार होते, यदि उनसे उनका अधिकार छीना नहीं गया होता।

किसी के नायक या खलनायक बनने में क्या परिस्थितियों की भूमिका को नकारा जा सकता है? मेरे पुत्र जैसे भी थे, उसके लिये मेरा दोष भी कम नहीं है। उनके पिता देख नहीं सकते थे, और आदर्श पत्नी बनने का नशा मुझ पर इतना चढ़ा रहा कि आँखें होते हुए भी मैंने उन पर पट्टी बाँध रखी थी। देखने की शक्ति होते हुए भी मैं अपने बच्चों को नहीं पहचानती थी। मेरे लिये उनकी आवाज और स्पर्श ही उनकी पहचान रहे।

हम उन्हें नियंत्रण में नहीं रख सके और हमारे बच्चे राह भटक गये। हमारे पुत्रों के पालन-पोषण में जो कमियाँ रहीं, उनका परिणाम हम भुगत रहे हैं, किन्तु कृष्ण, क्या इससे तुम्हें प्रसन्नता है?" गान्धारी ने पूछा।

"आपके दुःख से या किसी के भी दुःख से प्रसन्न होने की बात तो मैं स्वप्न में भी नहीं सोच सकता; न्याय और धर्म का साथ देना और अन्याय और अधर्म के विरुद्ध खड़ा होना यदि गलत है, तो मैं दोषी हूँ, अन्यथा नहीं।

आपने बच्चों के प्रति अपने कर्तव्य में कमी रह जाने की बात की है, किन्तु यह भी सत्य है कि यद्यपि सभी बच्चे एक से होते हैं किन्तु फिर भी सभी एक ही प्रकृति के नहीं होते; अन्यथा एक ही माता-पिता के और लगभग एक सी परिस्थितियों में पलने वाले सभी बच्चे एक से योग्य या एक से अयोग्य हुआ करते।

अतः दुर्योधन आदि के स्वभाव के लिये आप भी दोषी हैं, कृपया इस मनोदशा से बाहर आइये।" कृष्ण ने कहा।

“पुत्र की मृत्यु का दुःख माँ के लिये संसार का सबसे बड़ा दुःख होता है, इससे बड़ा कोई दुःख नहीं हो सकता; तुम इसे नहीं समझ सकोगे, कृष्ण।”

“सम्भवतः आप ठीक कहती हैं; किन्तु कोई भी दुख तब तक ही बड़ा रहता है, जब तक हमारे सामने दूसरा दुख आकर खड़ा नहीं हो जाता।”

“तुम हृदयहीन हो कृष्ण, तुम इसे नहीं समझोगे; तुम्हारे पास बहुत से तर्क है और रहेंगे।”

गान्धारी की इस बात का कृष्ण ने कोई उत्तर नहीं दिया। कुछ देर के लिये मौन पसर गया। सब शान्त खड़े थे, तभी गान्धारी को लगा जैसे वे बहुत भूखी हैं। भूख की तीव्रता अद्‌भुत थी। गान्धारी को लगा, कुछ न कुछ खाने के लिये अभी ही मिलना चाहिये, अन्यथा वे खड़ी भी नहीं रह सकेंगी, गिर पड़ेंगी। तभी उन्हें कहीं से अति उत्तम भोजन की महक आयी।

गान्धारी स्वयं को रोक नहीं सकीं और उसी ओर चली पड़ीं। इस प्रयास में उनके पैर एक शव से टकरा गये। सँभलते-सँभलते भी वे उस पर गिर पड़ीं और उसके स्पर्श से पहचान गयीं कि यह उनके पुत्र का ही शव है।”

गान्धारी विलख पड़ीं। उनकी भूख भी आश्चर्यजनक ढंग से गायब हो गयी। वे उठकर खड़ी हुईं और पुकारा,

‘कृष्ण!’

‘जी।’ कृष्ण ने कहा।

“तुम सत्य कह रहे थे; अवश्य ही एक दुःख तब तक ही बड़ा लगता है, जब तक दूसरा दुःख सामने आकर खड़ा नहीं हो जाता। प्राणों पर संकट जैसी वह भूख कुछ पलों के लिये अवश्य ही मुझे पुत्र शोक से बड़ी लगने लगी थी, किन्तु तुम मायावी हो कृष्ण, और यह तुम्हारी माया

नहीं थी, यह मानने का मेरे पास कोई कारण नहीं है।"

इसके बाद कुछ क्षणों तक गान्धारी कुछ सोचती हुई सी लगीं, फिर बोलीं,

"तो कृष्ण... "

"मैं सुन रहा हूँ।"

"हमारी आहें तुम्हारा पीछा करेंगी; तुम्हारा यदुवंश भी कुरुवंश की भाँति ही आपस में लड़-लड़कर नष्ट हो जायेगा और ...।"

"और क्या?"

"और तुम किसी निर्जन स्थान पर अचानक और बहुत ही साधारण मृत्यु को प्राप्त होगे।"

इतना कहने के बाद गान्धारी ने एक ठण्डी साँस भरी और निढाल सी हो गयीं।

गान्धारी के श्राप को सुनकर कृष्ण को न आश्चर्य हुआ न दुःख। यदुवंश मे जो वीर थे, उनमें से अधिकांश उनकी सेना में थे, और वह सेना कौरवों के पक्ष में पाण्डवों से युद्ध में लड़कर पूरी तरह नष्ट हो चुकी थी। शेष बचे हुए यदुवंशी बहुत अधिक धन-धान्य व ऐश्वर्यपूर्ण जीवन के कारण घमण्ड और कई प्रकार के दुर्व्यसनों में लीन हो रहे थे, ऐसे में भाई-भतीजावाद और मोह से मुक्त कृष्ण ने पहले ही उन्हें छोड़ने का मन बना लिया था।

शीघ्र ही उनका देह छोड़ने का समय भी आने वाला था, ऐसे में यदि उनकी मृत्यु अचानक बहुत ही साधारण तरीके से और किसी निर्जन स्थान में न होती तो उनके कद को देखते हुए वह अवश्य ही किसी बड़ी उथल-पुथल का कारण बनती, यह वे नहीं चाहते थे, अतः गान्धारी के दोनों ही श्रापों से उन्हें कोई कष्ट नहीं हुआ। उन्होंने कहा,

"आपके दोनों ही श्रापों को मैं सिर झुकाकर स्वीकार करता हूँ।"

कृष्ण की इस बात से वहाँ मौन पसर गया। सम्भवतः गान्धारी को भी कृष्ण से इस तरह की प्रतिक्रिया की आशा नहीं थी। कृष्ण ने आगे कहा,

"मैं जानता हूँ आपने मुझे क्रोध में आकर श्राप दिया है; संभवतः आपको इससे कुछ शान्ति भी मिली होगी। व्यक्ति कितना भी संयम रखे, किन्तु कई बार वह अपनी मानवीय संवेदनाओं के हाथों विवश हो जाता है, यह बात जितनी औरों के लिये सच है उतनी ही मेरे लिये भी।

संभवतः आप नहीं जानती हैं कि मैं स्वयं ही यह सब कुछ छोड़ने का निश्चय कर चुका हूँ; एक दो कार्य और शेष रह गये हैं, उनके पूर्ण होने और उपयुक्त समय और अवसर की प्रतीक्षा है बस... प्रणाम।"

* * *

रुक्मिणी को गान्धारी से कही कृष्ण की बातों का अन्तिम वाक्य आज फिर स्मरण हो आया, और इसके साथ ही उन्होंने सीने में बहुत पीड़ा सी अनुभव की। वे उठीं और आँखों में आते आँसुओं को रोकते हुए वहाँ से हट गयीं।

11

नारी विमर्श

दोपहर ढल रही थी। कृष्ण अपने राजकीय कार्यों को निपटाकर जल्दी लौट आये थे। वे महल के एक कक्ष में एक ओर विश्राम की मुद्रा में बैठे थे। देवकी और वसुदेव, दोपहर के विश्राम के बाद टहलते हुए उसी ओर आ गये।

कृष्ण उन्हें प्रणाम करने उठे, और उनको लाकर अपने निकट ही बिठा लिया। तभी रुक्मिणी आ गयीं। उन्होंने भी देवकी और वसुदेव को प्रणाम किया, बोलीं,

"मैं आप लोगों के लिये कुछ फल लेकर आती हूँ।"

देवकी ने टोका,- "तुम हमारे पास बैठो बेटी, और फल लाने के लिये किसी अनुचर को बोल दो।"

"जी अच्छा।" कहकर रुक्मिणी बाहर गईं; अनुचर को फल लाने के लिये बोलकर आयीं और निकट ही बैठ गईं।

वसुदेव ने बात शुरू की, बोले,- "आज जल्दी आ गये कृष्ण!"

“जी पिताश्री, कार्य समाप्त हो गया था तो घर आ गया।”

“अच्छा किया, इसी बहाने थोड़ा हमारे साथ भी बैठे लोगे, अन्यथा आजकल तो तुम बहुत व्यस्त रहने लगे हो।”

“अच्छा कृष्ण” वसुदेव ने फिर कहा,

“उस दिन तुम कह रहे थे कि हमारी कौरवों और पाण्डवों पर चर्चा अधूरी रह गई है; क्या हम आज उस चर्चा को शुरू करें?”

“ठीक है पिताश्री, मैं शुरू करता हूँ।”

देवकी बोलीं, “इस चर्चा में तुम दोनों गम्भीर हो जाते हो यह मुझे अच्छा नहीं लगता।”

“देवकी, जो सच है वह सामने आना ही चाहिये; उस दिन की चर्चा से मुझे लगा कि कुछ लोगों ने सच को कितने आवरणों से ढक रखा है… उसकी आवाज दब गई है और झूठ बड़े ही उच्च स्वर से गूँजता फिर रहा है। यदि हमारा कृष्ण उन आवरणों को हटाकर सत्य को सामने ला रहा है तो प्रशंसनीय और हितकारी कार्य है,” वसुदेव ने कहा, फिर कृष्ण को लक्ष्य कर कहा,-

“हाँ कृष्ण, तुम अपनी बात कहो।”

“पिताश्री, कौरवों ने झूठ और छल से पाण्डवों का राज्य ही नहीं छीना, वे अपने स्वार्थों को पूरा करने के लिये लगातार स्त्रियों के चरित्र-हनन में भी लिप्त रहे। स्त्रियों के चरित्र-हनन का यह सिलसिला कौरवों के शासन काल में एक लम्बी दूरी तय करता हुआ द्रौपदी तक चलता रहा।”

“कृष्ण, तुम्हारी बातों ने मेरी उत्सुकता भी बढ़ा दी है; सचमुच किसी स्त्री के लिये यह कहना कि उसके पाँच पति हैं, उसका चरित्र -हनन ही तो है।” देवकी ने कहा

“आप ठीक कह रही है माँ, इसीलिए मैं इस पर विस्तार से चर्चा करना चाहता हूँ।”

"ठीक है कृष्ण।"

"माँ, राजा विचित्रवीर्य अपने विवाह के उपरान्त कई वर्षों तक जीवित रहे, फिर भी यदि वे निःसन्तान ही स्वर्गवासी हो गये थे तो उनकी पत्नियों अम्बिका और अम्बालिका से किसी अन्य पुरुष द्वारा उत्पन्न सन्तान, महाराजा विचित्रवीर्य के लिये सन्तान जैसी तो होती, सन्तान नहीं होती।

राज्य का उत्तराधिकारी प्राप्त करने के लिये किसी राजपुत्र या गुणी बालक को गोद भी लिया जा सकता था, फिर भी महारानी सत्यवती ने सन्तान प्राप्ति के लिए भीष्म से अनुरोध करना उचित समझा। भीष्म, ब्रह्मचारी होने की प्रतिज्ञा से बँधे हुए थे, अतः उन्होंने व्यास जी का नाम सुझाया। व्यास जी, महारानी सत्यवती और ऋषि पाराशर की, सत्यवती के विवाह से पूर्व की सन्तान थे।

उनका जन्म सत्यवती के जीवन का एक रहस्य था, और इस रहस्य को उजागर करना उनके प्रति अपराध भी था और असम्मान भी।

भीष्म ने राज्य के प्रति अपनी निष्ठा का ध्यान रखा, अपनी प्रतिज्ञा का मान रखा, किन्तु पुत्रोत्पत्ति के लिये व्यास जी का नाम सुझाते समय अपनी माँ सत्यवती के सम्मान को भूल गये; इसके पूर्व भीष्म-पितामह ने महाराज विचित्रवीर्य के विवाह हेतु अम्बिका एवं अम्बालिका का बल-पूर्वक हरण भी किया था।

नारियों के सम्मान को ठेस पहुँचाने का कार्य यहीं से शुरू हो गया। राज्य का उत्तराधिकारी पुत्र ही होता था, किन्तु होने वाली सन्तान पुत्र ही होगी, इसका आश्वासन कोई नहीं दे सकता था, फिर भी महर्षि व्यास इस कार्य में सहयोग देने के लिये राजी हो गये। अम्बिका और अम्बालिका से सहमति लेने की भी आवश्यकता नहीं समझी गयी, यह उनके साथ अन्याय भी था और उनका अपमान भी।

यह भी विडम्बना ही है कि उनके विवाह की भाँति ही एक बार फिर अम्बिका और अम्बालिका की इच्छा और अनिच्छा का कोई सम्मान नहीं

किया गया।

इस सन्तानोत्पत्ति की घटना के समय अम्बिका ने क्षोभ से अपने नेत्र बन्द कर लिये, और अम्बालिका डर से पीली पड़ गई; क्या मात्र इतनी बात से कोई सन्तान अन्धी या पाण्डु रोगी हो सकती है?

अम्बिका की सन्तान नेत्रहीन और अम्बालिका की सन्तान पाण्डु रोगी होगी, ऐसा बताकर महर्षि ने उन स्त्रियों की पीड़ा को किस सीमा तक बढ़ा दिया होगा, इस का सहज ही अनुमान लगाया जा सकता है।

इतना अप्रिय और कठोर सत्य बोलने की कोई सार्थकता भी नहीं थी। इस कटु सत्य से कोई कार्य सिद्ध हो गया हो ऐसा भी नहीं था... यह कितना नैतिक, कितना अनैतिक था, यह तो विद्वतजन ही बतायेंगे, किन्तु यह उन दोनों स्त्रियों के जले पर नमक छिड़कने जैसा अवश्य था। महर्षि वहाँ पर नियोग-प्रथा द्वारा सन्तान उत्पन्न कर राज्य का उत्तराधिकारी देने के लिये गये थे।

दासी का पुत्र राजसिंहासन का उत्तराधिकारी नहीं हो सकता, यह जानते हुए भी मात्र किसी की अभिलाषा की पूर्ति के लिये उससे भी पुत्र उत्पन्न करना, और उस दासी द्वारा किसी भी प्रकार का असहयोग न करने पर यह कहना कि उसका पुत्र गुणी और विद्वान होगा, महर्षि व्यास के व्यवहार पर कुछ प्रश्नचिन्ह लगाता है। यथा-क्या यह घटनाक्रम उनकी महर्षि होने की प्रतिष्ठा के अनुकूल था? क्या स्त्रियाँ इन्सान नहीं वस्तु मात्र हैं, जिनकी इच्छा-अनिच्छा का कोई मूल्य नहीं?

महर्षि ने द्रौपदी के पाँच पतियों की बात में भी द्रोपदी की इच्छा-अनिच्छा को बिल्कुल भी महत्त्व देने की आवश्यकता नहीं समझी थी। इसके बाद अन्तिम प्रश्न यह कि क्या उनके नाम को आगे कर कोई षड्यंत्र हो रहा था, और वे उसका विरोध नहीं कर रहे थे?"

"कृष्ण, जो कुछ तुम कह रहे हो वह नया नहीं है, किन्तु नई दृष्टि अवश्य है।"

"पिताश्री, इस तरह की और भी घटनायें, जिनमें स्त्रियों की मर्यादा

का ध्यान नहीं रखा गया, बहुत आगे तक चलती रहीं।"

धृतराष्ट्र के राजा बन जाने से प्रजा खुश नहीं थी। प्रजा युधिष्ठिर को राजा देखना चाहती थी। धृतराष्ट्र के लिये यह स्थिति कष्टकारक तो भी ही, दूसरी ओर इस पुरुष प्रधान, पितृसत्तात्मक समाज में पाण्डु और धृतराष्ट्र, महाराजा विचित्रवीर्य से उत्पन्न सन्तान न होने के कारण राज्य सिंहासन के स्वाभाविक उत्तराधिकारी के रूप में स्वीकार्य नहीं हो सकते थे।

जहाँ पाण्डु ने अपनी वीरता, कौशल और चरित्र से स्वयं को स्थापित कर लिया था, वहीं धृतराष्ट्र अन्धे तो थे ही, नीति और अनीति से भी उनका कुछ लेना देना नहीं था; इसीलिए महर्षि व्यास ने पाण्डु की मृत्यु के पश्चात् जब सत्यवती, अम्बिका और अम्बालिका को पाप, छल, कपट और दोष बढ़ने व धर्म-कर्म और सदाचार लुप्त होने की बात कहकर वन जाने की सलाह दी, तब भीष्म और धृतराष्ट्र चुप रहे, जबकि अपनी माताओं की सुख-सुविधा का ध्यान रखना उनका भी कर्तव्य था।

धृतराष्ट्र का चुप रहना समझा जा सकता है; वे अच्छी-अच्छी बातें करने, किन्तु अनीति और कपटपूर्ण व्यवहार करने के अभ्यस्त थे; उन्हें सत्यवती, अम्बिका और अम्बालिका के दूर हो जाने से राज्य के उत्तराधिकारी के रूप में अपने को स्थापित करने में आसानी होने वाली थी... किन्तु भीष्म पितामह की चुप्पी को समझना कठिन है।

धृतराष्ट्र, पाण्डु और विदुर के जन्म से लेकर इस घटनाक्रम तक अति विद्वान महर्षि व्यास ने किसी भी बड़प्पन का परिचय नहीं दिया; सत्यवती, अम्बिका और अम्बालिका की सुख-सुविधा का दायित्व वे स्वयं भी ले सकते थे।

पिताश्री, स्त्रियों को मजबूर करने की, उनका उपयोग करने की, फिर उनसे पीछा छुड़ा लेने की कुरुवंश की यह स्वार्थ भरी कथा है।"

देवकी इस सारे वार्तालाप को बहुत ध्यान से सुन ही नहीं रही थीं, बल्कि बीच-बीच में कृष्ण की बातों का समर्थन भी करती जा रही थीं। वे

अपने पुत्र की भावनाओं से स्वयं को गर्वित भी महसूस कर रही थीं। उन्होंने ऐसी दृष्टि से वसुदेव की ओर देखा मानो कह रही हों, 'देखा मेरे बेटे को।'

कृष्ण ने माँ की दृष्टि पहचानी। उत्साहित होकर आगे कहना शुरू किया-"पिताश्री, इन कौरवों ने बुआ कुन्ती और माद्री का चरित्रहनन भी बहुत सुनियोजित तरीके से किया।"

"तुम ऐसा कैसे कह रहे हो कृष्ण?"

"पिताश्री, महाराज पाण्डु वैराग्य उत्पन्न होने के बाद गन्धमादन पर्वत, और वहाँ से तपस्या करने शतश्रृंग पर्वत पर चले गये थे, किन्तु उनकी दोनों पत्नियों कुन्ती और माद्री ने भी उनका साथ दिया था। वे पाण्डु की मृत्यु होने तक उनके साथ ही रहीं। इसी बीच शतश्रृंग पर्वत पर ही पाण्डवों का जन्म हुआ।

पाण्डु की मृत्यु के पश्चात् माद्री उन्हीं के साथ सती हो गईं, किन्तु कुन्ती पाण्डवों समेत वापस आ गईं। धृतराष्ट्र, जो पहले से ही पाण्डु की अनुपस्थिति में राज्य का प्रबन्ध देख रहे थे, उनकी मृत्यु के पश्चात् राजा बन बैठे थे। कुन्ती और पाण्डव, वापसी के बाद राज्य सिंहासन पर अपना अधिकार जता सकते थे, इस कारण धृतराष्ट्र के प्रचारतंत्र द्वारा यह प्रचारित किया गया कि पाण्डव अपने पिता पाण्डु की सन्तानें ही नहीं हैं, वे तो देवताओं की सन्तानें हैं।

यह राज्य के सिंहासन पर युधिष्ठिर के अधिकार को समाप्त करने का प्रयास ही नहीं था, कुन्ती और माद्री के चरित्र हनन का अति निन्दनीय प्रयास भी था।

यशस्वी, वीर और गुणवान पुत्रों की प्राप्ति के लिये बुआ कुन्ती ने एक वर्ष तक व्रत किया था। महाराजा पाण्डु ने पितरों के तर्पण हेतु पुत्र प्राप्ति की कामना से इतने ही समय तक सूर्य के सम्मुख एक पैर पर खड़े होकर तप किया था।

माद्री ने अश्वनी कुमारों की स्तुति की थी, तब उन्हें ये पुत्र प्राप्त

हुए थे, किन्तु धृतराष्ट्र ने प्रचारित करवाया कि बुआ कुन्ती को कोई मन्त्र आता था, उससे वे जिस देवता को चाहें बुलाकर उससे पुत्र प्राप्ति कर सकती थीं।

कर्ण को, उनका विवाह पूर्व इसी मन्त्र द्वारा सूर्य से उत्पन्न पुत्र बतलाया गया। युधिष्ठिर को प्राप्त करने के लिये उन्होंने धर्मराज, जिन्हें लोग यमराज भी कहते हैं, मंत्र द्वारा बुलाया। प्रचार करने वाले यह भी नहीं सोच सके कि यमराज तो बिना बुलाये ही किसी न किसी दिन आ ही जाते हैं, कोई भी अपने जीवन काल में उन्हें बुलाना नहीं चाहता।

प्रचार के अनुसार कुन्ती ने भीम के लिये वायु देवता और अर्जुन के लिये इन्द्र को बुलाया, और माद्री को भी यह मंत्र बताया, जिससे माद्री ने, अश्विनी कुमारों को बुलाकर दो पुत्र, नकुल और सहदेव प्राप्त किये।

यदि मंत्र में इतनी अधिक शक्ति थी कि उससे कर्ण जैसा पुत्र प्राप्त हो सकता था, तो पाण्डवों की प्राप्ति के लिये कुन्ती को एक वर्ष का व्रत, पाण्डु को एक वर्ष तक एक पैर पर खड़े रहकर तपस्या, और माद्री को एक वर्ष तक अश्विनी कुमारों की स्तुति करने की क्या आवश्कता थी?

देवताओं का पुत्र प्राप्ति के लिये वरदान देना समझा जा सकता है, किन्तु उनके द्वारा सशरीर उपस्थित होकर पुत्र पैदा करने की बात उन देवताओं के कद को तो घटाती ही है, एक स्त्री के चरित्र पर दोषारोपण का प्रयास भी है।

देवताओं द्वारा सशरीर आकर स्त्रियों से पुत्र उत्पन्न करने का इतना कपोल-कल्पित उदाहरण न इसके पूर्व न इसके बाद ही कहीं पाया गया।

महाभारत के युद्ध के दौरान जब कौरवों की जीत की आशा धूमिल लगने लगी, तब कौरवों का मनोबल बढ़ाने के लिये प्रचारित किया गया कि कुन्ती, कर्ण के पास गईं, उसको अपना पुत्र बताया, और अपने पुत्र पाण्डवों की जीवन-रक्षा की याचना की ।

इस प्रसंग को प्रचारित कर एक बार पुनः कुन्ती का चरित्र-हनन,

पाण्डवों की अपनी माँ के प्रति श्रद्धा को कम करने एवं पाण्डव पक्ष के योद्धाओं के मनोबल को घटाने का प्रयास किया गया; यह सब किसी अति विकृत मस्तिष्क की उपज सा लगता है।''

रुक्मिणी, जो अभी तक शान्ति से सब कुछ सुन रही थीं, धीरे से बोलीं,

''और द्रौपदी?''

''हाँ और द्रौपदी भी।'' कृष्ण ने कहा,-''द्रौपदी, महाराजा द्रुपद की कन्या थीं, और जिस समय महाराजा द्रुपद यज्ञ कर रहे थे, वे उसी समय जन्मी थीं। वे दिव्य लक्षणों से युक्त थीं, इसीलिये लोग यह भी कहने लगे थे कि वे यज्ञ की वेदी से उत्पन्न हुई थीं। उनके स्वयंवर में अर्जुन के अलावा दुर्योधन और कर्ण भी गये थे।

इस स्वयंवर में लक्ष्यवेध बहुत कठिन था। दुर्योधन अन्य राजाओं की भाँति ही असफल रहा, और कर्ण के लक्ष्यवेध के लिए उठने पर द्रौपदी ने कर्ण से विवाह करने से इंकार कर दिया। अर्जुन ने लक्ष्यवेध किया और राजा द्रुपद ने उनके साथ द्रौपदी का विवाह कर दिया। दुर्योधन और कर्ण ने इस विवाह से अपने को अपमानित महसूस किया।

चूँकि धृतराष्ट्र भी अपने पुत्र दुर्योधन के लिये द्रौपदी को चाहते थे अतः यह तीनों लोग द्रौपदी और पाण्डवों के प्रति अत्यधिक ईर्ष्या से भर उठे, और यह प्रचारित किया कि माता कुन्ती के कहने से द्रौपदी, पाँचों पाण्डवों से विवाह कर सभी की पत्नी बन गई हैं।

मेरी बुआ कुन्ती, पाण्डवों की माँ होने के कारण वास्तविक राजमाता थीं, और प्रजा में बहुत अधिक सम्मानित भी थीं, अतः वे कौरवों के विशेष निशाने पर रहीं। उन्होंने पाण्डवों से द्रौपदी को वस्तु की भाँति बाँट लेने को कहा, ऐसा प्रचारित कर एक बार पुनः उनका चरित्रहनन किया गया, जबकि अर्जुन के अतिरिक्त शेष पाण्डव भी सभी गुणों से सम्पन्न थे और उनके विवाह में कोई अड़चन नहीं थी

यह मातृसत्तात्मक परिवार भी नहीं था, और स्त्रियों का बहुविवाह

भी प्रचलित नहीं था; फिर एक ही स्त्री से सभी पुत्रों के विवाह की बात कुन्ती जैसी स्त्री क्यों कहेगी, इस तर्क को पूरी तरह भुला दिया गया।

पाण्डव, जंगल में रहते हुए नित्य सायंकाल कुछ न कुछ भोजन सामग्री लेकर आते थे। जिस दिन वे द्रौपदी के साथ आये, उस दिन भी उन्होंने नित्य की भाँति अपनी माँ कुन्ती से कहा कि वे कुछ लाये हैं। कुन्ती ने बिना देखे ही कह दिया कि सब भाई आपस में बाँट लो; ऐसा उन्होंने भोजन सामग्री समझकर कहा था।

द्रौपदी, भोजन सामग्री नहीं, स्त्री थीं; उनके ऊपर यह आदेश लागू नहीं होता था। शब्दों को पकड़ना और भावना को छोड़ देना अनर्थकारी होता है।

द्रौपदी, अर्जुन की स्वयंवरा पत्नी थीं। यदि भ्रमवश कुन्ती के मुख से यह बात निकल भी गई, तो उसे सही करने में कोई दोष नहीं था। यदि कोई माँ अपने बच्चे के, बिना यह जाने कि नीचे दलदल है, कूदने के लिये कह बैठे, तो क्या सच जानने के बाद भी वह केवल अपनी बात रखने के लिये उन्हें कूद जाने देगी? क्या कुन्ती व पाण्डव सभी विवेक शून्य थे?

दुर्योधन, पाण्डवों में फूट डलवाने के लिये भी प्रयासरत था। वह इस बात को प्रचारित कर अर्जुन और शेष पाण्डवों में फूट डलवाने में सफल हो सकता था। इसे प्रचारित करना इसीलिये भी आसान था क्योंकि उनके पास अलग-अलग महल नहीं थे; वे एक साथ, एक ही छत के नीचे रहते थे।

युधिष्ठिर की पत्नी देविका और उनका पुत्र यौधेय, भीम की पत्नी काशिराज की पुत्री बलन्धरा और उनका पुत्र सर्वग, नकुल की पत्नी करेशुमती और उनका पुत्र निरमित्र, तथा सहदेव की पत्नी विजया और उनका पुत्र सुहोत्र था; इसके बाद भी वे अर्जुन की पत्नी द्रौपदी में साझा करते थे, यह विचार ही घोर निन्दनीय है।

जैसे इतना ही काफी नहीं था, कौरवों ने षड्यंत्र करके युधिष्ठिर से

द्रौपदी को जुएँ के दाँव पर लगवाया, छल करके जीता, और फिर भरी सभा में द्रौपदी व पाण्डवों को अपमानित किया।” इतना कहकर कृष्ण चुप हो गये।

“जो जितना ऊँचा होता है उसे गिराने के लिये उतने ही अधिक प्रयास करने पड़ते हैं... मरे हुए को कौन मारता है? द्रौपदी अपने समय की श्रेष्ठतम नारियों में थीं, इसीलिये उनको गिराने के लिये उनके ऊपर सर्वाधिक गन्दा कीचड़ उछाला गया।” रुक्मिणी ने कहा,।

“तुम ठीक कह रही हो रुक्मिणी।” देवकी और वसुदेव ने लगभग एक साथ कहा।

“पिताश्री, पाण्डवों के राजसूय यज्ञ में दुर्योधन के लड़खड़ा जाने पर द्रौपदी ने कहा था, “अन्धों के अन्धे ही होते हैं।” यह सुनने में प्रथम दृष्टि में जरूर अशोभनीय लगता है; किन्तु जिस स्त्री पर कोई पाँच पतियों की पत्नी होने का लांछन लगाये, उसको अन्धा कहना किसी स्त्री की स्वाभाविक और सौम्य प्रतिक्रिया है, और यह वास्तविकता से परे भी नहीं है।

धृतराष्ट्र की शारीरिक अन्धता को छोड़ भी दें, तो भी वे पुत्र मोह में पड़कर अपने कर्तव्यों के प्रति अन्धे हो चुके थे, और दुर्योधन तो सत्तामद में अन्धा था ही।

“माँ, विदुर तो चलिये दासीपुत्र थे, उनकी बात को कौरव क्यों महत्त्व देते, और द्रोणाचार्य कौरवों के गुरु, बहुत बड़े धनुर्धर और योद्धा थे; पर कटु सत्य यह भी है कि वे राज्य के आश्रित थे और राजसत्ता का बहुत अधिक विरोध नहीं कर सकते थे; किन्तु पितामह भीष्म भी इस सारे अन्याय और मानसिक अत्याचार के विरुद्ध खुलकर खड़े नहीं हुए।

हस्तिनापुर के राजसिंहासन के प्रति निष्ठा बनाये रखने की प्रतिज्ञा का पालन करने के लिये वे चुपचाप अपने कुल की इन स्त्रियों का अपमान देखते रहे, क्या यह स्वार्थ नहीं कहा जाएगा? सामर्थ्य होते हुए भी अन्याय को चुपचाप देखते रहने के लिये क्या इतिहास उन्हें क्षमा

करेगा?"

"इतिहास जो करेगा, करता रहेगा, हम वर्तमान की बात करें; वे स्त्रियाँ जो कौरवों के अन्याय और शोषण का शिकार हुईं, वे कभी भी कौरवों के इस शीर्ष पुरुष को उसकी अपनी भूमिका के लिये कभी क्षमा कर सकेंगी क्या ?" देवकी ने कहा।

"माँ, अम्बा, अम्बिका और अम्बालिका पुरानी पीढ़ी की थीं, वे तो मौन रहकर सब कुछ सह गयीं, किन्तु द्रौपदी आज की हैं और मुखर भी; उन्होंने अपने प्रति अन्याय पर अपने विरोध को समय-समय पर वाणी दी, छुपाया नहीं।" रुक्मिणी ने कहा।

* * *

महाभारत का युद्ध चल रहा था। भीष्म पितामह बाणों की शैय्या पर थे। दिन का युद्ध समाप्त होने के बाद कौरव और पाण्डव दोनों उनके पास जाते थे, और भीष्म पितामह उनको निरपेक्षभाव से कुछ उपदेश, कुछ सलाहें दिया करते थे।

रात्रि घिर चुकी थी। पाण्डव अभी-अभी पितामह के पास लौटे थे। रात्रि के विश्राम का समय था। सुबह होते ही फिर से रण प्रारम्भ हो जाना था। अर्जुन थके हुए से लेटे थे। मन में पितामह के कहे हुए कुछ उपदेश थे।

द्रौपदी पास ही थीं। अर्जुन ने द्रौपदी से पितामह के उपदेशों की चर्चा की। द्रौपदी, चुपचाप सुन रही थीं। अर्जुन की बात समाप्त हुई तो द्रौपदी ने कहा,

'हुँह।'

अर्जुन ने देखा द्रौपदी के मुख भर कुछ व्यंग्य भरी मुस्कान थी।

“क्या हुआ? लगता है तुम्हें पितामह के उपदेशों ने प्रभावित नहीं किया है ?

“दूसरों को उपदेश देना बहुत सरल होता है।” द्रौपदी ने कहा।

“क्या मंतव्य है तुम्हारा ?”

“इन उपदेशों का क्या करूँ मैं ?”

‘अर्थात ?’

“जो व्यक्ति भरी सभा में एक स्त्री को निर्वस्त्र करने के प्रयास के समय, समर्थ होते हुए भी अपनी आँखें बन्द करके बैठा रहे, किसी प्रकार का विरोध न करे; उसके ज्ञान और उपदेशों की द्रौपदी को आवश्यकता नहीं है।” द्रौपदी के स्वर में कड़वाहट थी।

“उसकी पीड़ा उनके मन में रही होगी, और बहुत अधिक रही होगी; किन्तु उनकी कुछ विवशतायें थीं, और यह बात उन्होंने अत्यधिक पीड़ा के साथ स्वीकारी भी है।”

“चलो, मैं मान लेती हूँ कि उनकी विवशतायें रही होंगी, यद्यपि वे साधारण विरोध भी नहीं प्रदर्शित कर सकते थे, यह समझना मेरे लिये बहुत कठिन है, फिर यह पुरुष प्रधान समाज है और मुझे लगता है.... ”

“क्या लगता है ?”

“आप रुष्ट तो नहीं होंगे ?”

‘नहीं।’

“तो मुझे लगता है, जो पुरुष जीवनभर अविवाहित रहते हैं, या जो बहुत सी स्त्रियों से विवाह करते हैं, वे स्त्रियों की भावनाओं को संभवतः कभी समझ ही नही पाते या समझना चाहते नहीं है, वे अपने प्रति श्रेष्ठता की भावना से भरे रहते हैं, यद्यपि कुछ अपवाद भी होते ही होंगे।

और फिर पितामह का तो वैवाहिक जीवन और उनका राजसिंहासन पर अधिकार, एक स्त्री के कारण ही ग्रसित हुआ था। इसके

बाद द्रौपदी ने कुछ रुक कर कहा,

"आपको मेरी बातें कहीं पीड़ा तो नहीं पहुँचा रही हैं ?"

"सच सुनने की सामर्थ्य मुझमें है द्रौपदी।"

मेरे साथ वही एक अन्याय नहीं हुआ; मेरे पाँच पति हैं यह दुष्प्रचार मेरे चरित्र हनन का एक और प्रयास ही तो है... किसी ने भी इस दुष्प्रचार का खण्डन करने का भी प्रयास किया क्या? भले ही इस वंश के शीर्ष पुरुष, पितामह ही क्यों न हों ?

महाराज विचित्रवीर्य के विवाह के लिये वे बलपूर्वक राजकुमारियों का अपहरण कर लाये, क्या यह नैतिक कार्य था? और फिर क्या एक पुरुष के लिये एक ही स्त्री पर्याप्त नहीं थी? एक पुरुष के लिये तीन-तीन राजकुमारियों का अपहरण पता नहीं क्या-क्या कहता है और क्या-क्या नहीं कहता है।

महाराज धृतराष्ट्र अन्धे थे। एक अन्धे व्यक्ति के साथ किसी भी लड़की को बाँध देना क्या दमनकारी कार्य नहीं है? और फिर जब उस लड़की ने नैतिकता और धर्म-परायणता के ज्वार में आकर सदा के लिये आँखों पर पट्टी बाँध ली, तब उन्होंने क्या उसे या धृतराष्ट्र को इस प्रकार एक जीवन को बिना मतलब आधा-अधूरा न बनाने के लिये समझाया ? नहीं न! "

अर्जुन, द्रौपदी की इन बातों का कोई उत्तर न दे सके।

* * *

देवकी, वसुदेव और रुक्मिणी, सभी बहुत शान्तिपूर्वक और मनोयोग से कृष्ण को सुन रहे थे। कृष्ण ने बात समाप्त की तो रुक्मिणी ने कहा,

“मैं कुछ कहना चाहती थी।”

“हाँ, निःसंकोच कहो।” देवकी बोलीं।

“द्रौपदी की बातें सच तो थीं किन्तु बहुत तीखी थीं; और फिर उन्होंने जीवन में जितना जहर पिया था, उसे देखते हुए यदि उनकी वाणी में कभी कड़वाहट आ भी जाये तो इसमें आश्चर्य क्या है ?”

‘सच।’ देवकी ने कहा।

इसके बाद कुछ देर के लिये शान्ति हुई, और फिर कृष्ण ने कहा,–“किन्तु पिताश्री, इस सारे घटनाक्रम का उजला पक्ष भी है, जो हमें बताता है कि सत्य और धर्म पर चलना व्यर्थ नहीं होता।”

“वह पक्ष क्या है कृष्ण?”

“इस सारे घटनाक्रम के बाद भी हस्तिनापुर और उसके बाहर भी लोगों ने इन छिछोरी बातों पर विश्वास नहीं किया, और न ही लोगों के मन से कुन्ती, माद्री, द्रौपदी व पाण्डवों के प्रति आदर व प्रेम की भावना कम हुई, यह छोटी बात नहीं है।”

“हाँ, यह छोटी बात नहीं है, और यहाँ ये बात यह भी बताती

है कि पाण्डव सचमुच ही सत्य और धर्म के मार्ग पर थे।”

“कृष्ण, एक बात मैं भी कहना चाहती हूँ।” देवकी ने कहा।

“हाँ माँ, कहें।”

“कृष्ण, मुझे तो लगता है, धृतराष्ट्र और दुर्योधन आदि उनके पुत्र बहुत अधिक विकृत मानसिकता से ग्रसित थे। स्त्री कोई भी हो, वे उसे वस्तु ही समझते थे इन्सान नहीं; यदि ऐसा नहीं होता तो धृतराष्ट्र, गान्धारी को जीवन भर आँखों में पट्टी बाँधकर नहीं रहने देते; वे उनसे कह सकते थे कि मेरी आँखें नहीं हैं तो क्या, मैं तुम्हारी आँखों से दुनिया देखूँगा, तुम मेरा सहारा, मेरी लाठी बनना।

यदि आँखें रहते हुए आँखों पर पट्टी बाँधकर रहने की पीड़ा का

उन्होंने अनुमान लगाया होता, तो वे गान्धारी को कोई कसम वगैरह देकर भी पट्टी हटाने के लिये कह सकते थे।

वे उनकी मनुहार कर सकते थे, और उन्हें आँखें होते हुए अन्धेपन का जीवन जीने से बचा सकते थे; यह पति होने के कारण उनका कर्तव्य था, किन्तु उन्होंने ऐसा कोई प्रयास नहीं किया। यदि वे गान्धारी से जुड़ाव महसूस करते होते, तो गान्धारी को अन्धेपन का जीवन नहीं जीने जीते।

दुर्योधन, गान्धारी का बड़ा पुत्र था; उसने भी अपनी माँ को जबरदस्ती ओढ़े अन्धत्व से छुटकारा दिलाने के लिये, उन्हें समझाने का कोई प्रयास नहीं किया।

दुर्योधन ने जीवन भर अपनी माँ की सलाहों को भी कोई महत्त्व नहीं दिया, यह कौरवों द्वारा स्त्रियों के जीवन को कोई मूल्य न देने का एक और उदाहरण है।" कहकर देवकी ने अपनी बात समाप्त की।

सभी लोग अपनी बात कह चुके थे, और वातावरण बहुत गम्भीर हो चुका था। रुक्मिणी और देवकी के तो नेत्र सजल हो आये थे। वसुदेव ने अपना हाथ कृष्ण की पीठ पर रखते हुए कहा,

"पुत्र, सचमुच तुमने महाभारत के युद्ध को न रोककर अच्छा ही किया; पाण्डवों को राज्य मिलता, यह आवश्यक था, किन्तु उससे भी अधिक आवश्यक था, स्त्री को वस्तु समझने की मानसिकता की समाप्ति।"

12

प्रयाण से पूर्व-1

पूर्ण सूर्यग्रहण आने वाला था। ऐसे अवसर कम ही आते हैं, और प्रचिलित मान्यताओं के अनुसार ऐसे अवसर पर किये गये दान और यज्ञ का बहुत अधिक महत्त्व होता है।

कुरुक्षेत्र में समन्त-पंचक नामक एक पवित्र स्थान था, जहाँ परशुराम ने एक महायज्ञ सम्पन्न किया था। उन्होंने वहाँ पाँच बहुत सुन्दर झीलें भी बनवायी थीं। प्राकृतिक रूप से यह स्थान बहुत रमणीक और विभिन्न सुविधाओं से युक्त था।

वृन्दावन और द्वारिका में बहुत अधिक दूरी थी, किन्तु समन्त-पंचक, द्वारिका की अपेक्षा वृन्दावन के पास था। बलराम के मन में इस पूर्ण सूर्यग्रहण के अवसर पर एक विशाल यज्ञ करवाने का विचार आया, जिसमें द्वारिका और वृन्दावन के लोगों की सामूहिक भागीदारी हो।

इसी बहाने एक पवित्र यज्ञ भी सम्पन्न होगा ओर वर्षों बाद दोनों क्षेत्रों के लोग आपस में मिलजुल भी लेंगे।

बलराम, कृष्ण के बड़े भाई थे। वे वसुदेव की पहली पत्नी रोहिणी के पुत्र थे। सुभद्रा उनकी सगी छोटी बहन थी, जिसका विवाह अर्जुन से हुआ था। बलराम के जन्म से पूर्व ही उनकी माँ रोहिणी, मथुरा से गोकुल आ गयी थी और और बलराम का जन्म गोकुल में ही एक पूर्णमासी को हुआ था। वे लम्बे और अत्यन्त गौरवर्ण के थे, और नीले वस्त्रों में रहना उन्हें रुचिकर लगता था।

सौराष्ट्र के शासक रैवत की पुत्री रेवती उनकी पत्नी थी, और निशाथ तथा उल्मुक उनके पुत्र थे। बलराम बहुत वीर थे, और वैसे तो वे बहुत शान्त स्वभाव के थे, किन्तु क्रोध आने पर बहुत भयंकर हो जाते थे।

एक बार रुक्मिणी के भाई रुक्मि के साथ पाँसों के खेल में जब रुक्मी ने उनसे छल किया, तो क्रोधित बलराम ने रुक्मी की जीवनलीला ही समाप्त कर दी थी।

द्वारिका के राज्य की स्थापना के बाद बड़े भाई होने के कारण कृष्ण ने उनसे यहाँ का शासन सँभालने का अनुरोध किया तो बलराम ने बहुत प्रेम से किन्तु स्पष्ट शब्दों में इससे इनकार कर दिया था।

बलराम, युद्धकला के शिक्षक भी थे, और दुर्योधन और भीम दोनों को उन्होंने गदा युद्ध सिखलाया था। वे जीवनभर राजनीति से दूर रहे। कृष्ण, युद्ध टालने के लिये पाण्डवों की ओर से उनके लिये मात्र पाँच गाँव माँगने दुर्योधन के पास गये थे, तब तक बलराम को आशा थी कि कौरवों और पाण्डवों के मध्य युद्ध टल जायेगा, किन्तु जब कृष्ण अपने प्रयास में असफल होकर लौट आये तब उनकी यह आशा टूट गयी।

क्रोध में आकर वे कब क्या कर बैठें, यह वे स्वयं भी नहीं जानते थे, अतः युद्ध प्रारम्भ होने से पूर्व ही वे तीर्थयात्रा पर निकल गये। उन्होंने अपनी यात्रा पूर्व दिशा से प्रारम्भ की और सरस्वती नदी के तट पर बने तीर्थों से होते हुए नैमिषारण्य आये। यह स्थान उस समय महर्षियों और सन्त पुरुषों की सभा के लिये प्रयुक्त होता था।

वहाँ पर इल्वल नामक असुर के पुत्र बल्वल का बहुत आतंक था।

वह हर पूर्णिमा और अमावस्या को जब नैमिषारण्य में ऋषि लोग कुछ विशेष आयोजन कर रहे होते थे, आकर उनको बहुत सताता था। बलराम ने बल्वासुर का वध कर नैमिषारण्य को उसके आतंक से मुक्त कराया।

उसके बाद से सरयू के किनारे बने तीर्थों में गये, फिर प्रयाग और वहाँ आज के बिहार मे स्थित शोण नदी के तट पर होते हुए गया पहुँचे, जहाँ उन्होंने पितरों का तर्पण किया। वहाँ से वे गंगासागर गये और इसके बाद उन्होंने दक्षिण की यात्रा प्रारम्भ की। यहाँ से वे मदुरै, सेतुबन्ध रामेश्वरम होते हुए कन्याकुमारी गये।

वहाँ पर दुर्गा जी का एक प्राचीन और भव्य मन्दिर था, जिसके कारण इस क्षेत्र का नाम कन्याकुमारी पड़ गया था। वहाँ से केरल होते हुए वे वापस कुरुक्षेत्र आये।

महाभारत का युद्ध उस समय समाप्ति की ओर था। कौरवों में केवल दुर्योधन ही शेष था। बलराम, भीम और दुर्योधन के गदायुद्ध के समय वहाँ वहाँ पहुँचे। स्वयं कृष्ण और पाण्डव उनके आने पर इस बात से सशंकित हो गये कि कहीं वे दुर्योधन का पक्ष न ले लें।

सभी उनके क्रोध से परिचित थे, किन्तु इस सम्भावना के विपरीत बलराम ने अपने शिष्यों भीम और दुर्योधन को युद्ध न करने के लिये बहुत समझाया, परन्तु दोनों ही बहुत अधिक क्रोध में थे। भीम तो द्रौपदी के चीरहरण के समय की हुई दुर्योधन का वध करने की अपनी प्रतिज्ञा से बँधे हुए थे, और दुर्योधन भी पीछे हटने को तैयार नहीं था।

वहीं उन्हें यह भी पता लगा कि उनकी बहन सुभद्रा के पुत्र अभिमन्यु को कौरवों ने अन्यायपूर्वक घेरकर मार डाला था, और गुरु द्रोणाचार्य के पुत्र अश्वत्थामा ने तो अभिमन्यु की पत्नी उत्तरा के गर्भ को भी चोट पहुँचाकर उसके गर्भस्थ शिशु को नष्ट कर दिया था।

महाभारत के युद्ध की विभीषिकाओं से दुखी और खिन्न बलराम द्वारिका चले आये। इतनी तीर्थयात्रा के बाद बलराम अपने क्रोधी स्वभाव

से पूर्ण मुक्त हो चुके थे और धार्मिक क्रियाओं और अनुष्ठानों में उनकी बहुत अधिक रुचि हो गयी थी। प्रेम और भाईचारे की बातें उन्हें बहुत सुहाने लगी थीं।

यज्ञ का विचार आने पर उन्होंने पिता वसुदेव से अनुमति लेने का मन बनाया। वसुदेव ने उनकी बात सुनी और 'बहुत ही प्रशंसनीय विचार है।' कहकर सहर्ष अपनी सहमति दी, फिर

"कृष्ण को पता है यह ?" उन्होंने पूछा।

"मेरे मन में अभी यह विचार आया है, किन्तु मुझे लगता है कि वह भी इस विचार का स्वागत ही करेगा।" बलराम ने कहा।

"मुझे भी यही लगता है, किन्तु फिर भी उसकी सहमति ले लेना अच्छा है, और फिर सूर्यग्रहण पड़ने में अधिक दिन भी नहीं शेष है, अतः तुरन्त ही तैयारी प्रारम्भ करनी होगी।"

"मैं देखता हूँ।" बलराम ने कहा, और अत्यन्त ही सरल भाव से वे स्वयं ही चलकर कृष्ण के पास पहुँच गये। कृष्ण ने उन्हें प्रणाम किया। बलराम, आशीर्वाद देकर बोले,

'कृष्ण।'

"जी भैया।"

"मैं सोचता हूँ इस बार के पूर्ण सूर्यग्रहण के अवसर पर समन्त-पंचक में एक विशाल यज्ञ का आयोजन किया जाए, जिसमें द्वारिका और वृन्दावन दोनों, लोगों की सहभागिता हो।"

'आँ!' कृष्ण ने कहा। अचानक मिले इस प्रस्ताव से कृष्ण जैसे चौंक से गये। वे तुरन्त कोई उत्तर नहीं दे सके। वृन्दावन से जुड़ी स्मृतियाँ उन्हें अक्सर घेर लेती थीं, किन्तु अपनी दूसरी व्यस्तताओं के चलते वे वहाँ दुबारा कभी जा नहीं सके थे।

आज बड़े भाई के इस प्रस्ताव ने उस महान योगेश्वर के मन को बरबस ही पता नहीं कितने भावों से भर दिया था। 'यह यज्ञ होगा तो वे

एक बार फिर माँ यशोदा और बाबा नन्द से मिल सकेंगे, उनके चरणस्पर्श कर उनका आशीर्वाद ले सकेंगे। 'कितने आनन्ददायक होंगे वे क्षण' कृष्ण ने सोचा।

'वे बचपन के मित्र और गोपियाँ, वे भी तो उनके जैसे ही बड़े हो गये होंगे। पता नहीं कौन कहाँ होगा, कैसा होगा' उनके मन में आया। 'और राधा!' जीवन में कभी उनसे दुबारा आमने-सामने भेंट होगी, यह विचार भी उन्होंने बलपूर्वक मन से निकाल दिया था, किन्तु स्मृतियों में अभी भी राधा अपने उसी विशेष स्थान पर खड़ी थीं।

आज अचानक उनसे भेंट की इस सम्भावना ने कृष्ण के हृदय की धड़कनें तीव्र कर दीं। 'ओह, यह भी... यह भी होगा। राधा से एक बार और मिलना सम्भव हो सकेगा।' उन्होंने सोचा। 'पता नहीं कितने उलाहने भरे होंगे उस मन में, और उनका क्या उत्तर दे सकेंगे वे; फिर भी एक बार उन्हें देख तो सकेंगे।'

इस संसार से विदा लेने का निश्चय तो वे कर चुके थे, किन्तु इसके पूर्व वर्षों बाद एक बार पुनः राधा से भेंट की कल्पना उस महान योगी के भी मन को केवल गुदागुदा ही नहीं गयी, रोमांचित भी कर गयी। वे अपने बड़े भाई के प्रति आभार से भर उठे।

उनके मन में आया कि वे कहें, 'मुझे परम सौभाग्य सी लगने वाली इस बात में पूछने की क्या आवश्यकता है? किन्तु शब्द उनकी जिह्वा तक आकर रुक गये।

बलराम उनके उत्तर की प्रतीक्षा कर रहे थे। कृष्ण के मौन का अर्थ उन्हें समझ में नहीं आया।

"क्या हुआ कृष्ण ? तुमने मेरी बात का उत्तर नहीं दिया," उन्होंने कहा।

"आँ... हाँ", कृष्ण जैसे नींद से जागे हों। "हाँ, ठीक तो है, बहुत सुन्दर विचार है यह तो।"

"ठीक है, फिर हमें शीघ्र ही तैयारियाँ प्रारम्भ कर देनी चाहिये।"

"ठीक है।" कृष्ण ने कहा।

आयोजन को लेकर कृष्ण बहुत उत्साहित थे। वृन्दावन चूँकि बहुत दूर था, अतः उन्होंने दो सन्देशवाहक तीव्रगति वाले घोड़ों से युक्त रथ पर वहाँ के लिये भेज दिये। कुछ अनुभवी और समझदार लोगों का दल समन्त-पंचक में तैयारियाँ करने के लिये भेज दिया गया।

समन्त-पंचक चलने के लिये लगभग सभी महत्त्वपूर्ण व्यक्तियों की सूची बनायी गयी। वरिष्ठों में श्री वसुदेव, देवकी, अक्रूर आदि के लिये जहाँ तक हो सके, आरामदायक रथों का प्रबन्ध किया गया। कनिष्ठों में बलराम और कृष्ण के पुत्र, उनकी पत्नियाँ और यदुवंश के अनेक सदस्य थे।

उत्तरदायित्वों की बात आयी तो कृष्ण के पौत्र अनिरुद्ध, यदुवंश के सेनापति कृतवर्मा के अतिरिक्त वीर और बुद्धिमान सुचन्द, शुक और सारण जैसे कुछ लोगों को अनिरुद्ध के नेतृत्व में द्वारिका की रक्षा का भार दिया गया।

कृष्ण के पुत्र प्रद्युम्न को समन्त-पंचक में यज्ञ के समय सतर्क रहते हुए यज्ञ और वहाँ उपस्थित लोगों की देखभाल करने और उनकी रक्षा में तत्पर रहने का कार्य दिया गया।

अनिरुद्ध, प्रद्युम्न के ही बेटे थे। वे श्रीकृष्ण के समान ही आकर्षक और बहुत वीर थे, और जैसा कि प्रायः होता है, व्यक्ति को अपना पौत्र कुछ अधिक ही प्रिय होता है; वैसा ही कृष्ण के साथ भी था। अनिरुद्ध, कृष्ण को बहुत अधिक प्रिय तो था ही, उसकी क्षमताओं पर भी कृष्ण को बहुत अधिक भरोसा था।

अनिरुद्ध की पत्नी उषा महाराज बलि के पुत्र बाणासुर की पुत्री थीं। वे भी इस समारोह में जाना चाहती थीं, किन्तु पति के वहाँ न जाने के कारण कुछ निराश थीं। उन्होंने अपने पति अनिरुद्ध से अपनी इच्छा बतायी तो अनिरुद्ध ने कहा कि वे पितामह कृष्ण से बात करने के बाद ही

कोई उत्तर दे सकेंगे। समय पाकर अनिरुद्ध ने कृष्ण से कहा,

“एक निवेदन करना था।”

“हाँ, कहो।”

“मैं तो द्वारिका की रक्षा के लिये यहाँ रहूँगा, किन्तु उषा की इस आयोजन में भाग लेने की तीव्र इच्छा है।”

कृष्ण हँसे, बोले,

“हाँ, क्यों नहीं, इसमें किसी को क्या आपत्ति हो सकती है।”

‘जी।’ कहकर अनिरुद्ध तो उषा को यह बताने चले गये, किन्तु उषा की बात आयी तो कृष्ण को उसके पिता बाणासुर और अपने मध्य हुए संग्राम का स्मरण हो आया, और इस पर कृष्ण एक बार फिर मन ही मन हँसे।

वे देख रहे थे कि जबसे उन्होंने इस देह को छोड़ने की बात सोची थी, छोटी-छोटी बातों से भी उनका मन उनसे जुड़ी स्मृतियों की ओर चला जाता था। ‘कुछ स्मृतियाँ और।’ उन्होंने मुस्कराते हुए सोचा।

* * *

महाराज बलि बहुत प्रतापी और दानवीर थे। उनका पुत्र बाणासुर बहुत अधिक बलशाली था; कहते हैं उसमें इतनी अधिक शक्ति थी कि वह अपने हाथों से प्रहार करके पत्थरों को तोड़ देता था। उषा उसी की पुत्री थीं। वह बहुत अधिक सौन्दर्य-शालिनी थी। पिता के एक मन्त्री की पुत्री चित्रलेखा, उसकी बहुत ही प्रिय सखी थी।

एक बार अनिरुद्ध किसी शिकार का पीछा करते हुए, मार्ग भटककर बाणासुर के राज्य शोणितपुर के पास तक जा पहुँचा। थकान की अधिकता से वह अपने रथ को एक पेड़ की छाया में लगाकर स्वयं

उसमें लेटकर विश्राम करने लगा और कुछ देर में ही सो गया।

चित्रलेखा बहुत बुद्धिमान और चंचल थी। वह उषा को साथ लेकर कभी-कभी महल से दूर घूमने निकल जाती थी। उस दिन वे दोनों ऐसे ही निकली हुई थीं और कुतूहलवश चलते-चलते काफी दूर और जंगल जैसे स्थान पर जा पहुँचीं।

सौभाग्यवश अनिरुद्ध का रथ वहीं खड़ा हुआ था। उषा, सोते हुए अनिरुद्ध को देखकर मुग्ध हो गयीं और खड़े होकर उसे निहारने लगीं। चित्रलेखा ने उषा को एकटक अनिरुद्ध की ओर देखते हुए पाया तो वह मुस्करायी। दोनों ने श्री कृष्ण के बारे में सुन रखा था।

अनिरुद्ध, रंग और देहयष्टि से अपने दादा श्रीकृष्ण पर ही गया था, इससे चित्रलेखा को लगा कि संभवतः वह श्रीकृष्ण के परिवार से ही कोई है।

तभी अनिरुद्ध जाग उठा। उसे उठकर बैठते देख वे दोनों कुछ घबरायीं और वापस जाने के लिये मुड़ीं। अनिरुद्ध ने उन्हें देख लिया था। उसने आवाज देकर पूछा,

"कौन हैं आप ?"

वे रुकीं। उत्तर चित्रलेखा ने दिया। उसने उषा की ओर इंगित कर कहा,

"ये महाराज बाणासुर की पुत्री हैं।

"और मैं द्वारिकाधीश श्रीकृष्ण का पौत्र हूँ, अनिरुद्ध।"

'मैं ठीक ही थी। चित्रलेखा ने स्वयं से कहा। उषा पहली बार महल से इतनी दूर आयी थी, और आते ही इस विचित्र स्थिति में फँस गयी थी, अतः वह कुछ विशेष ही घबरायी हुई थी। उसने चित्रलेखा का हाथ थामा और बोली,

"चल, हमें और विलम्ब नहीं करना चाहिये।"

“हाँ, चलो,” कहकर चित्रलेखा उसके साथ वापस हो ली। थोड़ा चलकर उन्होंने पीछे मुड़कर देखा। अनिरुद्ध उनकी ओर ही देख रहा था। उन्होंने अपना सिर वापस घुमा लिया। चाल कुछ तेज हो गयी।

‘वे अभी भी इस ओर ही देख रहे हैं। उषा ने सोचा। उषा को अपने ऊपर अनिरुद्ध की दृष्टि की अनुभूति होने लगी। उसकी गति और तीव्र हो गयी और साँसें भी। चित्रलेखा को उषा की मनःस्थिति का अनुमान हो गया।

“घबरा मत, वे श्रीकृष्ण के पौत्र हैं।

‘तो ?’ उषा ने कहा।

“हमें उनसे किसी अनिष्ट की आशंका नहीं है।”

वापस आने के बाद भी उषा के मन से अनिरुद्ध गये नहीं। वह उनके स्वप्न देखने लगी थी। चित्रलेखा से उसकी यह स्थिति छिपी नहीं रह सकी। उसने एक दिन उषा से पूछ ही लिया,

“फिर मिलना चाहती है उससे ?”

उषा, अचानक चित्रलेखा की इस बात पर अचकचा गयी।

‘किससे?’ उसने पूछा।

“अरे उसी से।” चित्रलेखा ने नेत्र तिरछे कर कहा।

“उसी कौन ?”

“बन मत उषा; श्रीकृष्ण के पौत्र अनिरुद्ध को छोड़कर कौन हो सकता है वह।”

उषा शर्म से भर उठी। कुछ अटककर उसने कहा।

“कैसे सम्भव होगा यह?”

“वह तू मुझ पर छोड़ दे।”

इसके उत्तर में उषा कुछ बोली नहीं, बस नेत्र नीचे करके हाथ की

उँगली पर अपना वस्त्र लपेटने लगी। चित्रलेखा ने यह देखा तो वह बोली,

"ठीक है, मैं समझ गयी।"

उसने अपने पिता के अनुचर को कुछ धनराशि देकर चुपके से अनिरुद्ध के पास भेजा। बोली, उनसे कहना, 'महल में कोई उनसे मिलना चाहता है, गुप्त रूप से आयें।'

द्वारिका पहुँचकर जब उस दूत ने अनिरुद्ध को यह सन्देश दिया तो अनिरुद्ध सब समझ गये। सच तो यह है कि वे भी उषा को भूले नहीं थे। वे गुप्तरूप से शोणितपुर गये। चित्रलेखा का दूत उन्हें पूर्व निर्धारित स्थान पर ही मिल गया। उसने चुपके से अनिरुद्ध को चित्रलेखा तक, और चित्रलेखा ने उसी तरह अनिरुद्ध को उषा के कक्ष तक पहुँचा दिया।

अनिरुद्ध एक बार शोणितपुर गये तो फिर बार-बार जाने लगे। कोई युवक उनकी पुत्री से छिपकर मिलने आता है, यह बात बाणासुर से अधिक दिनों तक छिपी न रही सकी।

इस समाचार ने बाणासुर को बहुत अधिक आहत किया। अगली बार जब उसे अनिरुद्ध के आने की भनक मिली, तो वह कुछ सैनिकों को साथ लेकर उषा के कक्ष की ओर उसे बन्दी बनाने के उद्देश्य से गया।

कक्ष के द्वार तक पहुँचकर बाणासुर रुक गया। कान लगाकर अन्दर की हलचल का अनुमान लगाने का प्रयास करने लगा। कुछ फुसफुसाने जैसी ध्वनियाँ जब उसे सुनाई पड़ीं तो उसने कक्ष के द्वार को लात से जोर से ठोकर मारी। द्वार अन्दर से बन्द था, खुला नहीं। बाणासुर ने लगभग चीखकर कहा,

"कौन है अन्दर, बाहर निकल।"

उसकी इस आवाज से फुसफुसाहटों की ध्वनियाँ एकदम बन्द हो गयीं। कुछ देर बाद सहमी सी उषा ने द्वार खोला। द्वार खुलते ही बाणासुर अपने साथियों के साथ भीतर घुसा और ललकार कर बोला,

"कहाँ छिपा है कायर, सामने आ।"

अनिरुद्ध ने देखा हथियार लिये, बाणासुर और उसके साथी उसे मारने के लिये तत्पर हो रहे हैं। वह निहत्था था, अतः उसने कक्ष में दृष्टि घुमायी तो कुछ भी ऐसा नहीं दिखा, जिससे वह उनका मुकाबला कर सके, किन्तु अचानक उसकी दृष्टि पास ही में कक्ष की एक खिड़की पर पड़ी। उसमें लोहे की छड़ें लगी हुई थीं। अनिरुद्ध ने दोनों हाथों से एक छड़ पकड़ी, और झटके से उखाड़ ली, फिर उसी को हाथ में लेकर वह उनसे जूझ गया।

बहुत देर तक वह अकेले ही उसी छड़ से उन पर वार भी करता रहा और स्वयं को बचाता भी रहा, किन्तु अचानक वह कक्ष में रखे किसी सामान से टकराकर गिर पड़ा। उसके गिरते ही बाणासुर अपने साथियों पर चिल्लाया,

"मारना मत, इसे कैद कर लो; मैं इसे आसान मृत्यु नहीं दूँगा।"

अनिरुद्ध कैद हो गया, तो यह समाचार द्वारिका तक भी पहुँच गया। श्रीकृष्ण और बलराम ने अनिरुद्ध को छुड़ाने के लिये एक बड़ी सेना लेकर शोणितपुर पर आक्रमण कर दिया।

बाणासुर की सेना का नेतृत्व उसका सेनापति कुम्भाण्ड कर रहा था, और द्वारिका की सेना का नेतृत्व स्वयं बलराम कर रहे थे। बाणासुर स्वयं शस्त्र लेकर श्रीकृष्ण से युद्ध करने लगा। भीषण युद्ध हुआ। बाणासुर की सेना हताहत हुई और हारकर भागने लगी। स्वयं बाणासुर भी कृष्ण के सम्मुख टिक नहीं पा रहा था।

कृष्ण इस युद्ध में सम्भवतः उसका वध ही कर देते, किन्तु तभी कोटरा नामक एक स्त्री, जो बाणासुर को बहुत मानती थी, दौड़ती हुई आयी और कृष्ण और बाणासुर के मध्य में खड़ी हो गयी।

स्त्री को सामने देखकर कृष्ण कुछ अचम्भित हुए, और उन्होंने बाणासुर पर प्रहार करना रोक दिया। बाणासुर, जिसे अपनी मृत्यु निकट ही लग रही थी, कृष्ण के द्वारा प्रहार करना रोकते ही उनके चरणों पर गिर पड़ा।

इतने से ही कृष्ण ने उसे अपनी शरण में ले लिया। युद्ध रोक दिया गया। इसके बाद धूमधाम से उषा और अनिरुद्ध का विवाह हुआ और कृष्ण और बलराम, दूल्हा, दुल्हन और सेना लेकर वापस द्वारिका आ गये जहाँ इस अवसर पर एक विशाल उत्सव का आयोजन किया गया।

चूँकि कृष्ण स्वयं उषा को अनिरुद्ध के साथ ब्याह कर लाये थे सम्भवतः इसी कारण उषा को उनका विशेष स्नेह प्राप्त था, और उन्होंने उषा को सहज ही इस महान यज्ञ में सम्मिलित होने की अनुमति दे दी थी।

* * *

यज्ञ की इन तैयारियों के मध्य ही कृष्ण को अपने पुत्र साम्ब का ध्यान आया। साम्ब, श्री कृष्ण का जाम्बवन्ती से उत्पन्न पुत्र था। जाम्बवन्ती, नगरों से दूर जंगलों और गुफाओं में रहले वाले जाम्बवन्त की पुत्री थी। साम्ब का बचपन वहीं बीता था, इस कारण वह कुछ उद्‌दण्ड स्वभाव का हो गया था।

दुर्योधन की पुत्री लक्ष्मणा का स्वयंवर था। साम्ब ने लक्ष्मणा के बारे में सुन रखा था, और वह उससे विवाह करने का इच्छुक था। इस कारण वह भी इस स्वयंवर में पहुँच गया। लक्ष्मणा जब वरमाला लेकर स्वयंवर में आयी तो साम्ब ने उसे प्रभावित नहीं किया और वह उसके सामने से वरमाला लेकर आगे बढ़ने लगी। साम्ब ने बलपूर्वक उसे रोका और उसे उठा ले जाने का प्रयास किया।

उसके इस कार्य से वहाँ कोलाहल मच गया, और दुर्योधन के निर्देश पर स्वयं दुर्योधन सहित कर्ण, शल, भूरिश्रवा, यज्ञकेतु और स्वयं पितामह भीष्म ने उसे घेर लिया। साम्ब बहुत वीरता से उन सभी से मोर्चा लेता रहा किन्तु, जब उसके रथ के घोड़ों को मार दिया गया और उसके धनुष की डोरी टूट गयी, तब वह विवश हो गया और बन्दी बना लिया गया।

यह समाचार द्वारिका पहुँचा तो कृष्ण, साम्ब के इस कार्य से बहुत ही खिन्न हुए। उन्हें साम्ब द्वारा लक्ष्मणा को उसके स्वयंवर से उसकी इच्छा के विरुद्ध बलपूर्वक उठाने का प्रयास बहुत ही अनुचित लगा, अतः वे स्वयं उसे कौरवों की कैद से छुड़ाने नहीं गये, और खिन्न मन से बलराम से इसके लिये अनुरोध किया।

बलराम ने दुर्योधन को गदा युद्ध सिखलाया था, इस कारण सभी को आशा थी कि दुर्योधन उनका कुछ लिहाज करेगा; किन्तु वहाँ पहुँचने पर सभी कौरवों ने उनका विरोध किया और बहुत तीखी बातें भी सुनायीं।

उन्हें समझाने के सारे प्रयास व्यर्थ होने के बाद बलराम ने कौरवों को युद्ध की चुनौती दी, और अकेले ही युद्ध करते हुए उन्हें इतना पीड़ित किया कि कौरवों को मृत्यु सामने दिखाई पड़ने लगी। उसके बाद समझौता हुआ, और दुर्योधन ने विधि-विधानपूर्वक लक्ष्मणा का विवाह साम्ब से कर उसे विदा किया।

न ही साम्ब और न ही लक्ष्मणा को पूजा पाठ या धार्मिक अनुष्ठानों में कोई रुचि थी, अतः दोनों में से किसी ने भी समन्त-पंचक जाने में कोई रुचि नहीं दिखाई, किन्तु उनके स्वभाव के कारण कृष्ण उन्हें अपने पीछे द्वारिका में नहीं छोड़ना चाहते थे। उनके पीछे साम्ब किसी विवाद का कारण बन सकता था, अतः उन्होंने साम्ब को बुलाकर कहा,

"साम्ब, मार्ग में यात्रियों की सुख-सुविधाओं का ध्यान रखने के लिये तुम और लक्ष्मणा हमारे साथ ही चलोगे।

"जी पिताश्री।" साम्ब ने कहा।

कृष्ण, स्मृतियों से बारह आ चुके थे। वे यज्ञ की तैयारियों में पुनः व्यस्त हो गये।

13
प्रयाण से पूर्व-2

समन्त-पंचक में यज्ञ के आयोजन को विधिवत सम्पन्न कराने एवं वहाँ आये हुए लोगों की सुरक्षा व्यवस्था के निर्वहन हेतु प्रद्युम्न अपने कुछ विश्वासपात्र सैनिकों की एक टुकड़ी के साथ सूर्य-ग्रहण की तिथि के बहुत पूर्व ही रवाना हो गये।

उनके पहुँचने के दो एक दिनों के बाद ही बलराम भी व्यवस्था में प्रद्युम्न का सहयोग करने हेतु कुछ साथियों के साथ समन्त-पंचक पहुँच गये।

परिवार, गुरुजनों एवं अन्य यदुवंशियों के साथ कृष्ण जब वहाँ पहुँचे, तब सूर्य-ग्रहण में एक ही दिन शेष था, और अतिथियों का आगमन प्रारम्भ हो चुका था।

पाँचों पाण्डव अपनी-अपनी पत्नियों और पुत्रों के साथ आने वालों में प्रथम थे। उनके साथ सुभद्रा भी थीं। वे बहुत दिनों के बाद अपने मायके वालों से मिल रही थीं। सुभद्रा बड़ी ललक के साथ अपने

माता-पिता रोहिणी और वसुदेव से मिलीं। जब वे कृष्ण से मिलीं तो कृष्ण ने हँसकर उनके सिर पर हाथ फिराते हुए पूछा,

"कैसी है ?"

"जिसके सिर पर आपका हाथ हो भइया, वह सुखी ही होगा, बहुत सुखी हूँ मैं।"

कृष्ण को स्मरण हो आया। सुभद्रा, बलराम और कृष्ण दोनों की बहुत लाडली छोटी बहन थी। बलराम तो युद्धकला के शिक्षक ही थे। सुभद्रा उनसे सीखकर अस्त्र-शस्त्र चलाने और रथ-संचालन में भी निपुण हो गयी थीं।

सुभद्रा के विवाह योग्य होने पर सरल चित्त बलराम, उनका विवाह दुर्योधन से करना चाहते थे, क्योंकि दुर्योधन वीर भी था और हस्तिनापुर की गद्दी का उत्तराधिकारी भी; किन्तु कृष्ण, दुर्योधन के दुर्गुणों से भली-भाँति परिचित थे, और सुभद्रा जैसी लड़की, जो उनकी बहन भी थी, उसके लिये दुर्योधन उन्हें बहुत कुपात्र लगा... इसके अतिरिक्त कृष्ण की दूरदृष्टि उन्हें बता रही थी कि दुर्योधन का भविष्य अच्छा नहीं है, और हस्तिनापुर का सिंहासन भी पाण्डवों के हाथ ही आने वाला है।

राजपुरुषों में बहुविवाह प्रचलित था, और अर्जुन, कृष्ण को सुभद्रा के लिये उपयुक्त वर लगे, अतः उन्होंने बहाने से अर्जुन को द्वारिका बुलाया। अर्जुन आये। सुभद्रा ने अर्जुन के बारे में पहले से ही सुन रखा था।

अब अर्जुन के गौरवशाली व्यक्तित्व को देखकर सुभद्रा उन पर मुग्ध हो गयीं। कृष्ण ने रुक्मिणी के माध्यम से अर्जुन के बारे में सुभद्रा का विचार जानना चाहा। रुक्मिणी ने जब सुभद्रा से अर्जुन के सम्बन्ध में पूछा, तो उसने सिर झुकाकर सलज्ज भाव से कहा,

"मैं क्या बताऊँ, आप लोग जो करेंगे वह उचित ही होगा।"

कृष्ण ने अर्जुन का विचार जाना। उन्हें पता था कि बलराम इस

विवाह को स्वीकार नहीं करेंगे, अतः उस समय क्षत्रियों में प्रचलित प्रथा के अनुसार उन्होंने अर्जुन को सुभद्रा के अपहरण की सलाह दी।

एक दिन प्रातःकाल, जब सुभद्रा मन्दिर के मार्ग में थीं, अर्जुन रथ लेकर वहाँ पहुँच गये। सुभद्रा को खींचकर रथ में बिठाया और तेजी से हस्तिनापुर की ओर रथ को दौड़ा दिया। सुभद्रा के अपहरण की बात ज्ञात होते ही यदुवंशियों की सेना ने उन्हें घेर लिया।

अर्जुन पर तीरों की वर्षा होने लगी। अर्जुन मानो इसकी प्रतीक्षा ही कर रहे थे। घोड़ों की रास उन्होंने पैरों में दबा ली, और अपना धनुष-बाण लेकर यदुवंशियों की सेना का प्रत्युत्तर देने लगे। किन्तु पैरों से रथ संचालन में उन्हें बहुत कठिनाई हो रही थी, यह देखकर सुभद्रा ने स्वयं रथ की कमान सँभाल ली।

स्वयं सुभद्रा को रथ-संचालन करते देख यदुवंशी चकित हुए। उनके तीर सुभद्रा को भी लग सकते थे, अतः इस असमंजस में वे कुछ पलों के लिये रुके, और इसी बीच सुभद्रा अत्यन्त तीव्र गति से रथ को उनके बीच से निकाल ले गयी।

बलराम बहुत क्रोधित थे। वे अर्जुन का पीछा करना चाहते थे। कृष्ण ने उन्हें रोका।

"भैया, क्या करने जा रहे हैं? अर्जुन सुभद्रा के लिये बहुत उपयुक्त वर है।"

"उसने हमें चुनौती दी हैं। हमारी बहन का अपहरण किया है कृष्ण।"

"इसे चुनौती मत समझें भैया। क्षत्रियों में इस तरह के विवाह प्रचलित है।

"होंगे, किन्तु मैं इस तरह के विवाह को उचित नहीं समझता।"

कृष्ण क्या कहते? वे स्वयं भी रुक्मिणी का हरण करके ही लाये थे। दोनों ही विवाहों में बहुत अधिक साम्य था। अब उन्होंने इस अपहरण के

दूसरे पक्ष की ओर बलराम का ध्यान खींचा।

"रथ, सुभद्रा स्वयं चला रही थी।"

'तो?'

"यदि वह अर्जुन के प्रति आकर्षित नहीं होती तो ऐसा कदाचित नहीं करती, अपने अपहरण पर मौन नहीं रहती; वह रथ को वापस द्वारिका की ओर भी मोड़ सकती थी।"

'हूँ...।' बलराम ने बहुत गम्भीर स्वर में कहा।

"अब अर्जुन का अहित, सुभद्रा का अहित होगा।" कृष्ण ने कहा।

बलराम ने अपने बायें हाथ की हथेली पर दायें हाथ का मुक्का मारा और फिर एक लम्बी सी 'हूँ' की। उनका चेहरा सख्त हो गया था, और क्रोध उनके चेहरे पर झलक आया था।

कृष्ण ने किसी तरह समझा बुझाकर बलराम का क्रोध शान्त किया। आज सुभद्रा को सुखी देखकर उन्हें बहुत सन्तोष हुआ।

* * *

वृन्दावन से यशोदा, नन्द, राधा, व उनके माता-पिता, कीर्तिदा और वृषभानु के साथ ही आने का समाचार आ चुका था, और वे किसी भी समय वहाँ पहुँचने वाले थे। कृष्ण, व्यग्रता से उनकी प्रतीक्षा करने लगे। एक बहुत लम्बे अन्तराल के बाद उनसे भेंट होने जा रही थी। 'पता नहीं कितना परिवर्तन आ चुका होगा उन लोगों में' यह बात बार-बार उनके मन में आ रही थी।

फिर सहसा उनके मन में आया कि स्वयं उनमें भी तो अब तक कितना परिवर्तन आ चुका है। वे वृन्दावन से चले थे, तब मात्र ग्यारह वर्ष के बालक थे। गुरुकुल जाना, छुट्टी मिलने पर गायों के साथ वन को

जाना, बाँसुरी बजाना और खेलकूद, शैतानियाँ... बस यही तो जीवन था।

अब उन्हें उस बालक के स्थान पर पुत्र, पौत्रों वाले एक प्रौढ़ व्यक्ति के रुप में देखकर उन लोगों को भी पता नहीं कैसा लगेगा, और राधा ? कितनी मानिनी थीं वह। वे अब भी वैसी ही होंगी या बदल गयी होंगी?

कृष्ण के मन में इस तरह के पता नहीं कितने प्रश्न उठ गिर रहे थे। तभी उन्हें यशोदा, नन्द, कीर्तिदा, वृषभानु और राधा के पहुँचने की सूचना मिली। कृष्ण, नंगे पैरों ही उनके स्वागत के लिये तीव्रता से आगे बढ़े। रुक्मिणी पास ही थीं, वे भी तत्परता से साथ हो लीं।

दो रथ आये हुए थे। एक में यशोदा, नन्द और राधा थे, और दूसरे में कीर्तिदा और वृषभानु। कृष्ण का अनुमान था कि राधा अपने माता-पिता के रथ में ही होंगी, किन्तु उन्हें नन्द और यशोदा के रथ में देखकर उन्हें और रुक्मिणी को कुछ आश्चर्य हुआ।

'यह बस यूँ ही सुविधा हेतु है, या राधा इस तरह से यशोदा और नन्द के साथ बैठकर कोई सन्देश दे रही हैं?' कृष्ण ने सोचा और फिर कुछ संकोच के साथ रुक्मिणी की ओर देखा। उनके अधर तिरछे थे, और उन पर थोड़ी सी मुस्कान थी। कृष्ण को यह मुस्कान कुछ अर्थपूर्ण लगी। 'पता नहीं क्या अर्थ है, इस तिरछी मुस्कान का?' कृष्ण ने सोचा।

तब तक नन्द और यशोदा रथ से उतर चुके थे। कृष्ण को उनके मुख पर उम्र की रेखायें दिखाई दीं। कृष्ण से पहले रुक्मिणी ने 'मैं रुक्मिणी।' कहते हुए यशोदा और नन्द के चरण स्पर्श कर उन्हें प्रणाम किया। कृष्ण, जब यशोदा और नन्द के चरणस्पर्श कर सीधे हुए तो यशोदा ने 'मेरा लाल' कहते हुए उन्हें सीने से लगा लिया। कृष्ण ने देखा उनके नेत्रों में अश्रु थे।

"आपकी आँखों में अश्रु ? क्या हुआ माँ ?" कृष्ण ने पूछा।

"कुछ नहीं, खुशी के अश्रु हैं ये," उन्होंने कृष्ण की पीठ पर हाथ फिराते हुए कहा।

'मेरे बचपन को इसी गोद में आश्रय मिला था।' कृष्ण ने सोचा और कुछ पलों के लिये यशोदा के कन्धे पर सिर टिका दिया।

इसके बाद रुक्मिणी और कृष्ण ने कीर्तिदा और वृषभानु के भी चरण स्पर्श कर उन्हें प्रणाम किया, फिर रुक्मिणी ने राधा की ओर देखकर कहा,

''मैं रुक्मिणी।''

''मैं समझ गयी थी।'' राधा ने कहा, और रुक्मिणी को गले से लगा लिया। कृष्ण चुपचाप उन्हें देखते रहे। इस बीच राधा से नेत्र मिले तो राधा ने कुछ पल उन्हें देखा फिर अपनी पलकें झुकाकर ऐसे नेत्र बन्द किये, मानों कृष्ण की छवि को अपने नेत्रों में कैद कर लेना चाहती हों। कृष्ण ने देखा राधा की अलकों और पलकों के मध्य आँसू की बूँदें फँसी हुई थीं।

रुक्मिणी और कृष्ण, सभी को सादर अन्दर ले गये।

* * *

रात्रि बीती और पूर्ण सूर्य ग्रहण का दिन आ गया। बहुत सी यज्ञशालायें सजी हुई थीं। पूरे समन्त-पंचक में हलचलें बहुत बढ़ गयी थीं। लोगों का उत्साह अपने चरम पर था। सभी को यज्ञ में अपनी भागीदारी की प्रतीक्षा थी। यज्ञ सम्पन्न कराने वाले ऋषि और सन्त, यज्ञ की वेदिकाओं के पास आकर अपना स्थान ग्रहण कर रहे थे। प्रथम चरण में वरिष्ठों को वरीयता दी गयी। माता देवकी, वसुदेव, रोहिणी, यशोदा, नन्द, कीर्तिदा, वृषभानु और अक्रूर जी अपना स्थान ग्रहण कर चुके थे।

शीघ्र ही यज्ञ प्रारम्भ हो गया। वातावरण, मन्त्रों की ध्वनियों और यज्ञ में डाली जाने वाली पवित्र सामग्री के हवन की सुगन्ध से भर उठा। पवित्रता की अनुभूतियों से भरा हुआ अद्भुत और नयनाभिराम दृश्य

था। उस दृश्य के वर्णन की सामर्थ्य किसी की भी वाणी या कलम में न थी, न है।

अधिकतर लोगों का व्रत था, फिर भी जलपान और भोजन की समुचित व्यवस्था थी। लोगों की भीड़ लगातार बढ़ती जा रही थी। वरिष्ठ लोगों के यज्ञ-सम्पादन के बाद रुक्मिणी, कृष्ण, बलराम, उनकी पत्नी रेवती आदि द्वितीय पंक्ति के लोगों ने यज्ञ सम्पन्न किया, और इसके बाद कृष्ण और बलराम पुनः उठे और लोगों से मिलने-जुलने व व्यवस्था देखने लगे।

इस सारे कार्यक्रम के मध्य, कृष्ण की दृष्टि बराबर किसी को ढूँढ़ रही थी। रुक्मिणी ने यह दृष्टि और कृष्ण के मन की बेचैनी पढ़ ली। वे उन्हें अपने साथ वृन्दावन से आई स्त्रियों के एक झुण्ड की ओर ले गईं। ललिता, विशाखा, चित्रा, चम्पकलता, सुदेवी, तुंगविद्या, इन्दुलेखा और रंगदेवी आदि अपनी सखियों से घिरी हुई राधा किसी चर्चा में लीन थीं। रुक्मिणी से उनका ध्यान रखने की बात कहकर कृष्ण, अन्य लोगों से मिलने लगे। रुक्मिणी, उन लोगों के मध्य गईं तो सभी सखियाँ उनके सम्मान में खड़ी हो गईं।

रुक्मिणी, राधा का हाथ पकड़कर उन्हीं के साथ बैठ गईं, और थोड़ी ही देर में उनके मध्य ऐसे रम गईं मानों वर्षों से परिचित हों। उत्सव जैसा वातावरण था, किन्तु कृष्ण का मन कहीं और था। वे भीड़ से थोड़ा सा अलग हुए, और राधा की यादों ने पुनः घेर लिया। उन्हें राधा के जन्म का प्रसंग स्मरण हो आया।

* * *

वृषभानु किसी कार्यवश गोकुल गये हुए थे। लौटते समय उन्हें कुछ थकान लगी, और भाग्यवश पास ही एक सुन्दर तालाब दिखाई दे गया। उसमें बहुत से कमल भी दिखाई दे रहे थे। वृषभानु उसके पास पहुँचे।

शीतल जल से अपने हाथ, पैर, मुँह इत्यादि धोये, तो कुछ ताजगी सी लगी। श्रम की थकान कुछ और कम करने के लिये वे वहीं उसके किनारे बैठ गये।

वहाँ बैठकर वे तालाब में खिले कमल के फूलों को निहारने लगे। कुछ देर में उन्हें कमल के उन पौधों में कुछ अस्वाभाविक सी हलचल लगी। आश्चर्य में भरे हुए वृषभानु, उत्सुकतावश उठकर उन पौधों के पास गये।

उनके आश्चर्य का ठिकाना नहीं रहा, जब उन्होंने उन पौधों के पास एक नवजात बालिका को पड़े देखा। वृषभानु ने लपककर उसे गोद में उठाया, और आसपास इस आशय से देखने लगे कि सम्भव है इसका कोई अपना यहाँ हो; किन्तु बहुत ढूँढ़ने, आवाजें लगाने और काफी प्रतीक्षा के बाद भी जब कोई नहीं मिला, तो इतनी छोटी बच्ची को छोड़कर जाना उन्हें उचित नहीं लगा।

वे उसे वृन्दावन अपने घर ले आये और अपनी पत्नी कीर्तिदा की गोद में उसे डालकर बोले-

"लो, साक्षात् भगवती हमारे घर आई हैं।"

कीर्तिदा ने प्यार से बच्ची को गोद में लिया, फिर उसका मुख निहार कर बोलीं,

"रूप तो ऐसा ही है, कहाँ मिली?"

वृषभानु ने सारा वृत्तान्त बताया, तो उन्होंने बच्ची को सीने से चिपटा लिया, बोलीं,

"यह साक्षात् देवी भगवती ही हैं; हमारी आराध्या भी आराधना भी; हम धन्य हुए।"

"तुम ठीक कह रही हो कीर्तिदा; यह हमारी आराध्या का ही मूर्तिमान स्वरूप हैं... हम इन्हें राधा कहें?"

"राधा? नाम तो अच्छा है, पर इसका अर्थ क्या हुआ ?"

हम इसे आराध्य कहते, किन्तु वह कुछ बड़ा है; मैंने इसे छोटा और कुछ सुमधुर कर दिया है।''

'सच।'

''और एक बात और भी है इस नाम में।''

'क्या ?'

''चाँदनी को राका भी कहते हैं; तो राका से 'रा- लिया और 'धारा' से 'धारा'; राधा अर्थात चाँदनी की धारा। अब सोचो जरा, चाँदनी की धारा' कितनी उजली, शान्त, शीतल, सुन्दर और सुखकर होगी। हमारे लिये यह बालिका वैसी ही तो है।''

''सच, अपने बहुत सुन्दर नाम चुना है।'' कीर्तिदा ने कहा।

और फिर राधा जैसे-जैसे बड़ी होती गयीं, वैसे-वैसे वे समूचे वृन्दावन के लिये अपने माता-पिता की कल्पनाओं का मूर्त रूप होती गयीं।

* * *

कृष्ण को याद आया, यह प्रसंग उन्होंने वृन्दावन के लोगों से कई बार सुना था। उनकी दृष्टि पुनः उस ओर गई, जिधर राधा अपनी सखियों के साथ थीं। उन्होंने देखा, सहेलियों का वह झुण्ड वहाँ नहीं था। वे यज्ञशाला की ओर गये। अनुमान सही निकला, राधा वहीं थीं। सहसा दृष्टि टकरा गई। वे सकुचाये और एक ओर खड़े हो गये। राधा धीरे से उठीं और आयोजन स्थल से अकेली ही बाहर निकल गईं।

कृष्ण बँधे हुए से उनके पीछे-पीछे चल पड़े। रुक्मिणी ने देखा। आशंकित हुई, ओठों को आपस में दबाया, हल्के से मुस्कराईं, किन्तु कुछ बोलीं नहीं। राधा के आयोजन स्थल से दूर वृक्षों के कुंजों की ओर बढ़ने

लगीं। पास पहुँचकर उन्होंने देखा, उनके मध्य एक सरोवर भी है, और उसमें खिले कुछ लाल कमल भी। राधा वहाँ पहुँचकर रुक गई। कृष्ण पास आ चुके थे। राधा ने उन्हें देखा और कहा, ''अरे! तुम?''

''हाँ मैं। '' कृष्ण ने उत्तर दिया।

''सारे कार्य हो गये?'' राधा ने पूछा

''हाँ, हो गये।''

'फिर?'

''फिर क्या?''

''फिर क्या सोचा?''

''चलना है।''

राधा और कृष्ण आमने-सामने थे। राधा, कृष्ण का हाथ थामकर कहने लगीं,

''कृष्ण, एक दिन मैं भावनाओं में बहकर तुम्हें रणछोड़, पलायन करने वाला आदि पता नहीं क्या-क्या कह गई थी, तुम्हें बुरा लगा होगा।''

''ये कैसी बात है राधे? मैं तुम्हारी बात का बुरा मान सकता हूँ, ऐसा तुमने सोच भी कैसे लिया?''

''सच तो यह है कृष्ण, कि तुम्हारे कार्यों में व्यवधान न उत्पन्न हो, इस कारण मैंने स्वयं ही तुम्हें सारे कार्य समाप्त हुए बिना वृन्दावन न लौटने के लिए कहा था, और मैं स्वयं ही तुमसे न लौटने के उलाहने कर रही थी।

वृन्दावन, तुम्हारे बिना प्राणहीन लगने की सीमा तक सूना हो गया था। यह स्थिति कितनी पीड़ादायक थी, मैं बता नहीं सकती, मन बार-बार विचलित हो जाता था।''

''मैं तुम्हारी पीड़ा को समझ सकता हूँ राधे, किन्तु यह केवल एक

पक्षीय नहीं थी।"

"मैं जानती हूँ।", राधा ने कहा, फिर जोड़ा,

"कृष्ण, मुरली तुम्हारी चिरसंगिनी थी; इसने वृन्दावन में संगीत भर दिया था, इसकी गूँज बन्द होने से वहाँ के वातावरण में कितनी निस्तब्धता भर गई थी। मुरली तुम्हारी पर्याय बन चुकी थी माधव। इस संसार में जो कुछ भी सुन्दर है, संगीतमय है, वह तुम्हारी मुरली की धुन से ही उपजा है; तुम्हारी मुरली जीवन को जीने लायक बनाती है। उस दिन मैंने तुम्हारी मुरली भी ले ली थी। हृदय, मस्तिष्क पर हावी था; भावनाओं के ज्वार में मैं सँभल नहीं सकी।"

"इसकी आवश्यकता भी नहीं थी राधे; जो व्यक्ति कभी भी भावनाओं में न बहे, उसमें और यंत्रों में क्या अन्तर हुआ? फिर मुरली के स्वरों में तुम्हारी ही आवाज तो है... तुम, स्वयं में और मुझमें अन्तर क्यों कर रही हो?"

"नहीं कृष्ण, अन्तर हो ही नहीं सकता।" कहकर राधा ने कृष्ण की उँगलियाँ अपनी हथेलियों में दबा लीं, कहने लगीं,

"ये उँगलियाँ कितनी अच्छी मुरली बजाती रही हैं; कृष्ण, मैं तुम्हारी मुरली अपने साथ ले जाऊँ? मुझे अच्छा लगेगा।"

"वह तुम्हारी ही है राधे।" कह कर कृष्ण ने उनके नेत्रों में देखा, फिर बोले,-"मैं भी शीघ्र ही आ रहा हूँ।"

"कृष्ण, आओ, इस सरोवर के किनारे हम कुछ देर बैठें।" राधा ने कहा फिर बोलीं, -"पहली बार जब मैंने तुम्हारी मुरली सुनी थी, तब मुझे विश्वास ही नहीं हुआ था कि कोई इतनी अच्छी मुरली भी बजा सकता है; इसके स्वरों में मैं पता नहीं कहाँ खो जाती हूँ।"

'राधे!' कृष्ण ने कहा

राधा हल्के से हँसी, पर उस हँसी में दर्द था, कहने लगी-"कृष्ण, जाते-जाते मैं तुम्हारी मुरली एक बार और सुनना चाहती हूँ।"

“ठीक है राधे, आओ।” कहकर कृष्ण, राधा के साथ जाकर सरोवर के किनारे बैठ गये। राधा ने उन्हें मुरली दी। कृष्ण ने मुरली होठों पर रखी और वह बज उठी। संगीत गूँजा, किन्तु उस स्वर में खुशी नहीं थी, दर्द था।

उन्हें याद आया, अभी कुछ देर पहले ही उन्होंने कहा था कि मुरली के स्वरों में राधा की आवाज होती है। अवश्य यह उन्हीं के दर्द को स्वर दे रही है। कृष्ण, मुरली बजाते रहे, राधा चुपचाप सुनती रहीं। कुछ देर बाद राधा ने टोका,

‘कृष्ण!’

कृष्ण ने मुरली बजाना छोड़कर उनकी ओर देखा। आवाज में हल्का सा कम्पन और नेत्रों में गीलापन था। राधा ने फिर कहा,

“कृष्ण, मैं चलती हूँ; जब तक हो रुक्मिणी का ध्यान रखना; वह बहुत अच्छी और बुद्धिमान है; तुम्हारा सौभाग्य है, तुम्हें ऐसी भार्या मिली।”

“मैं जानता हूँ राधे।”

कुछ देर बाद राधा बोलीं–“अच्छा, अब तुम जाओ कृष्ण; समारोह स्थल पर लोग तुम्हारी राह देख रहे होंगे।”

“मुझे विदा करना चाहती हो?”

“नहीं, किन्तु सारा जीवन कर्तव्यों के आगे हम आपसी मोह से लड़ते रहे हैं, अब अन्तिम क्षणों में उसमें उलझना ठीक नहीं है। शरीरों के लिए हम कभी मिले नहीं, आत्मायें कभी अलग हुईं नहीं... तुम जाओ और मुझे भी चलने दो अब।”

कहकर राधा ने कृष्ण के जिस हाथ में मुरली थी, उसे पकड़ा और धीरे से उनकी उँगलियों से मुरली अपने हाथ में लेकर बैठ गईं।

“हाँ राधे, अन्तिम क्षणों में यह मोह हमें व्यथित कर रहा है।” कृष्ण ने कहा।

"फिर मैं चलूँ?"

'राधे..."

कहकर कृष्ण चुप हो गये, कुछ और नहीं बोल सके; कण्ठ रुँध रहा था।

"कृष्ण, मेरी एक बात मानोगे? राधा ने कहा।

'क्या?'

"अभी मैंने कहा था कि मैं तुम्हारी मुरली अपने साथ ले जाना चाहती हूँ।"

'हाँ।'

"पर मैं उसे अपने साथ कैसे ले जा सकती हूँ?"

'फिर?'

"किन्तु मैं तुम्हारी मुरली सुनते-सुनते जा तो सकती ही हूँ।" कहते हुए राधा ने मुरली, कृष्ण को वापस की और बोलीं,

"कृष्ण, इसे तब तक बजाते रहना, जब तक मैं चली न जाऊँ।"

"राधे, बहुत कठिन परीक्षा ले रही हो।"

"जानती हूँ यह बहुत मुश्किल है; पर कृष्ण, मेरे लिये" कहते-कहते राधा का गला रुंध गया।

कृष्ण ने उत्तर नहीं दिया, केवल भरे हुए नेत्रों और काँपते अधरों से राधा की ओर देखा।

"कृष्ण, तुम दुखी लग रहे हो; किन्तु तुम दृश्य नहीं दृष्टा हो कृष्ण।"

"हाँ, जानता हूँ।" कहते हुए कृष्ण ने सिर हिलाया, फिर कुछ पल मौन रहकर कहा,

"किन्तु इन मानवीय संवेदनाओं का क्या करूँ? जब तक मानव का तन है, तब तक ये भी तो साथ ही रहेंगी न।" और इतना कहकर उन्होंने राधा की ओर से दृष्टि हटा ली।

राधा बहुत धीरे से हँसीं। बहुत बुझी हुई सी हँसी थी यह। उन्होंने सिर झुकाकर धीरे से कृष्ण का हाथ पकड़ा, बोलीं,

"कृष्ण! मेरी ओर देखो।"

कृष्ण ने राधा की ओर देखा।

"तुम स्वयं अपने उपदेशों का स्मरण करो कृष्ण; आत्मा अमर है, और जीवन एक यात्रा भर है; मैं इस यात्रा को एक सुखद अनुभूति के साथ समाप्त करना चाहती हूँ, मेरी सहायता नहीं करोगे?"

'करूँगा।' कहकर कृष्ण ने अश्रु भरे नेत्रों के साथ बाँसुरी उठा ली, अधरों पर रखी और बजानी शुरू कर दी।

"अच्छा कृष्ण, चलती हूँ।" कहते हुए राधा आगे बढ़ीं और वृक्षों के कुंजों की ओट में हो गईं। थोड़ी देर बाद वहाँ से एक प्रकाश-पुंज उठा और आकाश में समा गया। कृष्ण समझ गये, राधा जैसे आई थीं, वैसे ही चली गयी हैं। उन्होंने बाँसुरी बजाना बन्द किया, अपने नेत्र पोंछे और विचार-मग्न मुद्रा में बहुत धीरे-धीरे चलते हुए आयोजन-स्थल पर लौट आये।

एक उजली किरण
भीनी गन्ध
पवित्र विचार जैसा...
शान्त और चुपचाप।
लो, आया भी कोई
चल दिया भी

रुक्मिणी, कृष्ण की प्रतीक्षा में थीं। उन्होंने आते हुए कृष्ण के, सोच

में डूबे हुए मन के साथ धीरे-धीरे उठते हुए कदम देखे, उनका मुख देखा; मुख पर तैरते भाव पढ़े... राधा का न लौटना देखा; बहुत कुछ समझा, किन्तु कृष्ण की पीड़ा और न बढ़ जाये, यह सोचकर कोई प्रश्न नहीं किया।

14

प्रयाण की ओर

'जरा' नामक बहेलिया, रोज जंगल में जाकर पशु-पक्षियों का शिकार करता, और उनके मांस को बेचकर अपने परिवार का जीवन यापन करता था। किन्तु पिछले दो तीन दिनों से उसका मन बहुत अशान्त था। वह समझ नहीं पा रहा था कि ऐसा उसे क्यों लग रहा था? यद्यपि इसका एक कारण तो स्पष्ट था। पिछले कुछ दिनों से उसकी पत्नी उससे यह धन्धा छोड़कर कुछ और करने के लिये कह रही थी।

निर्दोष पशु-पक्षियों को मारकर अपना पेट भरना उसे बहुत बुरा लगने लगा था। वह नहीं समझ पा रहा था कि इधर कुछ दिनों से उसकी पत्नी को ऐसा क्या हो गया था, जो वह उससे यह खानदानी पेशा छोड़ने के लिये वह रही थी। अब तो कभी-कभी उसका भी दिल करने लगा था कि यह कार्य अच्छा नहीं है; किन्तु उसे कोई दूसरा कार्य आता भी तो नहीं था।

आज जब वह पक्षियों को फँसाने का जाल और तीर कमान लेकर घर से निकल रहा था, पत्नी ने पुनः टोका,

“तुम फिर निर्दोष पशु पक्षियों को मारने जा रहे हो? मुझे अपनी रोटियाँ भी उनके रक्त से सनी सी लगती हैं; तुम कोई और कार्य क्यों नहीं शुरू कर देते?”

“तुम कहती तो ठीक हो। जब से तुमने कहना शुरू किया है, मुझे भी यह कार्य बुरा महसूस होने लगा है... निर्दोष, उछलते, कूदते पशु पक्षियों को मारना सचमुच क्रूरतापूर्ण कार्य है; किन्तु हम अपना और अपने बच्चों का पेट पालने के लिये आखिर क्या करें? मुझे और कोई कार्य आता भी तो नहीं है।”

“तुम्हारे मन में यह बात उठी है, तो हम अवश्य कुछ न कुछ और कार्य ढूँढ़ ही लेंगे। तुम जंगल से लकड़ियाँ काटकर लाया करो, मैं उन्हें बाजार में बेच आऊँगी; मुझे वस्त्र ठीक करने भी आते हैं, पड़ोसियों के वस्त्र ठीक कर भी घर की कुछ मदद कर सकती हूँ, नहीं तो हम कहीं मेहनत मजदूरी भी कर सकते हैं।”

“तुम ठीक कह रही हो; हम इस कार्य के अलावा भी जीवनयापन के लिये कुछ न कुछ रास्ता निकाल ही सकते हैं।”

“फिर रख दो न यह जाल और तीर-कमान; हम आज से ही शुरू करते हैं।”

“मैं यह जाल रख देता हूँ; इससे बहुत से पक्षी फँसते हैं, और अधिक जानें जाती हैं; ऐसा करते हैं, आज मैं केवल तीर कमान लेकर जाता हूँ... फिर किसी एक ही जानवर का शिकार करूँगा, और उसी से अपना काम चलाऊँगा।”

“नहीं, यह तीर कमान भी रख दो, आज ही से चलो कहीं मजदूरी ढूँढ़ते हैं।”

“नहीं, आज और जाने दो मुझे; एकदम अचानक मजदूरी भी हो सकता है न मिले।”

“तो चलो हम अपने राजा द्वारिकाधीश के यहाँ चलते हैं, वे हमारी

कुछ न कुछ सहायता अवश्य करेंगे; हो सकता है वे हमें कुछ कार्य ही दे दें।"

"तुम ठीक कहती हो; हम आवश्यकता पड़ने पर वहाँ भी अवश्य चलेंगे, किन्तु आज अन्तिम बार मुझे जाने दो । मैंने सोचा है, आज मैं अवश्य ही किसी हिरन का शिकार करूँगा। उसका मांस भी मँहगा बिकता है और खाल भी। हम उससे अपने आज के भोजन का प्रबन्ध भी कर लेंगे और एक अच्छी सी कुल्हाड़ी भी खरीद लेंगे। कल से हमारी दिनचर्या बदल जायेगी। जैसा तुम चाहती हो, मैं जंगल से लकड़ियाँ काटकर बाजार में बेच भी आऊँगा और तुम्हें मिल जाय तो तुम पास-पड़ोस के लोगों के वस्त्र ठीक करने का कार्य शुरू कर देना।"

"किन्तु मेरा मन कह रहा है कि तुम आज भी शिकार के लिये वन मत जाओ, पता नहीं किस निर्दोष पर तुम्हारा तीर चल जाये... हम बाजार की ओर चलें तो कुछ न कुछ काम ढूँढ़ ही लेंगे।"

"नहीं, केवल आज मुझे जाने दो; कल से तुम जैसा चाहती हो वैसा ही करूँगा, आज पता नहीं क्या चीज मुझे जंगल की ओर खींच रही है? ऐसा लगता है जैसे कोई अधूरा कार्य पड़ा है, जो मुझे पूरा करना है, या जैसे मुझे किसी से कोई पुराना हिसाब चुकाना है; बस केवल आज मुझे मत रोको। ऐसा लगता है जैसे कोई जबरन ले जा रहा है, मैं रुक नहीं पाऊँगा।"

"ठीक है, मैं कोई जबरदस्ती भी तो नहीं कर सकती; किन्तु मुझे तुम्हारा आज का जाना बहुत अमंगलकारी लग रहा है।"

"मैं बहेलिया हूँ, मेरे लिये क्या मंगल क्या अमंगल? तुम चिन्ता मत करो, मैं शीघ्र ही एक बड़े हिरन को मारकर लाता हूँ।"

"भगवान विष्णु हमारी रक्षा करें।" कहते हुए बहेलिये की पत्नी, खड़े-खड़े उसको जाते हुए देखती रही।

* * *

भोर ने बहुत हल्के से द्वार खटखटाया और कृष्ण उठ गये, मानों इसी प्रतीक्षा में थे। पास में लेटी रुक्मिणी के मुख पर दृष्टि डाली। बहुत ही शान्त भाव से प्रगाढ़ निद्रा में लीन रुक्मिणी के मुखमण्डल की आभा उगते हुए सूर्य की किरणों से होड़ कर रही थी। कक्ष में खिड़की से आती हुई प्रकाश की किरणें उनके मुख पर पड़कर चमक बिखेरने लगी थीं।

कृष्ण धीरे से उठे। उन्होंने इस बात का ध्यान रखा कि रुक्मिणी की नींद में कोई व्यवधान न पड़े। शयनकक्ष से बाहर आये और स्नानादि से निवृत्त होने चले गये। कृष्ण, जब तक स्नानादि से निवृत्त होकर आये, रुक्मिणी उठ चुकी थीं। कृष्ण को उठा हुआ पाकर उन्हें आश्चर्य हुआ। उन्होंने पूछा,

"आज बहुत जल्दी उठ गये, कहीं जाना है क्या?"

कृष्ण, अचानक हुए इस प्रश्न का उत्तर देने में अचकचा गये। जाने का निश्चय तो वे कर चुके थे, किन्तु यदि वे हाँ कहते तो अगला प्रश्न होता 'कहाँ?' और फिर वे कैसे कहते कि आज उन्हें इस संसार से ही विदा लेनी है; और यदि वे 'न' कहते, तो यह मिथ्या-भाषण होता। वे चुप रह गये।

रुक्मिणी का मन शान्त नहीं हुआ था। कुछ दिनों से कृष्ण के चेहरे पर रहने वाला गाम्भीर्य उन्हें पहले ही परेशान कर रहा था। उन्होंने फिर पूछा।

"कहीं जल्दी जाना है क्या?"

अब कृष्ण को उत्तर देना पड़ा। किन्तु रुक्मिणी के प्रश्न में ही उन्हें उत्तर देने का रास्ता भी मिल गया; बोले,

"हाँ जाना तो है, किन्तु जल्दी तो इस कारण उठा हूँ कि आज तुम्हारे साथ मैं भी सुबह-सुबह उपवन में घूमने चलूँगा; हम साथ-साथ

मन्दिर जायेंगे, वहाँ माँ और पिताश्री से भी भेंट हो जायेगी, फिर मैं तुम्हारे साथ-साथ गोशाला भी चलूँगा; तुम्हारी कजरी गाय मुझे भी पहचानने लगी है... मैं उसको और उसके बछड़े को भी देखूँगा, अच्छा लगेगा।"

"मुझे भी बहुत अच्छा लगेगा। बस कुछ पल प्रतीक्षा करें, मैं तैयार होकर अभी आई; आप साथ में होंगे, इससे अच्छा और क्या हो सकता है?" कहते हुए रुक्मिणी वहाँ से चलने लगीं तो कृष्ण ने कहा,

"ठीक है, मैं महल के ठीक बाहर अशोक के वृक्षों के नीचे तुम्हारी प्रतीक्षा करता हूँ।"

"ठीक है।" कहकर रुक्मिणी चली गईं। कृष्ण धीरे-धीरे बाहर आये और अशोक के वृक्षों के नीचे चहलकदमी करते हुए उनकी प्रतीक्षा करने लगे। सुबह हो रही थी। पैरों के नीचे की घास, ओस की बूँदों से गीली थी। टहलते हुए कृष्ण के पैर भीग गये, पर बहुत अच्छा लग रहा था। शीतल हवा उनके वस्त्रों को उड़ा रही थी, और चूँकि आस-पास बहुत अधिक फूल खिले हुए थे, इसीलिये यह हवा उनकी महक से भरी हुई थी।

शरीर से उस हवा का स्पर्श, ताजगी का संचार सा कर रहा था। चलते-चलते कृष्ण, रजनीगन्धा के वृक्ष के पास आ गये, भूमि पर बहुत से सफेद फूल बिखरे हुए थे। कृष्ण उन फूलों को बचाकर चलने लगे। फिर ध्यान आया कि रुक्मिणी आयेंगी तो अशोक के वृक्षों के पास उनकी प्रतीक्षा करेंगी। अतः वे उन वृक्षों की ओर लौट चले।

आसमान की ओर दृष्टि डाली। सूर्य तो नहीं दिख रहा था, किन्तु उसके उगने की सूचना देता हुआ प्रकाश की किरणों का पुंज दिखाई देने लगा था। अशोक के वृक्षों के निकट पहुँचे तो सहसा स्मरण हो आया कि पूर्व जन्म में इन्ही वृक्षों की वाटिका में सीता के रूप में रुक्मिणी ने कितना अधिक मानसिक सन्ताप झेलते हुए उनकी प्रतीक्षा की थी... और फिर सहसा राधा का स्मरण हो आया। राधा... उनका तो सारा जीवन प्रतीक्षा करते ही बीत गया।

आज उनका इस देह को छोड़ने का समय भी आ गया। अब उस पार ही भेंट होगी। तभी रुक्मिणी आती दिखाई दीं। उन्होंने लाल साड़ी धारण कर रखी थी, और उनके हाथ में पूजन-सामग्री से सजी पूजा की थाली थी। जब वे पास आ गईं, तो कृष्ण उनके साथ-साथ मन्दिर की ओर चल पड़े। चलते-चलते दोनों ने कुछ फूल चुने और पूजा की थाली में सजा लिये।

मन्दिर के द्वार पर दोनों रुके। हाथ उठाकर ऊपर टँगे घण्टे को बजाया, फिर कृष्ण अन्दर बढ़ने लगे तो रुक्मिणी ने उनके उत्तरीय-(कन्धे पर डाला जाने वाला वस्त्र) का कोना पकड़ा, और पूजा की थाली कृष्ण को पकड़ा दी। कृष्ण ने प्रश्नवाचक दृष्टि से उनकी ओर देखा, तो पाया कि उत्तरीय के उस कोने से वे अपनी साड़ी का पल्लू बाँध रही थीं।

हरे-भरे वृक्षों से घिरा मन्दिर, लाल और पीले वस्त्रों का वह जोड़, आकाश से नीले कृष्ण, चन्द्रमा की किरणों सी धवल रुक्मिणी, सामने शिवलिंग और उसके पीछे माँ दुर्गा की भव्य मूर्ति। इस परम मनोहर दृश्य को देखने के लिये सूर्य देव, जो पेड़ों के पीछे से धीरे-धीरे निकल रहे थे, अचानक उठकर ऊपर आ गये। रुक्मिणी को इस प्रकार गाँठ बाँधते देख कृष्ण हँसे, पूछा-"यह क्या?"

रुक्मिणी ने सलज्ज मुस्कान से कहा-"मेरा मन।"

फिर कृष्ण ने कुछ नहीं कहा। रुक्मिणी ने गाँठ बाँधकर उनके हाथ से पूजा की थाली ले ली, और इस तरह उनके आगे हो गईं, मानों उन्हें भरोसा हो गया हो कि अब कृष्ण कहीं नहीं जा सकते। पूजा करके दोनों बाहर निकले तो माली की बच्ची बाहर खड़ी थी। रुक्मिणी ने उसे बुलाया और गाँठ खोलने का संकेत किया। उसने गाँठ खोली तो कृष्ण ने उसे प्यार किया और उसकी मुट्ठी में कुछ मुद्रायें रख दीं।

तब तक देवकी और वसुदेव भी वहाँ आ गये। रुक्मिणी और कृष्ण ने उनके चरण स्पर्श कर उनको प्रणाम किया। वे पूजन करने के लिये मन्दिर के अन्दर गये तो रुक्मिणी और कृष्ण वहीं खड़े होकर उनकी प्रतीक्षा करने लगे। वे बाहर आये तो सभी टहलते हुए गोशाला की ओर

बढ़ने लगे। गोशाला पहुँचकर रुक्मिणी और कृष्ण ठिठके, तो देवकी ने कहा,

''रुक्मिणी! तुम लोग यहाँ रुकना चाहो तो रुको; हम चलेंगे और हाँ, आज सबके कलेवे का इन्तजाम मैं कर रही हूँ, तुम चिन्ता मत करना, आराम से आना।''

''अच्छा माँ।'' रुक्मिणी ने कहा। कृष्ण और रुक्मिणी वहीं रुक गये। रुक्मिणी, कजरी गाय के पास पहुँचीं उसे और उसके बछड़े को सहलाया, तो कजरी मुँह उठाकर उनसे लाड़ दिखाने लगी। तब तक एक अनुचर दूध दुहने का पात्र ले आया, तो रुक्मिणी, वह पात्र घुटनों के बीच दबाकर बैठ गईं और दूध दुहने लगीं।

कृष्ण, खड़े हुए उन्हें निहार भी रहे थे, और कजरी का माथा भी सहला रहे थे। रुक्मिणी ने दृष्टि उठाई तो कृष्ण की आँखें उन्हें ही देख रही थीं। रुक्मिणी सकुचा गयीं, बोलीं,

''क्या देख रहे हो?''

कृष्ण शरारत से हँसते हुए बोले, 'तुम्हें।'

''क्यों? बहुत अच्छी लग रही हूँ क्या?''

''तुम हमेशा बहुत अच्छी ही तो लगती हो।''

रुक्मिणी हल्के से हँसी, बोलीं- ''अच्छा चलो, आज कम से कम हँस तो रहे हो।''

इस बीच ध्यान बँटने से दूध की धार बर्तन में जाने के स्थान पर उनके कपड़ों पर चली गई, और कुछ दूध जमीन पर भी गिर पड़ा। रुक्मिणी ने दूध दुहना बन्द कर दिया और उठकर कृष्ण के पास आ गईं। उलाहना भरे स्वर में बोलीं,

''आपके कारण दूध भी गिर गया, और मेरे वस्त्र भी खराब हो गये।''

कृष्ण हँस पड़े, बोले,-"अरे! अच्छा चलो, माँ और पिताश्री कलेवा के लिये प्रतीक्षा कर रहे होंगे।"

रुक्मिणी ने नयन तिरछे करके उन्हें देखा, अधरों को भी थोड़ा सा तिरछा किया, बोलीं,

'चलिये।'

किन्तु थोड़ा रुककर उन्होंने फिर कहा,-"क्या हम यहाँ थोड़ी देर और नहीं रुक सकते? आपका हँसता हुआ चेहरा मुझे बहुत अच्छा लग रहा है; मैं इसे कुछ देर और निहारना चाहती हूँ।"

कृष्ण कुछ शरमा से गये, फिर बोले,

"मुझे भी बहुत अच्छा लग रहा है; आओ हम मन्दिर की ओर चलें, वहाँ उसके सामने, घास पर कुछ देर बैठेंगें।" यह कहकर कृष्ण ने रुक्मिणी का हाथ पकड़ा और मन्दिर की ओर चल पड़े। वहाँ पर बैठने के बाद वे बोले,

"यहाँ पर कितना अच्छा लग रहा है।"

'हाँ' रुक्मिणी ने उत्तर दिया। कृष्ण ने एक दृष्टि मन्दिर की ओर डाली, फिर आस-पास के वृक्षों को तथा स्वच्छ और नीले, दूर-दूर तक पसरे हुए आसमान की ओर देखा, और एक गहरी साँस भीतर खींची। ऐसा लगा जैसे उनके अन्दर कुछ चल रहा है। तभी उन्हें अपने हाथ पर एक मखमली सा स्पर्श महसूस हुआ।

उन्होंने देखा, रुक्मिणी ने उनके हाथ पर अपना हाथ रखा है। कृष्ण ने रुक्मिणी की ओर देखा तो पाया वे थोड़ी तिरछी दृष्टि से उन्हीं की ओर निहार रही हैं। कृष्ण ने उस दृष्टि को अपने चेहरे पर महसूस किया और पुकारा,

'रुक्मिणी!'

'हूँ...।", कहकर रुक्मिणी ने उनकी ओर देखा। नेत्र मिले तो रुक्मिणी की आँखों की चमक उन्हें भीतर तक हिला गई। वहाँ प्रेम तो था

ही, कुछ पढ़ने की कोशिश, और शायद बहुत सी शिकायतें भी थीं। कृष्ण ने उनकी आँखों से अपनी आँखें हटा लीं। धीरे से रुक्मिणी के दोनों हाथ अपने हाथों में लिया और बोले,

"रुक्मिणी तुम बहुत अच्छा गाती हो; क्या इस समय मेरे लिये कुछ गाओगी?"

"हाँ, क्यों नहीं?"

रुक्मिणी ने कहा, और धीमे स्वरों से गाना शुरू किया। थोड़ी देर बाद उनकी आवाज कुछ तेज हुई और धीरे-धीरे फिर धीमी हो गई। ऐसा लगा जैसे वे गा तो रही हैं, साथ ही कुछ कह भी रही हैं। उन पंक्तियों का अर्थ था,

"तुम मेरे हृदय में, अपना एक पैर तिरछा करके अड़े हुए हो, कभी भी बाहर नहीं जा सकोगे, और मुझसे दूर जाने का तुम्हारा कोई भी प्रयत्न मुझे बिना प्राणों के शरीर में बदल देगा।"

बहुत अधिक दर्द छलक गया था। कृष्ण ने पंक्तियों का अर्थ समझा और जीवन में पहली बार अपने को कुछ भी करने में असमर्थ पाया। जब गीत समाप्त हुआ, शान्ति छा गई, और हवा में खालीपन सा तैर गया। दोनों कुछ देर तक उसी प्रकार बैठे रह गये। अचानक एक पक्षी तेज स्वर में बोला तो वे जैसे चौंक से गये; उठे, और चुपचाप महल की ओर चल पड़े।

रुक्मिणी और कृष्ण, महल के अन्दर पहुँचे। देवकी ओर वसुदेव उन की प्रतीक्षा ही कर रहे थे। कलेवा तैयार था। दूध की कुछ मिठाइयाँ, जो देवकी ने स्वयं तैयार की थीं, कुछ फल और मक्खन। रुक्मिणी ने सबके लिये इसे पात्रों में सजाकर दिया। देवकी, रुक्मिणी से कहने लगीं,

"बेटी, तुम अपने लिये भी लो, प्रतीक्षा करने की आवश्यकता नहीं है, हम सब साथ ही साथ लेंगे।"

रुक्मिणी, "जी, माँ जी।" कहकर अपने लिये भी एक पात्र में

कलेवा निकालकर, ओट करके बैठ गयीं। कृष्ण आज कुछ अधिक ही मुखर थे। एक-एक व्यंजन की प्रशंसा कर रहे थे।

देवकी उनके इस भाव से पुलकित थीं। कलेवा समाप्त हुआ तो रुक्मिणी के संकेत से अनुचर आकर वे पात्र ले गया। कलेवा समाप्त होने के बाद भी किसी का उठने का मन नहीं हुआ।

बातें शुरू हुईं तो गोकुल और वृन्दावन की कृष्ण की लीलाओं, कंस के वध और महाभारत से होते हुए द्वारिका पर आ गईं। द्वारिका की विशेषताओं की चर्चा होने लगी तो कृष्ण ने महल के भीतर, और द्वारिका नगरी पर रुक्मिणी के कुशल प्रबन्धन की बहुत प्रशंसा की।

कृष्ण स्वयं योगिराज थे। उन्हें किसी भी तरह की आसक्ति छू भी नहीं सकती थी, किन्तु वे चाहते थे कि उनके प्रयाण के पश्चात् भी द्वारिका और उनके आश्रितजन, शान्ति और सुखपूर्वक रहें। रुक्मिणी ने द्वारिका के प्रशासनिक दायित्वों को सँभालना भी शुरू कर दिया था, इससे कृष्ण बहुत सन्तुष्ट थे। द्वारिका और उसके निवासियों को अर्जुन का संरक्षण भी प्राप्त था।

कृष्ण को कोई मोह नहीं था। अपना कार्य पूरा करने का सन्तोष था, फिर भी मन हलचलों से भरा था। यादें बराबर आ जा रही थीं, कितने ही दृश्य मानस पटल पर कौंध रहे थे। उन्हें रह-रहकर यह भी लग रहा था कि उनके जाने के बाद रुक्मिणी को बहुत अधिक व्यथा होगी।

थोड़ी देर बाद देवकी और वसुदेव उठे और अपने कक्ष की ओर चले गये। कृष्ण ने जाते हुए देवकी और वसुदेव को देखा। कुछ सोचा और फिर उनके सामने आ गये।

"कुछ कहना है?" चकित से वसुदेव ने पूछा।

"नहीं, कुछ नहीं।"

'फिर।'

कृष्ण ने इसका उत्तर नहीं दिया, बस हँसकर झुके और देवकी और

वसुदेव के चरण-स्पर्श कर कुछ मुस्कराते हुए से उनके सामने खड़े हो गये। दोनों ने उन्हें आशीर्वाद दिया।

"हमारे चरण-स्पर्श तो तुम प्रातःकाल ही कर चुके हो; अब कुछ विशेष है या कहीं जा रहे हो?" देवकी ने पूछा।

"नहीं, विशेष कुछ भी नहीं; माता-पिता का आशीर्वाद तो जितना भी मिले, कम ही रहता है।" कृष्ण ने कहा। वे अभी भी मुस्करा रहे थे। देवकी, आगे बढ़कर कृष्ण को अपनी ओर खींचकर उनकी पीठ पर हाथ फिराते हुए कहा,

"हमारे आशीर्वाद तो सदैव तुम्हारे साथ है।" फिर कृष्ण के मुख की ओर देखते हुए बोलीं,

"तुम्हारे मन में कुछ तो है कृष्ण; कुछ तो सोच रहे हो तुम।"

"नहीं माँ, कुछ भी नहीं।" कृष्ण ने वैसे ही मुस्कराते हुए कहा।

"कुछ तो है इसके मन में, भले यह अभी बता नहीं रहा हो।" देवकी ने वसुदवे से कहा।

"मुझे तो इसका मुस्कराना भी स्वाभाविक नहीं लगा; सम्भवतः बाद में पता चले," कहकर वसुदेव कुछ ठिठके, फिर चल पड़ें। मुख पर कुछ समझ न पाने जैसा भाव लिये देवकी, कृष्ण की ओर देखती हुई उनके पीछे चल पड़ी।

* * *

कक्ष में रुक्मिणी और कृष्ण अकेले रह गये थे। दोनों ही चुप थे, किन्तु रुक्मिणी गौर से कृष्ण के मुख की ओर देख रही थीं। 'कुछ तो चल रहा है इनके मन में।' सोचती हुई वे उनके मुख पर आ रहे भावों को पढ़ने का प्रयास करने लगीं।

कृष्ण ने रुक्मिणी की दृष्टि की तीव्रता अपने मुख पर अनुभव की। 'रुक्मिणी मुझे इस तरह क्यों देख रही है?' उनके मन में आया। यह दृष्टि उन्हें असहज कर रही थी। यह बड़ी मर्मभेदी दृष्टि थी।

"ऐसे क्यों देख रही हो ?" कृष्ण ने सहज होने की चेष्टा करते हुए धीरे से हँसकर पूछा।

"क्या चल रहा है आपके मन में ?"

"नहीं, कुछ भी तो नहीं।"

"किन्तु यह असयम माँ और पिताश्री का चरण-स्पर्श कुछ तो कहता है।"

कृष्ण फिर हल्के से हँसे, - "माता-पिता के चरण-स्पर्श के लिए कोई समय, असयम भी होता है क्या ?"

"नहीं, इसके लिये कोई समय, असमय नहीं होता, किन्तु आपका यह बार-बार हँसना स्वाभाविक तो नहीं है; आप किसी गम्भीर चिन्तन में हैं, यह स्पष्ट है।"

कृष्ण पुनः हँसे, बोले, "नहीं, गम्भीर कुछ भी नहीं रुक्मिणी, कुछ भी नहीं, तुम व्यर्थ ही चिन्तित हो रही हो।"

"आप यूँ झूठी हँस-हँसकर मुझे बहलाने का प्रयास न करें। कुछ तो है।"

अब कृष्ण चुप हो गये। कुछ देर तक उनके मुख पर देखने के बाद रुक्मिणी बोलीं,

"चलिये, आप नहीं बताते तो मैं ही बता देती हूँ कि आप क्या सोच रहे हैं।"

'बताओ।' कहकर कृष्ण पुनः हलके से हँसे।

"आपको लग रहा है, इस जन्म के सब कार्य पूरे हुए; और इसीलिये आपने इस मानव देह को छोड़ने का मन बना लिया है।"

कृष्ण, रुक्मिणी के ये शब्द सुनकर आश्चर्य से भर उठे, बोले,

''क्या कह रही हो रुक्मिणी?''

''क्यों? मेरा अनुमान गलत है क्या? और यदि मैं गलत हूँ तो इससे बड़ा सौभाग्य मेरे लिये हो भी नहीं सकता; मैं सही होना भी नहीं चाहती।''

''नहीं, तुम गलत नही हो रुक्मिणी, और मैं झूठ बोल भी तो नहीं सकता। तुमने आज सुबह गाँठ बाँधकर पूजा इसीलिये की थी क्या?''

''हाँ, आपके साथ एक बार और गाँठ बाँधकर चलने का मोह मैं छोड़ नहीं सकी।''

''पर तुमने यह जाना कैसे?''

''पिछले कुछ दिनों से आपका व्यवहार बहुत बदला हुआ सा है; आप मेरा बहुत अधिक ख्याल रखने लगे हैं, राज्य के कार्यों से समय निकालकर आप माँ और पिताश्री के साथ अधिक समय बिताने लगे हैं... और फिर जिस दिन आपने मुझसे द्वारिका के प्रशासन को सँभालने की बात कही, उस दिन मैं चौंकी अवश्य थी, किन्तु आपका मन्तव्य बाद में मेरी समझ में आ गया था, मैं समझ गई थी कि आपने जाने का मन बना लिया है।''

''और वह गीत जो अभी-अभी तुमने सुनाया था ? ''

''वह गीत नहीं था।''

'फिर।'

''कोई मन था, जो रो रहा था।''

''ओह!'' कृष्ण ने कहा, ''संभवतः इसीलिये मुझे उस समय सब कुछ उदासी में डूबा हुआ सा लग रहा था।'' उनके स्वर में पीड़ा थी। रुक्मिणी का हाथ अपने हाथों में लेकर वे उसे अपने हृदय के पास लाये और बोले,

“और रुक्मिणी, तुम फिर भी इतना सामान्य व्यवहार करती रहीं। भीतर ही भीतर कितनी पीड़ा भुगती होगी तुमने, मुझे किंचित भी आभास नहीं होने दिया कि तुम सब कुछ जान चुकी हो।”

“हाँ, क्योंकि यदि मेरा व्यवहार बदलता, तो अन्य लोग भी तरह-तरह के अनुमान लगाने लगते, और इससे आपकी परेशानियाँ और चिन्तायें बढ़तीं।”

कृष्ण ने रुक्मिणी की हथेली को धीरे से अपने हाथों में दबाया और बोले,

“रुक्मिणी, तुमने मेरा बहुत साथ दिया है, बहुत ध्यान रखा है; मेरे जीवन के संघर्षों में तुम सदैव मेरे साथ खड़ी रही हो।”

“यह मेरा कर्त्तव्य था; आपके प्रति मेरी श्रद्धा थी और...”

“और... क्या ?”

“प्रेम यदि व्यवहार से परिलक्षित न हो, मुँह से कहना पड़ जाय तो वह व्यर्थ ही तो हुआ।”

“सच कह रही हो रुक्मिणी, मैंने तुम्हारे इस प्रेम को जीवन के हर मोड़ पर अनुभव किया है।”

“मेरा सौभाग्य।”

इसके बाद कुछ देर तक कृष्ण और रुक्मिणी मौन एक दूसरे को निहारते रहे। फिर रुक्मिणी, कृष्ण के हाथों को अपने हाथों में लेकर देखने लगीं।

“क्या देख रही हो ?”

“जो हाथ सदैव ही मेरे लिये सौभाग्य के वाहक रहे हैं, उन्हें ही देख रही हूँ; यही हाथ थे जिन्होंने मुझे उस दुष्ट शिशुपाल से बचाया था।” रुक्मिणी ने कहा, और इसके साथ ही अपने तथाकथित अपहरण के समय कृष्ण के द्वारा उन्हें उठाकर रथ में बिठा लेना स्मरण हो आया।

कृष्ण का वह प्रथम स्पर्श रुक्मिणी को जब भी स्मरण होता था, वे आनन्द की अनुभूति से रोमांचित हो उठती थीं; किन्तु आज वह स्मरण उनके नेत्रों में अश्रु ले आया।

कृष्ण ने रुक्मिणी की ओर देखा,

"रुक्मिणी, तुम्हारे अश्रु मुझे विचलित कर रहे हैं।" उन्होंने रुक्मिणी के अश्रु अपने वस्त्र में समेटते हुए कहा।

"मुझे आपका वह प्रथम स्पर्श स्मरण हो आया है और ...."

"और... क्या ?"

"और, यह सम्भवतः अन्तिम स्पर्श है।" कहते हुए रुक्मिणी ने अपनी हथेलियों से मुख ढक लिया।

कृष्ण ने उनके मुख पर से उनकी हथेलियाँ हटायीं ओर उनकी ओर देखते हुए बोले,

"तुम तो बहुत समझदार हो रुक्मिणी, और बहुत अच्छी थी।"

"पता नहीं, समझदार या नासमझ, अच्छी या बुरी, जैसी भी हूँ, आपकी हूँ।"

'रुक्मिणी!'

'हूँ'

"हमारे अलग होने का समय आ गया है; शायद हमारा

इतना ही साथ लिखा था, मुझे विदा दो।"

"विदा देने का प्रश्न ही नहीं है; केवल हमारे शरीर अलग हो रहे हैं... लक्ष्मी को नारायण से कौन अलग कर सकता है?" कहते हुए रुक्मिणी की आँखों से आँसू झरने लगे।

"रुक्मिणी, मुझे चलना है।"

"एक प्रश्न मन में आ रहा है।"

‘‘मैं जानता हूँ वह प्रश्न क्या होगा।’’

‘कैसे?’

‘‘क्योंकि मैं तुम्हें जानता हूँ रुक्मिणी।’’

‘‘ फिर उत्तर भी दे दीजिये।’’

‘‘क्या उत्तर दूँ मैं इसका ? सब जानते है कि वहाँ हर व्यक्ति अकेले ही जाता है।

‘हूँ।’ रुक्मिणी ने कहा, फिर थोड़ा रुककर बोलीं,

‘‘ठीक है जायें, किन्तु आपके पीछे मैं यहाँ अधिक नहीं रुक पाऊँगी, मैं भी आपके पीछे-पीछे ही आ रही हूँ।’’

‘‘कहीं तुम सती होने की बात तो नहीं कर रही हो?’’

रुक्मिणी इस बात पर बुरी तरह रो पड़ीं। उन्होंने कृष्ण के कन्धे पर सिर टिका लिया। कृष्ण ने उनका सिर सहलाया, फिर उनका चेहरा देखने की कोशिश में, उनका सिर अपने कन्धे से उठाने का प्रयास किया। किन्तु रुक्मिणी ने उनके कन्धे से सिर नहीं हटाया, बोलीं,

‘‘आज के बाद मुझे सिर टिकाने के लिए ये कन्धा कहाँ मिलेगा?’’

कृष्ण बोले,- ‘‘अपने को सँभालो रुक्मिणी; हमें सचमुच कोई अलग नहीं कर सकता, शरीरों की मृत्यु भी नहीं; किन्तु फिर भी सती होने की बात सोचना भी अनुचित है।’’ कुछ रुककर कृष्ण पुनः बोले,- ‘‘आत्महत्या पाप है रुक्मिणी।’’

‘‘मैं पाप-पुण्य कुछ नहीं जानती, केवल आप को जानती हूँ।’’ कहकर रोती हुई रुक्मिणी कृष्ण से लिपट गईं।

कृष्ण को इस बात का कोई उत्तर नहीं सूझा। राधा जा चुकी थीं, वे जा रहे थे; रुक्मिणी इसके बाद रुक नहीं पायेंगी, यह वे जानते थे, किन्तु उनके सती होने की कल्पना से वे बहुत विचलित थे।

वे उन्हें समझाना चाहते थे कि यह घोर अनुचित है, किन्तु यह भी जानते थे कि रुक्मिणी ऐसा कुछ भी समझने के लिए तैयार नहीं होगीं। फिर उन्होंने अपनी मृत्यु के बाद होने वाली घटनाओं को विधि के विधान पर ही छोड़ना उचित समझा।

वे कुछ देर वैसे ही रुक्मिणी को अपनी बाँहों मे लिये खड़े रहे, फिर मन कड़ा किया। धीरे से रुक्मिणी को अलग किया, उनके मुख को अपने हाथों में थामा और उनकी आँखों में देखकर बोले,

"रुक्मिणी, तुम जीवन भर मेरी शक्ति भी रही हो और कमजोरी भी; मुझे विदा दो।"

'नाथ!' कहते हुए रुक्मिणी झुकीं और उनकें पैरों पर सिर रखकर सिसकने लगीं। कृष्ण ने उन्हें उठाया, और जब वे उठ कर खड़ी हुईं तो शून्य की ओर देखते हुए महल से बाहर निकल गये। रुक्मिणी कुछ देर तक उनके पीछे-पीछे चलीं, फिर खड़ी हो गयीं, और जब तक वे दिखाई देते रहे, देखती रहीं।

कृष्ण, कुछ दूर तक उनकी सिसकियों और साँसों की आवाजें सुनते रहे, एक बार मुड़कर पीछे देखा, फिर दर्द की अनुभूतियों के साथ आगे बढ़ गये।

* * *

बहेलिये, 'जरा' के घर में आज भोजन नहीं पका था। शाम ढल चुकी थी, किन्तु उसकी पत्नी ने दीपक भी नहीं जलाया था। बच्चे भूखे ही सो गये थे। दोनों पति-पत्नी अँधेरे में बैठे सिसक रहे थे।

आज उसने जिस पर हिरण का मुख समझकर तीर चलाया था, वह द्वारिकाधीश के पाँव का तलवा था। उस विष बुझे तीर ने उनको यह मानव देह छोड़ने का बहाना दे दिया था।

उससे कृष्ण के अन्तिम शब्द थे,

''न दुखी हो न भयभीत, यही प्रारब्ध था।''

इस तरह से चल दिया कोई
कि जैसे वह अगर आया तो क्या
जाना तो था ही
पर कभी न मिट सकें ऐसे
चमकते और गहरे निशां पैरों के
उकर आये थे उसके
समय के विस्तृत फलक पर
और मन पर भी।

परिशिष्ट

भगवान श्रीकृष्ण, भारतीय इतिहास और परम्पराओं में अपना विशिष्ट स्थान रखते हैं। हिन्दू जनमानस उन्हें ईश्वर का अवतार मानता है, किन्तु आज के वैज्ञानिक युग में एक सहज प्रश्न यह उठने लगा है कि वे सचमुच थे या नहीं।

अधिकतर विदेशी विद्वानों ने उनके होने पर प्रश्न उठाये, और उनका पूर्व निर्धारित उत्तर भी प्रस्तुत कर ,दिया कि वे मात्र अंधविश्वास हैं। इनमें भी कई विदेशी विद्वानों ने अपने प्रति श्रेष्ठता के भाव से ग्रसित होकर एक विचार बना लिया था, कि हमारी वैदिक परम्परायें और भगवान कृष्ण से सम्बन्धित आख्यान, बाइबिल और ईसा मसीह के प्रसंगों के आधार पर निर्मित हैं; किन्तु हेलियोडोरस स्तम्भ एक पुरातात्विक अन्वेषण है, जो यह बताता है कि कृष्ण के प्रसंग और वैष्णविक वैदिक परम्पराएँ, ईसाई धर्म के अभ्युदय से बहुत पहले, कम से कम 200 वर्ष पूर्व की तो हैं ही। यह उन विदेशी विद्वानों को निराश करने वाली खोज थी, जो यह बताती है कि भारतीयों ने ईसा मसीह से संदर्भ लेकर उन्हें अपने पुराणों में नहीं जोड़ा था।

बौद्ध-स्थल साँची से विदिशा को जाने वाले मार्ग पर 45 मिनट की दूरी पर यह हेलियोडोरस स्तम्भ स्थित है, जिसे स्थानीय लोग खम्ब-बाबा के नाम से पुकारते हैं। यह 113 ई.पू. भारत में ग्रीक राजदूत हेलियोडोरस द्वारा निर्मित करवाया गया था। हेलियोडोरस, राजा भागभद्र के राज्य में भारत के उत्तर पश्चिम में स्थित तक्षशिला के ग्रीक राजा एन्टियलकिडस द्वारा भेजा गया था। सिकन्दर ने यह भाग 325 ई.पू. में जीता था। इस राज्य में आज का अफगानिस्तान, पाकिस्तान और पंजाब राज्य थे। हेलियोडोरस ने इस पर इसका निर्माण काल दिया है, और यह लिखा है कि उसने वैष्णव धर्म स्वीकार कर लिया था, और वह भगवान विष्णु की पूजा करता था। इस स्तम्भ पर लिखी जानकारी 'रायल एशियाटिक सोसाइटी जरनल' में छपी जिसमें लिखा है,

"यह देवताओं के देवता वासुदेव विष्णु का गरुड़ स्तम्भ तक्षशिला के निवासी, डियोन के पुत्र, भगवान विष्णु के भक्त हेलियोडोरस, जो कि काशीपुत्र प्रजावत्सल राजा भागभद्र-जिनका अपने समृद्ध राज्य में राज्य करते हुए यह

चौदहवाँ वर्ष था-के पास ग्रीक राजदूत के रूप में महान राजा एन्टियलकिडस द्वारा भेजा गया था, के द्वारा स्थापित किया गया। इस अभिलेख के अनुसार तीन महत्त्वपूर्ण सिद्वान्त, जिनका पालन करने से स्वर्ग की प्राप्ति होती है, वे हैं- आत्म-संयम, परोपकार और विवेक।"

यह दिखाता है कि हेलियोडोरस, भगवान विष्णु का भक्त और वैष्णव धर्म के सिद्धान्तों से पूर्ण परिचित था। यह सहज अनुमान लगाया जा सकता है कि जब एक उल्लेखनीय ग्रीक राजदूत ने वैष्णव धर्म अपना लिया था, तो कितने ही अन्य ग्रीक व्यक्तियों द्वारा भी यह धर्म अपनाया गया होगा। सारांश में यह भारत और भारतीय दर्शन के प्रति ग्रीक व्यक्तियों के प्रशंसा भाव को दर्शाता है।

सन 1877 में पुरातात्त्विक सर्वेक्षण करते समय पुरातत्त्वविद अक्जेन्डर कनिंघम ने इसके महत्त्व को रेखाकिंत किया; किन्तु चूँकि इस पर बहुत अधिक सिन्दूर लगा हुआ था, अतः वह इस पर लिखे लेख को नहीं पढ़ सका।

पुनः जनवरी 1901 में पुरातत्त्वविद मि.लेक ने इसके ऊपर लगे हुए रंग को साफ किया और इस पर लिखी हुई ब्राह्मी लिपि दिखाई पड़ने लगी। इस का अनुवाद किया गया, और तब इसका ऐतिहासिक महत्त्व स्पष्ट हो गया।

इस हेलिओडोरस स्तम्भ से यह स्पष्ट होता है कि प्राचीन समय में दूसरे धर्मों से वैदिक धर्म में आने वालों का स्वागत किया जाता था। बाद में हिन्दुओं और मुसलमानों के मध्य उठने वाली समस्याओं के कारण हिन्दुओं के अन्दर इस बारे में हिचक पैदा हो गई।

सिकन्दर के भारत पर आक्रमण के बाद जो ग्रीक यात्री भारत आये, उनके द्वारा दिये गये विवरणों में भी कृष्ण का उल्लेख मिलता है। प्लिनी जैसे लेखकों ने कृष्ण को हीराकुलस जो कि हरि-कृष्ण का अपभ्रंश है, कह कर उनकी चर्चा की है। वे कहते हैं कि शूरसेनी जनजाति (कृष्ण के पितामह का नाम शूरसेन था) के लोगों और मेथोरा (मथुरा का अपभ्रंश) जैसे बड़े नगरों में हीराकुलस विशेष सम्मान के पात्र थे।

ग्रीक अभिलेख यहाँ तक कहते हैं कि कृष्ण, सिकन्दर के समय से 138 पीढ़ी पूर्व हुए थे। सिकन्दर का समय लगभग 330 ई.पू. है। यदि एक पीढ़ी से दूसरी पीढ़ी के अन्तर को २० वर्ष का समय माना जाय, तो यह लगभग 3090 ई.पू. का समय था। इस प्रकार से भी कलियुग का प्रारम्भ 3102 ई.पू.

और भगवान कृष्ण का काल लगभग 3200 ई.पू. से 3100 ई.पू. ठीक ही लगता है।

पुरातन भारतीय इतिहास के अध्ययन में सबसे बड़ा अवरोध, उन्नीसवीं शताब्दी की आर्य-द्रविड़ संघर्ष की औपनिवेशिक और झूठ पर आधारित परिकल्पना बनी, जिसे आज विज्ञान ने पूरी तरह से नकार दिया है। हड़प्पा और इससे पूर्व के अवशेषों पर आधारित विश्लेषण, वेदों को 3500 ई.पू.से पूर्व का ठहराता है। व्याकरणाचार्य पाणिनि ने भी अपने ग्रन्थों में महाभारत के कई चरित्रों का उल्लेख किया है।

बौद्धों के कुणाल-जातक में कृष्ण, द्रौपदी, भीमसेन, अर्जुन, नकुल, सहदेव एवं युधिट्ठिला (युधिष्ठिर के लिये पाली शब्द) का, व धूमकारी-जातक में धनंजय (अर्जुन) व द्रौपदी के स्वयंवर का उल्लेख मिलता है।

स्वयं कृष्ण का उल्लेख, सूर-पिटाका एवं ललिता-विस्तार में है। यद्यपि इनमें उनका घोर विरोध किया गया है, किन्तु यह उल्लेख यह सिद्ध करने के लिये पर्याप्त हैं कि वे कल्पना नहीं, एक ऐतिहासिक चरित्र हैं। वे उनके अस्तित्व को नकारते नहीं हैं।

हड़प्पा-कालीन एक मुहर दो सार-तत्वों की बात करती है, और वे हैं उपनिषद व सांख्य-दर्शन। श्रीमद्‌भवत- गीता इन दोनों की समावेषित करते हुए कहती है, "ईश्वर अविनाशी, नित्य एवं जीवन का प्रवाह है और वह कृष्ण है।"

एक बहुत आश्चर्यजनक तथ्य है कि पश्चिमी गढ़वाल में दुर्योधन को पृष्ठभूमि में रखकर प्रतिवर्ष एक उत्सव मनाया जाता है, और लोगों का विश्वास है कि वार्नाव्रत, जहाँ दुर्योधन ने पाण्डवों को जीवित जलाने का प्रयास किया था, वह इसी क्षेत्र में है। यह भी अद्‌भुत ही है कि बहुत से स्थानों पर लोग श्राद्ध के दिनों में अपने पितरों के साथ-साथ भीष्म-पितामह को भी जल अर्पण करते हैं।

एक आश्चर्यजनक तथ्य यह भी है कि आन्ध्र प्रदेश, तमिलनाडु और कर्नाटक में वनिभर जाति के लोग द्रौपदी की ग्रामदेवी के रूप में पूजा करते हैं। ये उन्हें काली का अवतार समझते हैं, और वर्ष में एक विशेष अवसर पर उनका जुलूस निकालते व उत्सव मनाते हैं। चित्तौर, जिले तिरुपति के ग्रम दुर्गा समुद्रम का यह उत्सव बहुत प्रसिद्ध है। द्रौपदी की उपासना करने वाले लोग

श्रीलंका, सिंगापुर, मलेशिया, मॉरिशस और दक्षिण अफ्रीका में भी पाये जाते हैं।

इन प्रसंगों का उल्लेख करने का उद्देश्य यही है, कि जैसा कि कुछ लोग कहते हैं कि सब कुछ काल्पनिक है; यदि सचमुच वैसा ही होता तो ये परम्परायें इतने लम्बे समय तक जीवित नहीं रह सकती थीं।

पश्चिमी विचारक एम.विटर्निज ने 'भारतीय साहित्य का इतिहास' नामक अपनी पुस्तक में लिखा है कि 'भारतीय साहित्य में इतिहास एक कमजोर कड़ी है, वास्तव में यह है ही नहीं।'

प्रसिद्ध जर्मन विद्वान मैक्समूलर 'संस्कृत साहित्य का इतिहास' नामक अपनी पुस्तक में लिखते है कि 'भारत जैसे राष्ट्र ने अपने इतिहास के लिये परवाह नहीं की, यह आश्चर्यजनक है।'

इन पंक्तियों का लेखक महसूस करता है कि भारत का और हिन्दुओं का इतिहास हजारों साल पुराना है, और उस समय इतिहास को लिखने और उसे स्थायित्व देने के तरीके विकसित नहीं हो पाये थे। साथ ही यह भी ध्यान देने योग्य है कि हमारे भारत का बहुत सा साहित्य विदेशी आक्रमणकारियों द्वारा नष्ट कर दिया गया था।

अतः उस समय का जो कुछ भी इतिहास मौजूद है, वह काव्यों और कथाओं के रूप में ही है। किन्तु केवल इस आधार पर उस वैदिक-सभ्यता और उसके चरित्रों को झुठलाना, अत्यन्त दुर्भाग्यपूर्ण एवं पक्षपातपूर्ण मानसिकता का प्रदर्शन है।

उस समय के दार्शनिकों और विद्वानों ने जो हमारी विरासत, इतिहास और कृष्ण के सन्दर्भों को भविष्य की पीढ़ियों के लिये बचाना चाहते थे, नैमिषारण्य लखनऊ, भारत के वन प्रदेश में एकत्रित हुए। उन्होंने भविष्य में होने वाले जीवन-मूल्यों के ह्रास का और विदेशी आक्रमणों के कारण होने वाली सांस्कृतिक क्षतियों का पूर्वानुमान लगाया। उन्होंने कृष्ण और हमारे विभिन्न इतिहास पुरुषों के प्रसंगों पर चर्चा की, और उनमें से एक, वेदव्यास ने इन सभी को कलमबद्ध कर डाला।

यह सचमुच आश्चर्यजनक ही है कि उन मनीषियों की आशंकाओं के अनुसार ही बहुत बड़ी संख्या में प्राचीन विरासत के रूप में मौजूद साहित्य, विभिन्न आक्रमणकारियों द्वारा जला दिया गया। भारत में नालन्दा और

तक्षशिला के विश्वविद्यालयों के अति वृहद पुस्तकालयों को भी राख के ढेर में बदल दिया गया।

बहुत से पुरातात्त्विक अवशेषों में कृष्ण के होने के प्रमाण मिलते हैं। इनमें से एक अवशेष मथुरा से लगभग 15 किलोमीटर पर स्थित एक छोटे और शान्त गाँव 'मोरा' में पाया जाता है।

यहाँ सन 1882 में जनरल कनिंघम ने एक अति प्राचीन कुएँ की मुँडेर पर लगे एक बड़े पत्थर पर कुछ अभिलेख लिखे पाये। इसका दाहिना भाग लगभग नष्ट हो चुका था; किन्तु जो शेष था, उसका अनुवाद 'आर्कलॉजिकल सर्वे आफ इण्डिया' की वार्षिक रिपोर्ट में प्रकाशित हुआ।

इसके अध्ययन से ज्ञात हुआ कि कृष्ण ही नहीं, उनके बड़े भाई बलराम, पुत्र प्रद्युम्न, पौत्र अनिरुद्ध और साम्ब को ईसा से सैकड़ों वर्ष पूर्व भी पूजा जाता था। अभिलेख, कृष्ण को ऐतिहासिक सिद्ध करता एक महत्त्वपूर्ण पुरातात्त्विक प्रमारा है।

इसके अतिरिक्त चित्तौड़, राजस्थान के घोसुंड़ी नामक गाँव में प्राप्त घोसुंडी-अभिलेख, 'मोरा वेल' से प्राप्त अभिलेख की पुष्टि करते हैं। यह तथ्य कविराज श्यामलदास द्वारा 'द जरनल ऑफ द बंगाल एशियाटिक सोसाइटी' में प्रकाशित लेख के माध्यम से सामने आया। यह घोसुंड़ी-अभिलेख, के नाम से उदयपुर के विक्टोरिया-हाल म्यूजियम में सुरक्षित है।

यह अभिलेख, संस्कृत लिपि, जिसे कि उत्तरी ब्राह्मी लिपि कहा गया है, में है, और 200 ई०पू० के मौर्य-वंश के अंतिम काल या शुंग-वंश के प्रारम्भिक काल का है। लगभग इसी आशय के अभिलेख पास ही हाथी-वाडा अभिलेखों के नाम से भी प्राप्त हुए हैं।

महाराष्ट्र की नाना-घाट गुफाओं में प्राप्त अभिलेख भी कृष्ण और बलराम के होने की पुष्टि करते हैं। यह अभिलेख यह भी दर्शाते हैं कि वैष्णव धर्म, केवल उत्तर भारत तक की सीमित नहीं था, वरन यह दक्षिण तक फैला हुआ था, और मराठों के हृदय को जीतने के बाद यह तमिल क्षेत्र तक, और फिर नई ऊर्जा के साथ वैदिक हिन्दू धर्म, विश्व के सुदूर कोनों तक पहुँचा।

पी.बर्नार्ड और फ्रांस का पुरातात्त्विक अभियान, जो सोवियत-संघ और अफगानिस्तान की सीमा पर किया गया था, उसमें कुछ आयताकार सिक्के प्राप्त हुए थे, जो कि भारत में ग्रीक शासकों द्वारा जारी किये गये थे; उन पर

विष्णु या वासुदेव की चक्र लिये हुए आकृतियाँ थीं।

उनके होने के कुछ और प्रमाणों में, मोहन-जोदड़ों से प्राप्त एक मुद्रा भी है, जो कि 2600 ई०पू० से पूर्व की बताई गयी है। उस पर कृष्ण के बचपन की आकृति अंकित है। यह प्रदर्शित करता है कि वे इस तारीख के पहले से ही लोकप्रिय थे, किन्तु यहाँ मैं उनकी प्रामाणिकता के इस विषय को शोधार्थियों के लिये छोड़ता हूँ।

जनवरी, 5 और 6, 2003 में प्रथम बार बैंगलोर में मिथिक-सोसाइटी द्वारा आयोजित एक कार्यक्रम में विश्व के विशिष्ट विद्वान, खगोलीय आँकड़ों के आधार पर कुरुक्षेत्र में हुए महाभारत की तारीखों के निर्धारण के लिये एकत्रित हुए। यहाँ पर आश्चर्यचकित कर देने वाली बहुत अधिक जानकारियाँ प्रस्तुत की गईं।

अतिविशिष्ट एवं वरिष्ठ परमाणु वैज्ञानिक एवं राज्य-सभा सदस्य डा. राजा रामन्ना ने इसमें उद्घाटन भाषण दिया। प्रसिद्ध इतिहासकार डा. सूर्यनाथ कामाथिन ने अपने अध्यक्षीय भाषण में प्लेनेटरी-साफ्टवेयर से प्राप्त और पुस्तकीय वणर्नों में दिये गये, 150 सन्दर्भों का प्रयोग करते हुए महाभारत-काल की तारीखों की विश्वसनीयता को उजागर करने की आवश्यकता पर प्रकाश डाला।

उन्होंने इतिहास के इस काल के काल-निर्णय की आवश्यकता पर भी बल दिया। समारोह में विश्वभर से अनेक गणमान्य विद्वान भी उपस्थित थे।

महाभारत के भीष्मपर्व में महर्षि व्यास के इस कथन कि 'कुरुक्षेत्र के युद्ध में तेरहवें दिन अमावस्या थी, और एक ही माह में दो ग्रहण पड़े थे।' का भी लोडस्टार-प्रो-सॉफ्टवेयर द्वारा विश्लेषण किया गया।

अमेरिका के मेम्फिस विश्वविद्यालय के भौतिक विज्ञान विभाग के डॉ. बी.एन. नरहरि आचार ने उपलब्ध विभिन्न प्लेनेटरी सॉफ्टवेयर का वर्णन किया। उन्होंने खगोलीय भौतिक शास्त्र के विद्वान श्री कोचर और श्री सिद्धार्थ के विभिन्न कार्यों, खगोलीय वैज्ञानिक सेन-गुप्ता एवं श्रीनिवास राघवन के कार्यों और महाभारत के बहुत से खगोलीय संदर्भों पर भी प्रकाश डाला।

उन्होंने इन विधाओं की सीमाओं और उनकी विश्वसनीयता का सूक्ष्म विश्लेषण किया, और यह निष्कर्ष प्रस्तुत किया कि महाभारत काल 3000 ई. पू. से 3067 ई.पू. के लगभग था, जो कि वैज्ञानिक श्री राघवन के बताये

अनुमानों में मेल खाता हुआ था। बहुत से दूसरे विद्वान वक्ताओं ने वैदिक काल की नदी सरस्वती को भी महाभारत की ऐतिहासिकता से मूलभूत रूप से सम्बद्ध किया।

यहाँ डा. नरहरि आचार, प्रो. राघवन व कुछ अन्य विद्वानों द्वारा महाभारत में वर्णित खगोलीय स्थितियों को संज्ञान में लेते हुए उस काल की निर्धारित की हुई कुछ तिथियों का विवरण प्रस्तुत है।

भगवान कृष्ण का जन्म : जुलाई–अगस्त 3156-3157

दैनिक इंडियन एक्सप्रेस के अनुसार 26 अगस्त 2013 को उनका 5125 वाँ जन्म दिन था। इससे उनके जन्म का वर्ष 3112 ई.पू. आता है जो कि उपर्युक्त तारीख के पास ही है।

उप्लव नगर से दुर्योधन के पास शान्ति-प्रस्ताव लेकर कृष्ण का जानाः 26 सितम्बर 3061 ई.पू.

उनका हस्तिनापुर पहुँचनाः 28 सितम्बर 3067 ई.पू. चन्द्र-ग्रहण (महाभारत की तिथि के अनुसार): 29 सितम्बर 3067 ई.पू.

वापसी में कर्ण का, कृष्ण को कुछ दूर तक छोड़ने आनाः ८ अक्टूबर 3067 ई.पू.

(मार्ग में कर्ण ने कृष्ण को आकाश में ग्रहों की स्थिति के बारे में बताया था, और ग्रहों की इस संरचना को बहुत बुरा शकुन बताते हुए व्यापक पैमाने पर रक्तपात व जनहानि की आशंका व्यक्त की थी। महर्षि व्यास ने इस ग्रहस्थिति का 16 छन्दों में वर्णन किया है।)

सूर्य-ग्रहण (महाभारत की तिथि के अनुसार): 14 अक्टूबर 3067 ई. पू.

कृष्ण के बड़े भाई बलराम का सरस्वती नदी के तटों पर तीर्थ-यात्रा के लिये प्रस्थानः 1 नवम्बर 3067 ई.पू.

महाभारत युद्ध का प्रारम्भः 22 नवम्बर 3067 ई.पू.

(डॉ.के.एस.राघवन और उनके सहकर्मी डा. जी. एस. आयंगर ने भी प्लेनेटरी सॉफ्टवेयर का प्रयोग करके इसी तिथि की पुष्टि की है।)

अठारहवें दिन प्रातःकाल भोर में युद्ध की समाप्तिः ८ दिसम्बर 3067 ई.पू.

तीर्थ-यात्रा से बलराम की वापसी : 12 दिसम्बर 3067 ई.पू.

जाड़े का प्रारम्भः 13 जनवरी 3066 ई.पू.

भीष्म-पितामह का निधनः 17 जनवरी 3066 ई.पू.

भगवान कृष्ण 126 वर्ष 5 माह जीवित रहे। उनका प्रयाण, और पूर्ण कलियुग का प्रारम्भः शुक्रवार 18 फरवरी 3031 ई.पू. दोपहर 2 बजकर 27 मि. 30 से.0

महाभारत के युद्ध के पश्चात् कृष्ण 36 वर्ष जीवित रहे, इस विश्वास को भी यह तिथियाँ प्रमाणित करती हैं।

कलियुग का प्रारम्भः 17-18 फरवरी 3102 ई.पू.

खगोल-शास्त्र की प्रसिद्ध पुस्तक 'सूर्य सिद्धान्त' के अनुसार भी कलियुग का प्रारम्भ बसन्त ऋतु की पूर्णिमा को, जब दिन और रात बराबर होते हैं, 17-18 फरवरी 3102 की मध्य रात्रि से शुरू हुआ था।

कृष्ण के पैर पर तीर छोड़ने के बाद जरा बहेलिया जब उनके पास पहुँचा, तब उनके अन्तिम शब्द थे,

'न भयभीत हो न दुखी, यही प्रारब्ध है।'

महर्षि व्यास द्वारा मुख्य-ग्रन्थ की रचनाः 3000 ई.पू.

उनके ग्रन्थ में 8800 छन्द थे, और उन्होंने इसे 'जय' नाम दिया था। बाद में उनके शिष्य वैशम्पायन ने इसको 24000 छन्दों का वृहद रूप देकर 'भारत' नाम दिया। कालान्तर में इसमें और भी बहुत से छन्द जोड़े गये और इसे 'महाभारत' नाम दिया गया।

सरस्वती नदी का सूखकर विलुप्त होनाः 1900 ई.पू.

8 दिसम्बर 3067 ई.पू. को भीष्म-पितामह, शरशय्या (बाणों का बिस्तर) पर हो गये थे, और 17 जनवरी 3066 बी.सी. को उनका निधन हुआ। यह 48 दिनों का अन्तराल हुआ। इसमें यदि वे दस दिन, जिसमें उन्होंने कौरव सेना का नेतृत्व किया भी जोड़ लिये जायें तो यह ५८ दिन होते हैं। यह उस मान्यता के पूर्णतः अनुकूल है कि उन्होंने 58 रातें जागकर काटी थीं।

कृष्ण के प्रस्थान का वर्ष 3031 ई.पू. भी महाभारत में वर्णित नक्षत्रों के साक्ष्यों के पूर्णतः अनुकूल है, क्योंकि भगवान कृष्ण के कथनानुसार महाभारत

काल के अनुरूप ही नक्षत्र-स्थिति और अपशकुन, यदुवंश के विनाश का कारण बनने वाले थे।

खगोलीय स्थितियों के अनुसार 36 वर्ष बाद 3031 ई.पू. लगातार 3 ग्रहणों का एक ग्रहण काल रहा, जिसमें एक चन्द्रग्रहण 20 अक्टूबर को, फिर एक सूर्य ग्रहण 5 नवम्बर को, और फिर मात्र 14 दिन के अन्तराल पर एक खण्डित सूर्य-ग्रहण 19 नवम्बर को पड़ा। महाभारत के बाद कृष्ण मात्र 36 वर्ष ही और जीवित रहे थे, इस विश्वास का भी यह समर्थन करता है।

द्वारिका, जिसका प्राचीन नाम श्रीतीर्थ था, जो उनके प्रयाण के 7 दिनों बाद ही भयंकर समुद्री तूफान में लगभग नष्ट हो गई थी।

द्वारिका के समुद्र तट पर सन 1985 में समुद्र के गर्भ में डूबी हुई, आपस में कुछ मीटर की दूरी पर दो दीवारें मिलीं। 'दि हिन्दू' अखबार ने अपने 21 फरवरी 1985 के अंक में लिखा कि द्वारिका, जो कभी भारत आने का प्रमुख मार्ग था, चार से पाँच हजार वर्ष पूर्व समुद्र में डूब गया था।

इस समाचार पर मद्रास के श्री सी.एस. महादेवन ने बताया कि श्री कृष्ण के प्रस्थान के बाद द्वारिका 3031 ई.पू. मे आंशिक रूप से समुद्र में डूब गई थी, और श्री कृष्ण 26 जुलाई 3112 ई.पू. में पैदा हुए थे।

यदि हम यह ध्यान रखें कि कृष्ण के प्रयाण के कुछ ही दिनों के बाद द्वारिका, समुद्र में डूब गई थी, तो श्री महादेवन का उपरोक्त कथन कृष्ण के प्रयाण ओर उनके जन्म के समय की बहुत कुछ पुष्टि करता हुआ दिखाई देता है।

एक और खगोल-शास्त्री, श्री अरुण कुमार बंसल के अनुसार कृष्ण का जन्म 21 जुलाई 3228 ई.पू. और प्रयाण 18 फरवरी 3102 ई.पू. को दोपहर 2:00 बजे हुआ था, और इसी दिन द्वापर का अन्त और पूर्ण कलियुग का प्रारम्भ हुआ था। उनके इस निष्कर्ष से, इस तथ्य, कि कृष्ण के जन्म का माह जुलाई और प्रयाण का माह फरवरी था, तीन अलग-अलग गणनाओं में पुष्टि होती है।

पाँचवीं सदी के भारत के महान गणितज्ञ और खगोलविद् आर्यभट्ट ने भी महाभारत में दी गई खगोलीय स्थितियों का अध्ययन कर महाभारत युद्ध के काल को 3100 ई.पू. बताया था।

सूर्य-सिद्धान्त, ग्रीक यात्रियों और आधुनिक युग के डॉ. नरहरि आचार

की गणनाओं के द्वारा निर्धारित महाभारत काल 3102 ई.पू. आश्चर्यजनक रूप से आर्यभट्ट के द्वारा किये काल निर्धारण 3100 ई.पू. की पुष्टि करता है।

महाभारत काल की घटनाओं के प्रमाण में बहुत से अन्य लोगों द्वारा की गई गणनायें भी उद्धृत की जा सकती हैं, किन्तु स्थानाभाव के कारण उन सबको यहाँ देना सम्भव नहीं है।

मैक्समूलर जैसे कुछ लोग, महाभारत के काल की घटनाओं को सही नहीं मानते, क्योंकि उनको महाभारत में वर्णित आकाश में सप्त-ऋषियों की स्थिति का वर्णन वास्तविक नहीं लगता है। किन्तु भागवत-पुराण के दूसरे अध्याय के बारहवें खण्ड में भी उस काल में सप्त-तारामण्डल की ऐसी ही स्थितियों का वर्णन हैं।

वास्तव में मैक्समूलर की यह बात, अधिकतर पश्चिमी विद्वानों के भारतीय संस्कृति और विरासत पर कुछ प्रश्न-चिन्ह खड़े करते रहने के अनुरूप ही है।

आज वैज्ञानिकों ने इस तरह की गणनाओं के लिए 1. प्लेनेटोरियम, 2. एक्लिप्टिक, 3. लोड-स्टार जैसे कई सॉफ्टवेयर बना लिये हैं, जो प्राचीन घटनाओं का काल निर्धारण बहुत शुद्धता से कर सकते हैं।

श्री कृष्ण, और महाभारत काल की घटनाओं के निर्धारण में विभिन्न विद्वान लगभग एक से परिणामों पर पहुँचे हैं। यद्यपि उनमें थोड़ा बहुत अन्तर है, किन्तु ऐसा होना अत्यन्त स्वाभाविक है।

अन्त में हम कह सकते हैं कि, भारत के सर्वाधिक प्रिय और प्रतिष्ठित व्यक्तित्व, भगवान श्रीकृष्ण, एक वास्तविक और ऐतिहासिक व्यक्ति थे, जो आज से 5000 वर्ष पूर्व लगभग 3200-3100 ई.पू. में इस पृथ्वी ग्रह पर लगभग 125 वर्ष तक रहे।

(विभिन्न स्रोतों से मिली जानकारी के आधार पर)

www.ingramcontent.com/pod-product-compliance
Lightning Source LLC
LaVergne TN
LVHW042302051026
849519LV00012B/1941
* 9 7 8 9 3 8 7 3 9 0 0 6 5 *